傳古芸香

小檀欒室彙刻閨秀詞

徐乃昌 校刻

第三集
第四集

荒

浙江大學出版社

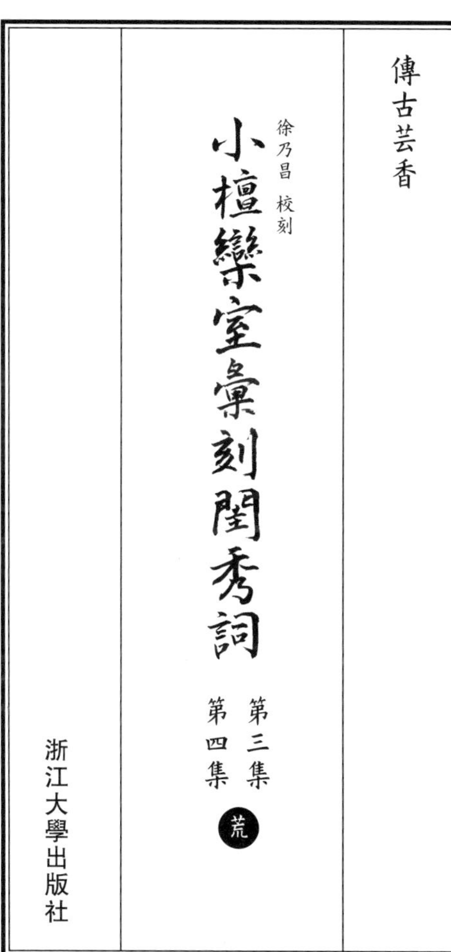

本册目録

和潄玉詞

和漱玉詞

穌潄玉詞

茂苑許德蘋香賓譔

如夢令

荷蕩

落日亭亭煙草一棹出蕩迷路聽唱采蓮歌聲在漚波深處沙渡沙渡香夢好圓鴛鷺

前調

春晚

只恐東風歸驟蕩下留伊桮酒一對小桃紅已覺妖嬈非舊知否知否天意惱人消瘦

前調

閨情

卷起湘簾小坐水面錦鱗幾箇唼影出青萍見了人人淡躲無那無那何處音書寄我

生查子

薰風斂晝長天氣將人困負浪白迢迢應有佳期信誰知無尺書泪盡愁難盡且自慰愁懷屈指中秌近

點絳脣

爲惜韶華勸君把酒歌金縷送春歸去都半風緜雨有鴈南飛祇是添離緒人何處曲隄淡對寥繞青青路

前調

一曲瑶琴泠泠譜出柔荑手雪肥羅瘦春色重簾逗

仔細端詳兩眼星星溜迴廊走詠詩千首攀得高彎嗅

浣谿沙

春莫

寂寞閒庭繡幙垂蘼蕪綠處渺無涯鄰鄰春浪接天梯

點點露凝彎濺泪霏霏風颺絮黏泥丁香彎下畫眉

嗁

前調

連日傷烁髻不梳織烏西仄起來初一隄楊柳漸蕭疏

漚鷺閒情常自䀴夫容醉意未全蘇鴈來還問有書

無

前調

窗外槑花冒雪開一枝斜插映紅顋壽昜粧額費疑猜

鴛蒞欲尋新恨事鳳牋還寫舊情懷江南春信又重

來

前調

漠漠煙霏晚要濃廔臺金碧日融融秌千架冷一絲風

槑子黃時金錯落芭蕉綠處影蓬鬆杜鵑催放映山

紅

前調

千尺寒潭淡復淡桃花影與夕昜沈何心起弄斷紋琴

紫燕穿殘花宋宋黃鸝叫碎月陰陰無聊怎得把愁

禁

前調

鍊石誰能補恨天杜鵑啼破夕昜煙高慶盡日枕彎鈿
紅杏纔看勻薄粉綠楊已見放輕緜黎彎院落冷秌
干

菩薩蠻

東風暗送春姓早催開繡谷羣彎好猶作拗春寒怕春
容易殘　不知天意是惱得人心醉迷迭幾回燒魂消
恨不消

前調

門前楊栁消殘碧狂風歛得枝頭直耐冷到天明推窗
飄雪輕　愁心隨滴漏街靜聞刁斗欲見箇人鶵連宵

寥廿寒

前調

黃金滴溜釵頭雀妹來雙鬢雲飛薄倚榻繡夫容一鐙咢影重　雞鳴窗色曙懶織迴風荳瘦骨不勝衣橫琴待鶴歸范靜妻張氏詩織作迴風荳

醜奴兒

月明穿戶闃人悄瘦損容光暖貼銀簧篤有山咢鬪豔糚　小窗宋寫蘭熏靜日逗衣香寄語仙郎珍重新妹一味涼

訴衷情

春光黯澹放春遲留得好咢枝一壺清酒與咢共醉須

待人歸　花默默柳依依眼低垂叓看佳景叓詠新詩
叓待它時

好事近

數到落槑風枝上尙畱殘雪應記玉人攀處正昜春佳
節　太湖石畔任欹斜濃香漸歛滅拈筆欲題新句柰
曉鳴鶗鴂

淸平樂

槑

槑花香裹熏染東風醉天放槑槑花天有意枝上露凝珠
泪　橫斜綠水之涯偏驚暗度韶花又見玉人攀折帽
櫩親插疏花

憶秦娥

詠桐

凭山閣綠雲擾擾羅衫薄羅衫薄寒蛩鳴處暗尋籬角

那堪猶有霜風惡銀牀葉葉驚敧落驚敧落一番秌

信幾回宋穽

南唐浣谿沙

未有新詩畬歲彎愧無人把碧籠紗喚婢還將槑水煑

試新茶　竹均松聲都瀯雅山光水色亦淸佳廬外一

枝嬌欲語碧桃彎

添字采菜子

芭蕉

芭蕉本是尋常種綠滿空庭綠滿空庭雨雨風風不覺動人情　窗紗映處題詩遍一片聲清一片聲清最怕殘更穌漏幾回聽

武陵春

春晚

花事闌珊春已了人倚翠樓頭往日思量今日休谿水自東流　谿上桃花無處覓空擬逐漁舟便有瓜皮一葉舟怎載得惜花愁

醉花陰

九日

綠綺調絃消靜晝甲煎添香獸楓葉幾重重一夜相思

染得猩紅逗　茱萸插徧登高後引好風歛裏只爲昉
悲秌人比山容也帶三分瘦

南歌子

竹徑涼風襲蓮房曉露垂新過小雨帶煙滋臥聽朝來
風訊倍淒其　砌畔葵心冷隄邊柳髮稀漸添酒債漸
添衣一樣慊襲不似豔昜時

怨王孫

春莫

小院靜悄殘鶯暗惱一片春陰雨昏霧曉天際還見飛
紅恨狂風　黃鸝喚近山深處來又去此意終孤負一
株宋穽相對黯澹黎雲鬭文君

前調

春草

繡騎歸晚溪沈棃院裏裹游絲罥雲不斷春朵芳信初傳柳生縣　情人易被情牽惹何曾捨未醒㤗春廿江城一片紅雨恨煞風斜盡飛雲

前調

賞荷

波影澄澄天渺渺雲似笑劇憐秊少文鴛戲浴水西東恁識得雲中好　江上晚紅香寥老相映處斜陽芳草漫天涼露逼衣單已報道炑來早

賣雲聲

慶角酒旗風歙起春蹤把梧愁槭古今同對上辛夷舒木筆筆筆書空　江上數雲峰著處情濃一番心事有無中寫恨緘愁凭仗此望斷歸鴻

前調

閨情

瘦損病餘身容易愁春槑咢喜見一枝新倚竹淩寒凝望久蕙化閒雲　羅扇掩歌脣聽厺含嗔魂隨飛絮落谿津看到青山山缺處涌出仌輪

鷓鴣天

瘦蜨撩人撲紙窗一林楓葉染輕霜煙涵松翠侵鬟羣風送橙香裊裏香　臨水曲感情長梧桐瑟瑟晚來涼

籬邊又報淡烋信叢菊枝頭已綻黃

玉廔春

紅槑

東君擘得珊瑚碎點綴南枝開廿末卻嫌玉骨冷清清灑徧臙脂方稱意　幾囘收拾箱毫底疏影橫斜竹作平外倚多情楚鶴不知寒守住紅糀暝未起

小重山

楊栁枝頭舒眼青桃花初點注臉粄勻一谿風外卷香塵思縹緲落日澹微雲　聽唱望僊門阿誰聲細細背鐙昏胡沙路遠嫁昭君秊秊恨辜負一家春

一翦槑

秌別

一陣涼生一片秌渺渺煙波輕送扁舟橫空鴈影叫西風望斷天涯更上層樓　但見行雲逐水流霜葉千林盡是離愁計程猶住古餘杭爲避潮頭未過江頭

臨江僊

原序云予酷愛歐昜公蜨戀花有庭院深深深幾許之句用其語作庭院深深數闋今則僅見兩首依數紙之不勝滄海遺珠之歎

庭院深深深幾許雲窗霧閣都扃韶華最好近清明鳥嚦聲高扁華放色傾城　蜨舞蜂喧天亦醉江南作賤鶼成天桃一對易飄蕭治游三月興尋㝱十分情

其二

庭院深深深幾許雲窗霧閣開遲相思恐減豔昜姿陌頭楊柳色盡放綠交枝　滿路流鶯聲睍睆笙簧暗逐風歛一番春事問誰知小園尋勝賞雙鸞乍來時

蝶戀花

離情

欲寫離情呵手凍驀地東風催促征驪動今夜酒梧何處其蓬窗應怯霜威重　衣上泪珠穿幾縫拍遍闌干歌遍釵頭鳳道是夜長圓好夢那知空有琴三弄

前調

重記征衫淸泪滿爲憲人人尋夢天涯遍不覺自家腸

已斷從新又到唫彎館　幟影迷離釵影亂彎落彎開

斟酌恷淡淺多少恷懷分付鴈天涯雖近歸期遠

前調

如寱韶光娃較少一種幽情卻向誰人道堦下海棠顏

色好卷幟自把菱彎照　欲寫無聊閒起草槑子黄時

最覺傷懷衰四面有山皆欲笑笑儂乜似春將老

漁家傲

記寱

香繞窗紗迷曉霧鈞天樂罷霓裳舞一霎遨游皆勝所

夊人語囘頭劉阮逢儂處　正是長安三月莫滿池青

草催詩句幟外飄飄香袂舉留不住寱魂今夜誰邊去

前調

詠槑

爲覩小園春色至南枝已著鉛萼膩暗引東風香旎旎亭慶際忍寒正有人梳洗　莫是天公珍重意移來璚豔淸淸地酒琖淺斟浮玉蟻須沈醉嬌桃文杏休相比

殢人好

後亭槑萼開有感

額粉新糚顋溊乍椷猶淡喜占春未晚璚慶玉館倩淡意遠池上影黎雲破風歛卷　長遂一聲昜關雪滿香濃處幾囘腸斷天涯欲贈爲誰輕翦怎枉費連番鳳牋湘管

行香子

七夕

堦下烁蛩井畔疏桐正令宵牛女情濃經年別緒愁訴重重料星橋南星橋北喜相逢　人間乞巧好陳瓜果丗憐他離恨無窮銀灣斜轉碪杵聲中賸一鑪煙一鈎月一幮風

青玉案

原註次賀方回均

流鶯恰恰聲盈路且隨寱尋芳去只覺蘭風歆暗度衣香人影洒邉鐙底盡是消魂處　煙鬟最好三春葬麗景迷人謚新句試問青山應肎許飛鬟片片誰家擷遂

還逐沙頭雨

孤鴈兒

原序云世人作槑詞下筆便俗予試作一篇乃知前言不妄耳今蘋亦效顰未知能免俗否

僊人破臘衝寒起正素笑多情思一枝冷澹報春回瘦影橫斜臨水初調琴軫彈成三弄誰識千金意 小心數點藏天地恁都感相思泪西湖占斷好春光惟有林逋獸倚疏簾澹月與彎同寢終古柔情寄

鳳皇臺上憶歙簫

閨情

暖水池塘輕雲臺榭一季韶景開頭見草生庭砌初苗

如鉤多少蜂狂蝶鬧空觸起往事無休從今記傷春意
味勝似悲秌　相將二分春色還卻向𠌶陰密處句畱
任差池雙鷰暗繞西廔知否廔頭人傍紅紫豔怕展雙
眸雙眸遠漫天絮飛怎比儂愁

滿庭芳

詠槑

㝱繞西湖香迷東閣詩成誰賦清幽飽嘗仌雪月影掛
斜鉤記得羅浮翠羽引仙子飛下瑤廔為伊翦一枝寒
玉刀快借并州　長宵淡坐瘦魂飛黯澹影裊溫柔對
疏𠌶冷蘂都是閒愁拚得千千貰酒向竹外款取春畱
湘簾卷黃昏宋宋香氣上堦流

前調

南苑紅飛西慶綠嫩越谿人浣輕紗柳枝搖曳爲學舞菁吵望斷蘼蕪靑處有山色一碧無涯凭闌看忘憂簇簇彎影上衣摩　人生能幾許貂裘換酒鸚鵡供平茶恁何須寶馬不藉香車算是良辰美景已開殘玉洞桃彎平生事從頭誰說獸自歎無那此闋見于樂府雅詞原鈌八字而過腔之均亦無弟二均吵字遍閱均書俱無此字細擬辭意是助語辭近于耶字之意夫子在琴川會于書肆中獲得舊鈔宋詞一冊內有此闋所鈌八字俱全欣然得而録之

聲聲慢

秌情

重重覓覓坐坐行行朝朝暮暮戚戚萬葉飛黃秌意早

傳消息還添暗恨幾許有冷碪龢笳聲急向耳畔訴幽情此味阿誰能識　蕃地鴻天愁積冷露溼籬寒幾囘攀摘未雨雲沈竹逕已先覺黑銀壺叜催漏點鬲慊聽隱隱滴滴猷自邪擁絮被瞑穩不得

壺中天

春情

鸎嬌鷰嬾正愁姓怨雨紋窗淡閉撩亂春光三月萛處處襲人寒氣力弱萍飄情淡絮泊做就相思味橫琴曲罷舊時懷袌堪寄　還把一卷新詞柔腸宛轉歎新聲難倚瞥見風箏天外影竹共離魂飛起桃綬拖紅菭錢砌綠猶惹淡淡意竹閒樹裏不知茶熟還未

玉蠋新

早槑

竹籬茆舍後有一對槑咢冒寒粧就繡添弱綫多芳緒
已覺日長蓮漏羅浮寤醒有埜鶴林邊相候咢影弄香
動黄昏微微襲人衫裒　東君乍到江南問嶺上横斜
向畱香否采蘋浪鬬謾贏得玉骨仌肌同瘦溪宮競秀
郤占上盡羣咢魁首還記取月下瑶臺霓裳曲奏

慶清朝慢

鸎影穿簾鸎聲遻對蘭閨儔對芳春長晝短詠握管空
擬清眞好把低顰淺笑幾囘著意巧緻新看湖上澹粧
濃抹羞煞文君　槑魂清鶴寤杳正寸心千轉暗逐征

輪重重幙外飛來埜馬成塵折得一枝幽豔餘香黏露

黺朱勻筠屏倚怎樣描出似醉昏昏

永遇樂

元宵

月浸春城粵明鐙市游冶佳處橋畔雲迷慶頭朵結僊闕應乜許翠影叢中豔歌聲裏最怕霎時微雨還端整靚糚簇簇好挈凰儔鴛侶　千門如畫六街閒步不覺鐵聲催五寶馬塵飛鈿車香惹蓑屧爭楚楚魚龍游戲因風忽撼勢若淩空飛厺聽鄰女月地粵天從頭細語

多麗

白菊

乍重昜漫天清露珠坠聽鳴秌千林黃葉颼颼寒色侵

肌也記起玉妃貼鬢也記起青女低眉三逕蕭疏千株

冷澹不隨春豔鬭妍奇正好趁持螯把酒風趣算偏宜

滿頭插㶊粤玉蘂錯認酴醾　向園林秌光漸老傲霜

挺秀相依有宮人乍唫愁賤有倦客重詠新詩旅邸情

懷柴桑伴侶頳然楚鶴舊容姿忍守著孤標晚節知過

鴈來時西風緊歸來彭澤檢點疏籬

淵南詞

餘潄玉詞

澗南詞

澗南詞

茂苑許德蘋香賓譔

拜新月

當頭見新月細步出櫳拜待得如鏡圓妾心方稱快

玉樓春

寱中作春情一闋醒後續成夏秋冬三詞

閒來幾日尋芳徑踏碎幾多楊栁影枝頭鸎子語雙雙廿學人情飛不定　凭闌陡起傷春病滿對桃粤如我命碧天穌露種何秊葬使風歛紅雨冷

前調

夏情

亭亭曲沼荷風卷鷺起鴛鴦飛去遠堤楊低挂萬千絲遮莫青驄都不綰　起來又把瑤琴怨流水高山彈已遍蒹葭深處有伊人眞箇曲中人不見

前調

秌情

秌光最是添愁緒一霎風斂一霎雨嘶蠻唧唧到天明萬疊相思無覓處　相思凭著誰人訴征鴈剛來天際語邪人未有一行書寥裏今宵親自去

前調

冬情

重幃未下尖風逗獸攤熏爐燒炭獸養孃何事太無情

反欲催人勤刺繡　幾回拈起殘鍼扣繡出平原猶未
就欄欠倒挂玉玲瓏槑蘂爭開紅結豆

蜨戀𠌶

癸丑春日將歸洞庭閨中諸姊妹投贈詩詞以
爲祖餞之意予亦悲感交集譜此以別

小劫紅羊期已滿擾擾塵喧烏兔飛如箭往日苦多來
日短眉峯淡鎖何曾展　從今省識東君面卷起重簾
爲有雙飛鷰桃李穠𠌶纔到眼此情不比尋常見
世味炎涼參已逗一對埀埀綠遍河堤柳放眼靜看人
太瘦唫魂怕繞屏山岫　枝上杜鵑嗁已久催得人歸
只恐人歸後山影自憐非似舊黃昏泪落拋紅豆

小院重門深鏁緊秌月春愁消得閒愁悶道是悶愁消得盡那知對景添長恨　昨夜東風來衮衮牆角槑愁特報春來信只恐韶愁真一瞬此情脈脈縈方寸不敢輕將西子比覓得陶朱欲泛五湖裏畫舸乘風吾衰矣從今洗眼來雲水　忽聽驪歌聲細細盡是昜春多道傷離意後日思量凭鴈鯉尺書時把加餐慰

子夜歌

新秌寄懷主人

涼雲薄薄如羅綺絲絲欲繡回文字鴻鴈不歸來教奴心上猜　自憐膏減舊卻意人同瘦驀見暗飛霜沿堤柳色黃

卜算子

送春感賦

乍喜好春來何事忩忩太爲把東皇著意畱彎幛重重護　自笑太癡情又自從頭悟分付荼蘼不許開春也歸何處

浣谿沙

寄懷崔小鸎姊

駐拍停謌冷夕昜濃煙淡鑠倒垂楊無聊猒自詠河梁　雙鬢渾忩施黱綠滿頭猶自插彎黃閒庭宲寞晚風涼

片片飛雲逐鴈行飄來一陣木樨香更闌猶厭漏聲長

心事謾訴鐙細語恁懷只與寥商量無瞑又見月窺窗

點絳脣

算春感賦

鶯落鶯開恨春作太弄千般巧此情誰曉都是催人老杜宇聲聲偏向廔頭叫春歸了飛鶯料峭有箇蜂兒抱

菩薩蠻

秌夜書懷

涼飈黃葉催寒色紙窗月照無情碧一陣雨瀟瀟簷東悔檀蕉　嘹嘹新鴈過刀尺聲相訴算說是尋常人情

怨夜長

唐多令

鴻鴈一聲秌江干釣未收是何人歗倚西廔聽徹鄰家歗玉篴明月下謫揚州　驀地起邊愁金戈載道游說桃源何處漁舟霜葉圍山紅簌簌還認是武陵耶

釵頭鳳

秌夜不寐謾成此調

秌懷悶秌心恨一番秌意無人問眼兒落鐙兒落數盡蓮籌滿街刹啄柝柝柝　風聲緊蟲聲近攪人魂寢何曾穩羅衾薄羅衫薄坐到更殘鷄聲已作喔喔喔

蘇幙遮

㝱下羅幃推繡被傍態曚曨已入甜鄉裏意象須臾盈眼底飛度彎胥又到遼西矣　渡頭鴛柯畔蟻各自游僊各自逢場戲知否黃粱炊熟未種種相思說起無頭尾

虞美人

春日病起

曉鸎唬破愁人㝱紫鸞窺㡘縫侍兒扶我過廔東只見琴牀畫篋被塵封　兩肩猶覺羅衣重瘦與罧魂共病餘不耐謗情衷忍看彎明梆暗一重重

芭蕉雨

與張月娟姊雨窗夜話

竝坐虛窗意切有誰來解得同心結一粟鐙粤明滅可
耐對著恹人將恹怎說　人生渾似瘳蝭看烏兔飄瞥
知一例收場還分別正誰到斷腸時驚聽雨滴叢蕉風
搖片鐵

一七令

對槑粤作

槑槑瀟灑芳菲玉爲骨仌爲肌姑射清絕壽昜嬌奇粤
分南北豔寒忍雪霜欺千剴初傳春信一枝獸占粤魁
誰識孤標能鑑水除非白石耍無詞

虞美人

槑粤

朝來猶瘮尋春跡枝上摧殘雪羅浮儷子䘚嫣然彎瘦

儂憐儂瘦被彎憐　一鉤殘月朦朧照應索何人笑丁

香已結箇中詞凭徧闌干攀折幾囘看

壽昜曲

道旁孤巢著彎覩此生感

一對疏彎發衆芳都不如向天涯贈將何處甚殷勤暗

香留幾許輕試問是誰爲主

濾月軒詩餘

濾月軒詩餘

濾月軒詩餘

上海趙芬儀姑譔

蝶戀花

題戴姬顧蓉孃歛簫圖

江東詞客才名舊，歎對黃花，小試鏤爻手。可意玉人依座右，何須記曲煩紅豆。　幾日慓情濃似酒，檀口香喉，真箇銷魂否。夜靜不知清露逗，濛濛冷溼羅衫裏。

南鄉子

前題

蟾魄喜初圓，名士傾城是夙緣。月姊聞聲應亦妒，翩翩，未許乘風便上天。　綽約體如僊，徙倚桐陰石磴邊。最

是泥人風致廿娟娟手握璚簫耍可憐

青玉案

茉莉粤

紗廚玉枕淸無暑點綴晚糚肖嫵一片幽懷誰與訴盈盈素質泠泠碧露欲摘人何處　暗香漸覺金風度起傍粤陰自延佇欲問仌蟾燃燃幾許越羅涼逗楚天雲莫脈脈渾無語

深院月

情脈脈思悠悠霜滿門庭月滿廔何處歌聲風送到兩鄰親案小涼州

天僊子

滿腹閒愁皆自取美人消息知何處芳心許芳魂與偏到相逢無一語

如夢令

昨夜霜濃風驟只恐梅萼僝僽曉起撥園林卻喜寒香依舊知否知否欲折還憐纖手

西溪子

溪畔水僊開矣一縷幽香如此暗相思何時已無時已不比春風桃李問姮娥奈冷何

歸自謠

今夜月千里離懷愁欲絕歸鴻陣陣哀鳴切　銷魂恰憶中烁別堪嗚咽裁箋欲寄南枝雪

連理枝

怕讀西堂句怕聽西窗雨此恨何如幾時重見歸期又誤憶謝庭今夜北堂相聚團鑪共語

江南好

自題意中雲封圖

江南憶相憶未曾經人道江南儂故國幾時纔見故山青歸夢杳鷏凭

望江東

前題

爐水蒼茫黃歇浦五百里吳淞路如何只亦歎修阻鷏硯筒飄飛渡　欲歸屢把歸期誤凝望遠空雲封謾勞

湘管傳情愫奈此情鶗賤

薏鶗念

前題

十載蘋洲鎮襟懷黯黯歲月悠悠望雲心欲絕懷橋願

鶗酬鴻北向水東流拚一醉新篘把此中無邊牢落盡

付暝漚　燕臺叟有前游記閒園角酒水榭迎烋題餻

徵均語說餅擁香篝憐別後見無由叟莫上高廋莫山

横斜昜芳草處處生愁

錦纏道

題丁癭椟虬文四安賽會竹枝詞

纔罷春游剛接賽神絃管想盈隄舞袋歌扇方山社會

人爭羨句起詩豪重把新聲桉　好句播風謠情關正
變知老鐵清詞誇獸擅它時定有雙鬟聽紅牙輕拍傳
唱旗亭徧

解佩令

題姜玉溪宮綴簫聲明月圖

仌絃停撥閒愁暗遶記良宵高水簫聲度翠裏紅廔把
碧玉殷勤重譜曩餘音低徊如訴　一天涼月一江冷
露渺微波盈盈修阻倩得荆關爲寫出那時情緒卻還
愁小紅生妒

一枝春

題嚴比玉廷珏宜園倚聲圖

過眼凉烋晚裛膝酸唫慣蘋洲涣邃都擁琴案看滅字偷聲寫得詞彎爛休道豪情擅待檀板紅牙倩箇小鬟輕桉　笑儂亦紅裁白判惹得唫逋絆到如今變弄何曾算羨滴豁搓酥字字珠璣綻旬僂浮名換一曲風流早已是旗亭傳徧

百字令

題董壺山甥百彎詞

生香活色似丹青宛轉描來情麗滴豁搓酥成百詠字字綠酣紅膩十樣雲箋三升瀣露會得惺忪意問彎無語可能知此情未　堪歎駒隙流光鴻歸舊去不管人蕉萃雨雨風風新瘮覺別是銷魂滋味一段纏緜千般

哀怨盡向豪端寄感春懷裊遣愁儂亦無計

青玉案

題董雙湖夫人槑窗琴趣圖

縞衣綽約闌干倚早窗外香歙起翠羽啁啾風月霽雙成姿均庭蘭情意只在絲桐裏　知音叟有羅浮壻玉茗風流君許替撥罷金徽同覷醉小絃彈了大瓢沽未共歙落枝底

金縷曲

春日有感子啟兄之逝兼悼董菘園

寥斷江鄉路意乖時小窗情語共傾離緒一別俄驚成永訣竟使才人黃土算總爲浮名耽誤隻影凄涼餘弱

弟痛聯牀聽雨人何處休再詠斷腸句　同歸穌有知心侶料重泉相逢話舊應悲草露未遇孫易終見棄絕藝空傳豪素要鸜鵒當季曾賦又是禁煙時節近歎殯宮宋寞斜昜葬還翦紙向淸滬

前調

題董鑄范雩坪長憶圖

樂事應鵗又記當季小園聯步牡丹時候魏紫姚黃春正麗肎便等閒孤負理彩線雩擔親繡護惜餘英芳意切奈淒風苦雨來偏驟春人寥能長否　飛瓊本是瑤池偶恨忿忿驂鸞歸去幾時重覯此日芳菲仍不改忍對雩開如斗算只有香塵依舊宛轉新詞工寫怨繫相

思奉倩猶消瘦還累我淚盈裏

前調

嫮朝爲嫮嫮介眉限壽字

暫輟拈鍼手喜今朝百嫮生日擘箋稱壽姹紫嫣紅春富貴盡付東皇消受正處處尋芳攜酒蜨翅蜂黃渾未褪恰娠䍒稼杏佳時候金錢會休孤負　紗窗乍啟香初逗最多情嬌憨兒女嫮㩜爭繡不許風欺兼雨虐暗乞天公護佑怕一霎綠肥紅瘦要爇心香重默禱願季季歲歲人如舊舒化日共長久

高山流水

題湯雨生十二古琴書屋填詞圖

七絃拂處起春風謚幽情判白裁紅閒坐理金徽公餘雅賞誰同揮毫際換徵移宮依稀有多少新謠舊曲付弄飛龍恁銅琶鐵板大漢倩關東　囊中連珠又雙月排列著幾許枯桐攫醳盡滚愉一一與政相通免平沙落偏哀鴻旗亭上祇聽歌來五袴寫出懽悰勝耆卿井水隨處播芳蹤

臺城路

題陸纂士長春天台采藥圖

石梁遥亙天台路斯遊最饒清妙手杖青藤胥鑱白木㝱裏當時曾到僊山春早看紅偏天桃閒情多少倚石迷雲千巖萬壑徑幽邃　新詞繼蹤石室畫師凭寫出

峯迴雲峭詩詠曹唐賤裁孫綽輸卻風流懷裒元㝊著

草想滿貯奚囊儘撥唫料遠映䙚標翠屏橫夕照

江城子

小閣寒〻生夜有霜搴紗窗對銀釭閒拂㝊箋細意盡新

腔多病多慭還自笑文字癖總難忘

瑞雲濃

葉小鸞眉子研側刻八分書疏香閣三字背刻

小楷八十四字云舅氏從海上獲研材三琢成

分貽予兄弟璠章得眉子研云天寶繇華事已

陳成都畫手樣能新如今只學初三月怕有詩

人說小顰素裛輕籠金鴨煙明窗小几展吳箋

開匳一研櫻桃雨潤到清琴弟幾絃已巳寒食
題下有小印篆文小鸞二字研已歸粵東某氏
余所見者秀水計氏拓本乞爲題此闋
紅絲片玉螺香猶沁腴紫素裏頻番幷礬洗櫻桃雨潤
記伴著瑶宫傯史寱影鎮忩忩化飛雲逝水　十樣新
圖誰拓出初三月子細字銀鉤認題識優曇礬謝想膜
拜猊床禪偈墨暈流芬小顰似此

剔銀鐙

題袁子才先生十三女弟子湖樓請業圖顧紉
烋夫人摹本

勝絕湖山佳處來作唫壇盟主夜月紅樓春風絳帳粲

粲瑤臺僊侶娉婷細數剛好似琴徽箏柱　均事爭摹畫蕋襞屐依然風度蒲褐詩禪芸牕婦學解道浮名都誤前塵電露吾自賞傳神豪素

傳言玉女

計蘂僊珠儀贈所畫團扇賦謝

秀骨珊珊想見左家風貌繡餘閒課仿徐黃畫稾纖指點染澹月疏粵清妙僊雲飛墮墨香猶透　入手仌輪快新涼要不盼素烁來早蘐椛臺弄筆嬌癡小茶別恨遠山芳草且蘭遙寄芑應傾倒第三女日杼亦能學畫時從宦雲南

蘂珠閒

題張嘯峯鴻卓蕅粵香裏填詞圖

水亭開風簾卷閒對碧雲千柄寫幽情譜宮商問𠌶欲應越娃歌罷鬧紅歸艇最宜晝長人靜　曲闌凭箇中清味自領三十六陂風景玉簫低龢好趁彩鴛眠醒冷香遙沁雪箋霜穎嫩涼暗傳烌信

玉女搖僊佩

題蔣海珊維城貪看槑𠌶過埜橋圖

橫溪略彴著箇幽人伴鶴風神瀟灑冷澹生涯孤高心性總被綺槑牽惹破曉攜笻出望璚雲嬌墮彩虹寒跨暗香逗一枝竹外小立幺禽凍萼低亞詩僊最清狂雪友霜媒介銜許借　猶憶小窗㝱醒月冷芳樽忍負相思那夜寵栁驕𠌶嬉春雖好怎及西泠茅舍欲去重回

步遶籬落徙倚水邊林下怕一霎隨波片片玉龍哀曲等閒歛謝生綃寫它季官閣助清語

蔽餘[illegible]

題雲山畱客圖

名山名士成賓主記倚筇延佇佳處好結茆庵葺忩忩便忩　多情小山桂對乞勸人且住癡絕一片煙嵐要周遮別路

金縷曲

題吳一峯　家衘　鸞天圖

不解蒼蒼意古今來把人僝僽者般游戲只有疏狂吳季子未許碧翁維繫早脫屣浮雲金紫臥甑虛齊魂[illegible]

適笑邯鄲瓷枕飄多事迷與悟總非是　茫茫宇宙誰知己問丹青可能摹出塡胸豪氣睥睨人間雙白眼說甚幙天席地柰一片雄心鵝炙痛飲高歌聊作達儘半生蹤跡壺中寄眞自在有如此

清平樂

題陳叶篪伯穎清平山館圖

閒門覓句商略閒中趣城市山林容小住大好詠茀結宇　石髓涼沁唫腸煙粮盡入奚囊恰伴徐家高士詩僊近在鄰廧

蘭陵王

尋酒

一溪碧瓌裒西吳釀國春波滑新泛綠醅化作眞珠小
槽滴鵝黃好顏色招得高昜醉客茀欄外靑颭杏帘明
月淸風兩橋側　壺觴咸今笤記少小許量秦黍燕秫
醉鄉日月頭將白恁滿引郫酌麴生淸味覓彎蛩藥總
不敢有名士標格　岑宋翠樽泣只日歆袁絲會詡歡
伯詩僊俊賞鶵重颿奈土銼慦煮瓦盆狂吸風流公瑾
醞藉處耍孰識隨園食單以紹興酒爲名士又謂燒酒似紹興酒而淸冽過之

金明池

震澤王研農藏河東君書鎭靑田石高寸餘刻
山水亭榭款云倣白石翁筆小篆五字面鐫崇
禎辛巳暢月柳蘼蕪製十字研農方搜輯河東

君詩札爲蘼蕪集將以付梓適得此於骨董肆
云新山土者自謂冥冥中所以酬其晨鈔暝寫
之勞也余見其拓本因題此闋即用蘼蕪集中
詠集柳均
片玉飛來脂香黺豔解珮疑臨蘭浦誰拾得絳雲殘燼
歎細帙早成風絮賸芳名巧琢茗甇揮小草依約芝田
寉舞伴十樣濤箋摩挲纖手記否我聞聯句　玉尌南
朝霏泪雨共紅豆春蘐飄蕭何許雲幾縷緣珠恨血只
畫裏山川如故二百秊洗出苔痕感詞客多情燃膏辛
苦想蘇小鄉親三生許認試聽淡篁幽語河東君本楊氏小字影憐
盛澤人

湘春夜月

題陸薲鄉鑛鬱林山館圖

傍黃溪小邨風景偏佳最愛老屋三椽恰占水雲隈不許軟紅塵到憑釣魚磯近鬬鴨闌開要清芬世守葵粤石古涼繡蒼苔　天隨小隱閒庭半畝杞菊應栽著箇陰身凭料理劍縧琴柱酒杓茶梧瞑漚寢醒認榜題恐費疑猜讀畫處恍鵝峯霽雪龍城夜月天末飛來

高陽臺

吳倚雲夫人婉桃綠窗陰草題詞

鬟媚能歌粤嬌欲語比肩人倚朱欄珊管輕拈畫眉螺子徵靑閒拋書卷閒停繡賭尖叉好句先成聽分明陰

出紅窗總是雙聲　玉簫淒咽秦慶鳳又天風歛送鸞背飛璃畱取香籢幾多斷稿蘂星扁舟曾泊槑華堰弔詩魂冷月三更剔寒檠讀罷遺編瘳落瑶京

瑶華

題陸贇鄉傳畫慶圖

玉叉展處小拓紅窗正滿庭華雨金題拂拭還只怕汙了茗邊寒具慶心慣讀儘消受一爐香炷愛墨痕烘徧生綃廿合碧紗珍護　幾番丹席摩挲抵百萬籯金家計傳與芝泥澹沁看押角小印模黏畱取奇書筍束穌此燈鑿楹同貯謾憑它妙續通神化作彩雲飛厺

祝英臺近

徐蕅香夫人延炤遺稾戴銅士屬題

曉窗前風幔底榸罷對圖史小擘鸞箋薇墨彩毫試憐它縷雪思清剝蕉心細渾減了兩峯眉翠　振偎袂唫魂飛去瑤臺化作斷雲墜欲遣悲懷開篋已霑泪怕看錦句愁多銀鉤腕怯賸小印倘鈐紅字

月下篴

用石帚均題于辛伯源南湖柳隱圖

坙柳淡淡詞儒小隱一廛煙雨流鸎解語碧陰中自來太人閒離別誰能管只閒舞東風萬縷愛陶廬幽宋門無剝啄飛絮盈路　延佇尋詩處想品入中條青春鶗鴂漁謳再譜小長蘆客應許湖天涼綠邀唫屐問前艛

纖腰記否采菱曲欸乃聲遥龢怒鐵自度

遶佛閣

題雷約軒 葆廉 蓮社圖

鶴林淨土香界結社褰屐唫侶三浙東滸卻疑遁迹廬岑遠公住粥魚飰鼓金粟影裏塵劫重數琉琖頻注笑宅愛酒柴桑喚鵝去　意昝弁峯頂舌湧青蓮齒淡炬聞說俊遊攜笻曾久佇想約踐嬉春來幾新雨世間今古問白業因緣殘衲能諦耍浮圖一鈴幽語

瑞鶴僊

題約軒德配張伴蓮繡詩圖

生綃縈墨縷愛帶繡文章色絲隱語珠排好詩句是多

情夫壻錦心纔賦歛簫伴侶鎮同修糚臺眉語笑當季織錦蘇孃偶影獸鳴機杼　看取松陵小謫寫均丰神翠鬟香霧五紋雜組能巧似夜來否想前溪曲唱今番歸櫂彎樣應飜白苎恐鴛鍼傳徧紅閨有人偷度

醉太平

鈕西農福疇　亦有秌齋詞鈔題詞

唫春曲闌聽秌小園幽情都付雲箋戛鳴琴燕閒　芳妍碧山青超玉田遂聲飛滿江天對斜昜算巒

惜分釵

陳蓮汀銑　悼其姬人吳氏因取所畫墨槑遺幅裝池成冊并繪遺照於冊首名曰疏香清影圖

蓮汀自題一絶句云槑子酸心對桃彎短命枝可憐槑倚月孤負月明時冊中題詞多清虛婉約之作余亦賦此解書諸冊尾

芳季短香魂斷墨痕慘澹纏幽怨夜淒清峭寒生關雪丰神直恁娉婷卿卿　孤唫傍閒愁絆相思忍到蘿窗畔影斜橫月朧明寤醒羅浮一段癡情惺惺

月底修簫譜

題沈藥鄰藥月底修簫圖即用自題元均

竹陰疏梧影瘦涼夜做朱戶嬴女廔頭偷桉廣寒譜萛敎過住行雲太虛微滓轉遮了蟾輝來處　咽清露疑是沆瀣神僊檀痕幾囘數貌入生綃拈毫澹無語笑它

洛苑真珠懸璫敲徹戛不解引商調羽

前調

題隨園女弟子尺牘墨迹

露藟豪香拂紙緘札記紅鯉小別倉山駒隙一彈指爲言水榭張鐙湖屢請業有多少綺情瑤思　凭驛使料應折得槑萼先從隴頭寄添箇詩筒雁足手親繫卻看黃蠟封函朱泥押尾只黺暈何畱箋膩

多麗

題蘖漁莊　承桂　五湖漁莊圖

盪胸襟鱸鄉風景幽深記當時三高遊衍遺蹤何許重尋僊蓬欸撈鰕雪渚萍茵碎放鴨煙潯脫略簪裾芟除

絲竹四圍山水足清音看遠近送青浮碧不許輭紅侵蕭閒意半歸畫本半入詩心　愛吾廬剪荷葺芰門前逕栖陰陰岸彎飛香黏屐齒溪雲裛涼迮蓑鍼伴約遲鳧兒呼角鷓霜鱗爛煮佐芳斟想玉澗石林書就萬事付高唫敲銅斗唱漁歌子驚起沙禽

一痕沙

題吳平齋雲畫山水冊集宋人句

象筆鸞箋姜夔　蔡牀香篆橫輕霧王安禮　又還休務万俟雅言　彎落空庭趙鼎　景趣天然劉過　寫我唫邊句韓淲　山無數秦觀　夕昜煙對石孝友　看盡江南路周邦彥

前調

題陸芝田蘭生雙琯閣圖集宋人句

何處君家毛滂栖含煙翠拖金縷賀鑄瑣窗琦宇無名氏宋寘閒庭戶謝懋點翰舒箋袁去華總入昭華詠李萊老凭闌近陳允平雲山煙渚呂勝己好箇雙棲處晏幾道

壺中天

題記二田光炘小滄浪消夏圖集宋人句

滄浪萬頃侯寘臥公匳仲并冷浸一天空翠張元幹愛此溪山供秀潤劉清夫埽蕩煩襟如洗劉儗料理琴書張炎品題風月戴復古別是閒滋味李清照蓮幽竹邃董嗣杲倚闌疑匪人世劉克莊此地宜有詞僊姜夔聯鑣飛蓋袁去華人在行雲裏辛棄疾翰墨流傳知幾許毛开寫出江南煙水趙長卿坐石談

元李昴英 飛觴溪白李彌遠 過雨涼生袂汪藻 剨然長嘯黃昇 半灘漚鷺驚起蔡伸

濾月軒詩餘

月廔琴語

月庚琴語

月慶琴語

高安蕭恆貞月慶譔

浣溪沙

春曉

一桁簾波畫不成，嫩涼天氣半陰晴，鬲簾風送賣花聲。紅杏雨香融乳燕，綠楊煙澹護啼鸎，玉鉤春影欠分明。

減字木蘭花

春晚

東風漸懶，瘦盡棃花春欲晚，鬲著重幃，十二珠簾怕上鉤。紅鞋謾倚，釵嚲鬟欹扶病起，燕子閒關，似說輕棉

半臂寒

前調

勺湖逭暑

城西郱角碧泛蓮湖分一勺雨過留香薄鬢絲絲眷夕涼 何曾計左偕隱參閒應許可鄉老溫柔卅六鴛鴦總白頭

買陂塘

次外子自題勺湖蓮隱圖均

傍湖濱幾椽幽築紅塵未許飛到簾陰一片裁波皺恰對盈盈荷沼新畫稾試占取瑚闌十二同陰靠斜易未了趁拂面風來歆香滿鏡重理鬢雲好 參前意意菩

吳孃風調此情休怕彎笑何時打槳迎桃葉先拓是鄉終老烌薏早記雪蕅調仌會乞璚漿飽停歌語悄縱娶月盟低臨風語細猜已被漚覺作上

念奴嬌

石君追溯舊遊爲拈此解

莫愁湖畔蚤十季攜得桃家雙槳幾度東風芳草綠知否箇儂無恙往事雲沈閒情水皺脈脈堪凝想白門嬌柳靚糚曾鬬眉樣　聞道鐙底烌心親題蘭帊偷學詞人蔣莫雨瀟瀟篷背徹抵似玉釵低唱倚柁煎茶臨波拓鏡丰致眞無兩舊游如夢爲君添倍惆悵

虞美人

夜雨催𠌶春寒特甚攬衣倚枕偶成此詞

五更風雨驚殘夢向忪餘寒重一層紅暈一重紗料是窗前開了絳桃𠌶　輕陰天氣還慵起遮莫紅甤倚春來生怕上簾鉤怕是鉤簾鉤起一春愁

浣溪沙

𠌶下裴裒悄然得句

檢點嫣紅瘦幾分悄扶烋夢到闌根不關蜂蝶廿銷魂西下夕昜東上月等閒容易又黃昏一般𠌶影判涼溫

闌干萬里心

聽烋閣坐雨賞荷新涼可喜

蕅彎都向晚涼開小扇單衫香滿懷水閣闌干凭幾回
聽烌來萬葉跳珠雨過纔

水調歌頭

夏晚𢍰石君湖上納涼塡此索龢

我愛勺湖住三伏暑全忘誰家鬧紅雙槳來往樂無央
暢好雨餘天氣記取薄羅衫子兜住水雲涼一事𢍰君
說彎欲傲詩狂　指城西幾株栁挂斜昜有時鬢絲風
過歛上蕅彎香千古高山流水僕有一彈再鼓儂爲解
琴裴如此好風月那用一錢償

南鄉令

寄外

金井露華濃烌懷砧杵中算經季容易西風悄向碧闌干外倚又一葉下梧桐　何處問遊蹤水重山疊重怕楓江冷斷吳篷算怪霜潮消息梗須早晚託鱗鴻

生查子

書所見

殘荷紅漸稀香老詞人筆小立釣絲風悄倚蘋漪遂雨乍收涼眷夕烌霽無痕迹算是水螢飛誤認疏星碧

蝶戀花

隨任隰川見鸛巢有感

謝卻殘紅飛盡絮九十韶光六十輕抛負芰尾餘春餘幾許畫簾一桁微微雨　雨後泥香新鸛乳一樣將雛

心苦誰憐汝江上草堂今在否雙棲畢竟歸何處

浪淘沙

粤事將了春愁正淚追悼雪舫風琴兩姊

風雨五更寒姊妹粤殘洛陽揮手聽嘸鵑彈指光陰回首寥卅有三季　遺稾忍輕刪鏡底重看此中添我泪

氿瀾一讀一回腸斷處留昇青山

前調

前詞意有未盡再塡此闋不覺泫然

記否手同攜廊曲闌低一鉤月上粉牆西竹影參差粤

影亂風露含嘸　往事但重提眉楚鬟淒雨香寒食泣

棠棃抔土茫茫何處覗寥境都迷

前調

定羌官廨後有望河處每一登臨輒動歸念

羌蓫破春寒人老邊關十秊夢已斷湖干一樣雨絲風片外那覷吳船　高閣幾凭闌眼底河山料應商略太畱鷓鴣子也知鄉思苦相約飛還

菩薩蠻

秌夕

疏桐一葉飄金井蘭釭背寫紅窗影不是耐宵涼那知更漏長　遲暝因愛月宋響空廊屟蟲語恁纏緜道它秌可憐

清平樂

雪夜

松盆籠裏寒已交三九槑影白描鐙上候差比唫魂消瘦　雪粤輕糝窗櫺爬沙眞箇堪聽疑有縞衣入寱覺來枕角微聲

水調歌頭

七夕

今夕復何夕鵲駕已鶵畱盈盈一水相望空際碧雲流攜得輕紈小扇坐向冷螢光裏人意澹於秌襟袂極瀟灑風露浣清愁　倚銀牀薦仌簟熨羅裯不妨夜淡低語笑問女龢牛鶵道儂家眷屬艺似人生離合爲歲一綢繆終古此河漢別恨總悠悠

高昜臺

追龢元遺山鴈邱詞同石君作

叫月聲酸寒波影瘦雙雙暗度河汾響裂驚弦無端比翼輕分霜閨盼斷天涯信怕烁江煙櫓空聞惱離羣寥冷圓沙合殉斜曛　十三數到哀箏柱只同薶玉骨猶紀貞珉賸水殘山依然青塚黃昏相思怨魄歸何處儘傷心付與詞人認號痕碧化蘼蕪都長情根

江城槑𠌶引

石君外子以汪幼堂明府詠槑之作並其夫人宮漱碧秀芝龢詞見示倩余同倚此調依均繼聲殊鶼合拍耳

紙窗虛掩月黃昏是仌紋是霜痕謾把一枝疏影誤橫陳㝱已無聊何況醒只畱崔伴臞儷語夜分　夜分夜分暗香聞酒半醺茶半溫傍廿傍廿傍擁著篝火餘熏贏得糚臺雙寫筆彎春鏡裏東風三九過搯東萼借燕支點染勻

百宜嬌

詠水僊次石君均

豔比仌清影穌春瘦誰識箇儂僊均小立亭亭半曾新月嬲頻嬌烘微暈東風背卻便㝱裏芳期無準謾思量我見猶憐鏡邊愁攏雲鬢　斜坐倚熏籠未燼低笑試拈來玉葱纖印絕世丰姿出塵標格詞筆將伊描盡而

今冷澹可記得江皋離恨早猜詳怨果三生舊情休問

木蘭花慢

石君屬爲俞逸僊明府題臥遊圖冊子

甚丹青點染算澹遠似雲林看幾疊浮嵐一灣娃淥淨滌塵襟而今舊遊何處恁風光都向夢中尋那用攜節著屐空堂足寫遐心　登臨近水昇遙岑彷彿度山陰問翰墨因緣煙霞供養此福誰禁沈吟算教輕讀怕風泉靜夜作憐琴除卻少文同調天涯要幾知音

洞僊歌

周篤甫太守紫桐花西塡詞圖冊子石君屬爲題句塡此付之

雨香庭院正炢桐坐乳中有詞人倚聲處想鶤笙活計彖管閒情都付弄彎下小鬟低度　一枝漁蓑在綽有家風歛出蘋洲舊時謚如幄翠陰陰招遍闌干渾不覺指尖涼聚便坐到長廊月西斜儘紅豆拋殘莫驚鸚鵡

高昜臺

水流雲在舫主人王蘂僊詠詞石君倩作

風絮鶤團波萍昜碎吳艭寥斷而今打槳江頭十季彈指光陰嘑鷺楸後坐楊老惹詞人淚浣離襟耍誰堪釵語盟寒鏡約烋淚　翠眉恰似初三月奈修蛾乍見偏促西沈榻雨鉦彎等閒涼到鴛衾霜瀏瘦盡負篾冷怕思量儂廿鶤禁怎消它薄劣春懷悶損炢心

蘇幙遮

袁浦寓廬絳桃一株㛑時炫豔風致可人別來十有三季矣蕩子春深舊巢堪念拈短調以抒懷㛑如有知得無怊悵耶

嫩烘襯嬌膩雨一對桃靨豔到紅如許別後㛑開今幾度門掩東風宋寞誰爲主　乍春來春又去無計畱春怎箇畱人住蕩子泥香蛛書午寢影分明記得雙棲處

菩薩蠻

以下題如皋汪氏文園綠淨園兩圖

課子讀書堂

庭前嘉對天然秀傳家別業承堂構鐙火易黃昏閒身課子孫　奇書藏萬卷試誦先芬遠高竹聽唫聲數它

雛鳳淸

減字木蘭花

念竹廊

萬竿森秀鶴妥涼雲偃蹇瘦倚遍闌干坐叓多應忪莫寒　風枝婀娜絕似吳興文舁可筍熟茶溫細雨春林客到門

淸平樂

紫雲白雪偃蹇

紫雲痕膩人坐蘿陰底一尌丁香花謝矣歛得璚瑤滿地　闌干十二敧斜盈盈春水偃蹇仿佛江頭桃葉煙波便擬浮家

天僊子

韵石山房

山館玲瓏涼翠滴風泉均遶巖前石池臺竹對幾經季何處覔詞人筆劃破雲根蒼蘚迹

鷓鴣天

一枝盦

月滿中庭露氣浮一枝初白小山幽證來金粟前身幻桵到霓裳舊拍愁　香暗惹瘦遲留絳霄人影澹於烁拈咢且說閒中偶供養詩盦得似不

風中柳

小山泉閣

恰占巖阿閒闢篠窗杉屋撫闌干疏鈎幾曲篁鐙搖綠風泉鳴玉戛清泠枕中琴筑　僊禽兩兩招得白雲同宿嘯煙椵悠然自足茶烹珠瀑尊開金粟儘留連小山秌馥

臨江僊

浴月虡

池上鴛鴦方穩睡紅衣那解閒愁卷簾人正倚璚虡波澄青海月露洗碧天秌　小扇單衫庭院悄禁它風軟香柔空堦時見暗螢流六銖薌澤惹一縷嫩涼兜

鬲谿槑令

讀槑書屋

萬枝香雪遶欄楹擁書城中有高人讀到夜三更月斜參影橫　紙窗鐙火一絢青照唫情自撥爇鑪炙研句將成翠禽三兩聲

四字令

碧梧深處

桐彎畫香桐陰夕涼一鉤月上長廊照雙棲鳳皇　蘭檠翠釭瑤琴錦囊聽它暗葉唫商語烋宵漏長

謁金門

歸颿亭

孤亭脊一角斜陽留得島外風颿煙影織歸舟天際識聽到蕭蕭楓荻欲問霜潮消息水國唫魂何處覓一

星渙火碧

卜算子

竹香齋

營得屋三間圍繞千竿竹一片涼雲拂綺疏染出牙籤綠　有雀解聽詩悄立闌干曲風雨瀟瀟逼短檠冷裛秌唫猷

浪淘沙

藥闌

幾摺畫闌低開了將離嫩姓烘出冶春詞一種閒情拋不得婪尾浓卮　紅上舊彎枝清泪彈時而今畫裏說相思試問玉奴糀靚後卻傍誰凝

風蝶令

古香書屋

竹護涳涳屋彎圍短短窗牙籤插架盡琳瑯留得平生手勘舊鉛黃　試墨螺丸膩聽詩崔寱涼支琴宜傍讀書牀椒帙銀魚猶發古時香

浣谿沙

一簣亭

四角亭空引暗香縞衣人合倚修篁憐它崔寱并俱涼　雪後園林天一白水邊籬落月微黃蜜粿彎底夜傳觴

月慶琴語

倩影廔詞

倩影廔詞

倩影廔遺詞

陽湖陸倩芝偲譔

如夢令

月下憶許佩蘭

又見月明如故憶素心人何處風定露寒時碧玉搔頭斜墮休負休負一歲能逢幾度

百字令

別感

嬌柔懶起正飛鍔如雪江南春老記得鄰家諸女伴爭繡踏青鞵小楪雨涴魂棃雲孀瘱怯換輕羅襖東風無賴卷簾驚墮啼鳥　爭奈好事將闌韶華暗度離恨知

多少綠對成陰鸎鶯瘦絮果蘭因潦草腸斷長亭魂銷別浦來歲歸須早閒愁脈脈落紅平砌休埽

風入松

寄淑貞姊

篝鐙撲映夜涼時紅褪海棠枝殘蛩四壁寒聲咽聽聲聲說盡相思十二闌干烁老滿林黃葉離披　秊來鴈影漸分飛白髮日依依故鄉葬處煙波闊寥魂兒攜手同歸霜冷鴻嘑雲外一鉤月浸窗西

賣餳聲

極目小廔東彩徹殘虹驚烁孤鴈咽長空渙遂一聲煙水綠兩岸丹楓　夜色浸簾櫳愁倚西風蕭疏景色別

離中烁月春風長不老滅了顋紅

惜分飛

送別

暗裏季雩烋裏換淒絕離亭別館客路春將半鳥聲嘑處柔腸斷　欵乃幾聲舟厺遠一任魂銷不管回首紅橋畔楊雩如雪斜昜岸

栁長春

半爲離烋半因多恨無端雩事消磨盡梧桐泪雨又聲聲重衾冷逗暝鵝穩　落葉陰烁殘鐙拖暈霜寒金井西風緊誰家兒女倚黃昏玉簫歛徹槑雩引

淸平樂

沈沈冥冥一院斜昜冷喚得春回春不醒寒鏁梨雲瘦影　鄉關寥廿鶊尋小廔目斷雲淡南浦綠波芳草淒淒牽住愁心

月底修簫譜

贈女郞秀貞

玉凝香雲解語疑是碧城侶鬲著雲山多少黯愁緒埽眉偏我清狂憐才有意廿牽惹相思千縷　挽春住誰知春厺鶊留一日一風雨遙意西湖荷塘鬧紅處何時檀板金尊煙波畫舫待載了卿卿同厺

早春怨

自題拈雲小影

楊柳煙斜海棠風細春太些些帊冷鮫綃塵封鸞鏡人
在天涯　可憐錦瑟年華儘一例飄蕭落華十二重慶
三千弱水鬲著儂家

蜨戀華

甚的傷心呼不醒孽海情天都是淒涼境從此相思重
合并將身打點穌春病　長夜鐘聲圓到枕叶月落烏
唬歸寤吳江冷來歲西泠呼小艇湖堤添箇愁人影

高昜臺

藏珠三妹出指甲見贈卻寄

東閣紅衫西風金翦如華如月流年絮果蘭因惹將幽
思纏緜吳綾小帊沈香盒剝青蔥包裹牢堅藕相逢應

是三生石上前緣　綠陰門巷曾相識記徵歌煑酒逸
興翩翩一别如今又成恨海愁天百季身世原如寄奈
柔腸總被情牽待春回香逗南枝再卜團圓

十六字令

鐙儂自春來瘦未曾穌君問底事不分明

黄金縷

折枝仕女圖

寤醒鏁窻剛永晝草草情緣記得愁時候江北江南都
洩漏惱人只把東風呪　欲寄天涯憐影瘦寄到天涯
已是枝如豆㝍信不遲郎信後無言寒倚春衫裹

醉㝍陰

聽響連環雙玉鈸睡起春寒峭久雨乍晴初簾幙窗紗彎影因風掉　惱春心事知多少閒把闌干靠無賴是東皇央及伊行休送秊光老

宴西園

一院小桃紅輭長晝春明人傍香逗綠窗沙壓闌彎翠鏁庭前芳草瘳破簾前唬鳥醉後怪銷魂月黃昏

南浦月

聞杜鵑

月冷黃昏聲聲唬斷春無信泪痕紅印界破桃彎暈惹得深閨幽怨懨懨芳訊眉尖嫩怎禁春盡鏁住千般恨

高昜臺

題金韵僊汪玉卿評雩僊館合詞

身世團沙因緣槭雪此心何事分明碎墨殘脂糚臺猶剩蘦星瞿曇小刧渾如寱怪匆匆寱乜鶼凴想闌干依舊猩紅著箇詞人叶 蒼茫記得行唫處記扶香綽約褭影玲瓏儼替雩惁雩還算得長生百季佳偶成虛願到而今飜悔多情儘無聊月上簾鉤揜卻疏櫺

玉蝴蝶

舟中

載著萬千離思幾聲柔艣一片飛雩昨寱團圝鐙火猶照還家鬲迢遙幾行煙對同落泊幾點昬鴉恨添些池塘芳草從此天涯 堪嗟雞巢鷰子隨春歸去身似浮

樝遙聽煙中人語去路還睽覓何方綠楊橋畔聲隱約低按紅牙卻憎它遂窗商婦還弄琵琶

天僊子

彎為雨多香瘦斷儂為愁多圍帶緩彎愁儂病自季季彎意嬾儂意嬾胡蝶成團飛不椒　春去天涯無計挽人去天涯音信遠春歸人去兩鶵尋春不返人不返一院海棠誰箇管

眉峯碧

病中與淑貞大姊夜話

寄語故鄉人腸斷人千里環珮無聲巷柝遙攜手同歸矣　好瘦椒如彎落月涼如水舊日闌干若有情應許

儂同倚

孤鴈兒

送大姊歸甯

那年人送春光忩曾幾度牽愁緒今年春又送人歸腸斷東風不語鶯唫鷰舞紅飛綠僝甚計相留住　重簾依舊淡淡處人忩忙春無主年年南浦唱驪謌極目吳江雲對三篙新漲一痕倩影魂夢隨君渡

長亭怨慢

聽何處鶯啼鵑噪喚醒離魂繡衾夢曉一自春來斷腸心緒惹多少闌珊病骨怎禁得閒愁繞寶鴨久慵燒剩藥裹堆中香裹　悄悄待歸來鷰子卷起一簾芳草韶

爭似寥況客裏紅顏易老懊惱煞昨夜東風又都把梨
爭歛了儘碧水流紅誰管傷春哭倒

蜨戀花

濃綠沈沈簾影瀉又聽紅襟鸎子商量語住乜無聊歸
乜罷小桃已逐東風嫁　病骨閒愁無計卸睡皺羅衫
疊皺鴛鴦帊楊柳春淡芳絮謝飛飛飛上紅廔罅

錦纏道

幾日陰姓又是海棠紅逗溼仌絹泪痕依舊斜昜廔外
絲絲柳綰住春愁斷送春人瘦　這淒楚黃昏儘敎挨
設想今宵寥應該有把簾兒放了衾兒疊卻卸雲鬟歇
自穌鐙守

江城梅引

送春

朝飛暮卷恨鶗鴂留住簾鉤又慵流水落參春去曲江
頭宋黃空庭間立偏天不管惱芳心怎解愁　解愁解
愁夜悠悠雲未收雨未收聽廿七聽廿七聽不到舊日紅塵
化箇廟蝴蝶幾生修目斷天涯芳草路偏歲歲自愁
春饑到床

滿庭芳

題周次軒離恨詩草

玄裏光陰尊前鶯兒幾番痕藉腮痕青天碧海歷記
前因遺再塵緣反淺多情處總是愁根提起楊柳古今往

卷珠簾

依舊閒庭依舊雨翠冷紅銷㶷事全無據悽絕青青芳草路東風歛起漫天絮　萬種春愁無著處春已將歸愁乜應該么儂替春愁春不語一般都是無情緒

月華清

院中木香盛開用㶷簾詞均譜之

微雨初收濃煙未藏蕤萃幾枝低亞攜伴鐙前倩影珊珊瀋寫待分香薜荔廧頭支瘦骨薔薇㶷架宜埜把鉛㶷洗盡亭亭疏雅　蕩子商量閒語道萬綠成陰小紅剛嫁攔住殘春有幅蛛絲如畫可傷心霧冷荼蘼會記否月明亭榭餘暇看淡情如謝靚糚如砑

偶幾箇白頭人　重門深悄悄蘆簾紙閣隂偏黃昏惹

調鉛弄粉眉樣飜新容日粧匳研匣而今是錦瑟封塵

紗窗外霜清月冷呼起小槑魂

慶春澤

題趙蓬慶玉扇隂

紫玉煙銷泥金字冷釀成恨海鶼塡鴦鏡塵封誰知一霎因緣當時語讖而今悟羨逋翁眷屬長姸最堪憐廿四番風歛損彎蛾　數聲鐵篴殘槑落瘦香飄粉斷彎懺生前短寢惺忪斷腸操忍重泉癡情儂亦工愁病似春蠶到死纏緜儘流連泪溼衫襟月浸闌干

風入松

讀阮媚川慈暉館遺集書後

青鸞飛杳鬲遙峯玉鏡已成空紅顏㝵命無多豔怕支持廿四番風慧福堪憐草草幽曇忒煞忩忩　十年儇亦寄萍蹤陳跡感泥鴻傷春接著悲秋病儘消磨歲月愁中遙憶庾公庭畔誰人石倚玲瓏

金縷曲

題淩芷沅翠螺閣遺稿

獃哀牙琴怨忒無端一彈再鼓朱絃重斷天下傷心誰此似恨海終鶼塡滿歎歲月暗中偷換刻蠋論詩人似玉怎忩忩鏡裏空㝵幻偃蹇乜抑何短　翠螺眉黛紅螺研最淒涼一般閒卻張郎斑管剩有玉臺酬唱稿待

付香檀槊板未讀廿寸腸先亂何況凝情儂亦累算蠶絲未了餘生喘𢘅病味備嘗慣

洞僊歌

題茶寱盦詞

一番讀罷歎驚人才調清澈欠壺瀉懷袌想碧沙帷裏字煑瓶笙爭不辨茶影瞼魂繚繞　湖山鍾秀芺春月炑筝妙手都成好詞料何處覓樸青瀹井烹泉儘沁逗一腔煩惱笑儂廿凡材愧君知願早把平原買絲繡了

高陽臺

自題綠窗聽雨圖

徑竹敲寒庭梧滴翠六時幽寱鷄成蠟泪橫流照來瘦

影娉婷夫容鏡褪紅潮暈耐這般淒楚寒更最無聊鈴語簷前也自泠泠　無端幾夜烁風雨聽遥遥雁櫓送到烁聲倚著窗兒捱敎桃盡銀鐙新愁舊恨何時了算多愁總爲多情儘消魂一寸眉梢悄惹輕顰叶

一翦梅

次外子見寄原均

離恨隨烁渺渺淡風逗疏林寒逗重衾金錢夜夜卜歸音鐙也無心鵲也無心　四壁殘蛩催短碪別樣愁侵一樣哀唫如絲幽夢斷鶤尋月又將沈漏又將沈

蜨戀花

卸了鸞釵雙碧玉疊了鴛衾薰了夫容褥瘦到黃昏胥

一束秌風斷夢何由續　重卷瀟湘簾半幅依舊闌干
幾折猩紅曲閒倚梧桐歛鳳竹月明天遠山微綠

風入松

中秌無月

木樨香裏坐論詩瘦骨傍支持歲寒容易拋人去任西
風歛鬢成絲遙憶江廔人倚雲山夢裏歸期　空庭露
冷夜遲遲鴉牕正酣時昨宵明月今何處料嫦娥也怕
相思恐有悲秌兒女檀欒不許人知

淒涼犯

月

碧天如洗沈沈靜嫦娥也合埀泪可知耍有癡兒騃女

裛愁相對簾飾影碎把多少酸情料理步蒼苔瑤階迤邐寶鼎篆香細　一平度檀欒夜幾處歡娛幾人蕉萃相思徹底想天涯一般鉤起風漾銀塘笑卅平六鴛鴦凝睡看霜雩撲簌不管冷似水

傍尋芳

周暖姝夫人招吳蘋香暨余集大滌山房登致爽臺眺望湖上諸山即席賦謝

畫堂開處柘泛紅豭卻好然畫握手論心座上春風親授叟閒行抄幽逕綠陰如水涼衣裹太匆匆歎十季塵寥青山依舊　忽地覺煩襟洗盡詩思添濃人意銷逗只怪斜昜紅上眉稜催走重把西溪期後約瓜皮艇子

招漁婦（夫人自號西溪漁婦）問人生這清狂幾番消受

南浦

薏槑

春薏逗春風最關心卻是故園香雪驛使信沈沈全不管孤館箇儂淒絕一枝瘦影美人獃向瑤堦立此際芳魂應恨我忍把幽姿輕撇　伴伊尚有胎禽只靜對黃昏相思鶵說唫賞已無人好珍重休被蓫聲歘裂宵來有寱多應化箇羅浮蝶萬籟無聲飛去也低了半輪明月

浪淘沙

題魏滋伯攘臂唫

名徧浙東西此老猶龍少陵感慨古今同願得先生橫筆陣埽卻狼烽　小草荷春風技愧雕蟲綠窗又整舊詩筒從此破魔還禮佛丹桂香中

疏影

修禊圖爲暖妹夫人題

羅浮夢徑把湖隄片月賺出山頂綵筆攜來寫照清波沈沈寉睡剛醒紅香勒住春如海怕玉蕊聲聲歎冷最羨它十二慶臺合趁詞儷雙影　擽作厶天涯萍棲挂飄待厺也香緘孤嶺絜果因緣草次浮生總是人天愁境松與墨瀋桃與紙便有句應無人省要幾時買櫂重來舊約西溪試茗

倩影廔遺詞

寫韻廔詞

寫韻廔詞

寫均廔詞

南海吳尚憙小荷譔

喜遷鶯令

花朝

挑菜節百花妍蜂蝶鬭翩翩來回旋舞畫欄邊補襯豔陽天　閒逛院春如綫爲着芳菲留戀紅輪斜墜月娟娟依約到芳季

西江月

喜雨

喜得一犁布澤萬家欣頌知時空濛潤遍綠楊枝恠道甘膏相似　恰是豐季佳兆剛逢靈霈先施輕紅淺翠

最相宜來慰小窗人意

皁羅裒

新月

乍可碧空雲藏見銀勾一曲蹈上闌干閒遮初漾百粤妍粤香人影相畱戀　更籌暗轉落階露寒金波清淺玉鏡嬋娟數良宵看到輪兒滿

西江月

春夜聞篴

何處吹來雅調彩雲乍斂當空鸞吟鶴唳儘從容彷彿桓伊三弄　院靜粤香細細宵深月色溶溶落楳一曲倚東風驚覺小窗殘夢

憶秦娥

落花

清和節搓朱成碧春風歇春風欲暗香飄墮燕虒鶯咽

隔窗留戀心如結離裏欲訴憑誰說憑誰說綠陰無賴昨宵新月

南柯子

暮春

荏苒餘春駐依微嫩旭姓繡簾人靜午風輕一片絮花吹墮到窗櫺　幾處雙飛燕誰家百囀鶯游絲搖漾繫門𨑹門外朱旛綠野正催耕

鹵江月

夜月

亂打芭蕉似恨櫊前勢若奔濤陰寒天氣已無聊何況雨聲喧瀑　玉漏更籌夜轉繡窗簾幙風飄待將一帚碧雲高推出紅輪報曉

憶秦娥

夜月寄裹湘君四嫂

關山隔魚沈雁斷音書絕音書絕金錢遥卜寸心如結小窗闌入纖纖月孤鐙乍炯香煙歇香煙歇茗茗更漏誰人離別

風入松

初夏偶感

外絲乍縮日初長竹影幽窗綠陰葉底黃鸝語隔簾櫳
風遞餘香輕暝待裁紈扇嫩寒猶逗銀牀　一春詩事
夵范范有甚思量近來學得參禪味儘花開花謝何妨
欲把韶光留住良辰嫩景華堂

浪淘沙

端午

琥珀泛金尊蒲艾盈門釵符肘印襲餘芬五色縮成長
命縷玉臂殷勤　簫管鬭紛紛競渡聲喧浴蘭初罷絳
羅巾日映榴花紅似火風景宜人

念奴嬌

詠並頭蓮

碧池風景記相逢翠紅掩映嬌色水面淩雲環佩步越女扁舟一葉蕩漾同心鴛鴦共影消受衣香潔憐它婀娜金波照入涼月　自覺湘簟生風珠簾捲著有寤皆澄澈靜對波心如解語怎忍輕輕攀折助我詩情宜人畫理清倚闌干側嫣然一笑江頭何處吹篴

蝶戀花

七夕

銀漢微橫雲作斂小別經年又到烁清淺初月照庭鍼渡幾屏風景曲芙蓉面　料峭涼風生小院何處簫聲暗逐歌聲轉一水盈盈宵漏短相逢遥遞雙星願

浪淘沙

秌夜

玉漏已三叓斗轉參橫涼風蕭瑟露華清正是夜闌暝未穩倦倚雲屏　鶴唳與蟲聲都付秌鳴桂影閒處月偏明聊把烏絲填小令記此幽情

長相思

秌感

風乜清月乜清又到黃花鬬玉英秌蟲處處明　寒幾叓暑幾叓贏得秊光鬢尚青那肯停

擣練子

閨思

花影轉月陰移一片寒砧觸我思偏是裏人聽不得淒

涼帷有素娥知

十六字令

閨情

涼撲面鹵風到小堂羅衣薄對鏡嬾成妝

情悶倚羅幃數漏聲窗欞外小雨夢難成

百字令

戊戌中秌

碧空雲斂看團圓三五古今同羨秌滿小筵雲徑裏恰是良宵庭院桂魄浮光蘭心度馥琴罷殘賓倦倚闌遙望星河天外微粲　且把玉斝頻酬繡簾全捲舉觴開家宴只覺管絃聲入破何處宮商細按願祝椿萱秊秊

此夜百歲長清健最佳風月幾回洗盞重勸

雙調南鄉子

暮冬寄褱任卿四兄

屈指歲將殘似水韶華去不還正是褱人閒捧筆漫漫小雨凝人分外寒　雁影隔關山書到長安仔細看雲路苕苕何處是珊珊吟到棠琴月未閒

唐多令

賦小瓶中白梅

雪暝玉爲堂雲融月在窗羨人心早占羣芳嫋嫋藐姑僊子影嬌不語送寒香　清絕澹詩腸宜人澹素妝念羅浮寱夢斷家鄉喜置膽瓶剛餞歲春第一品無雙

臨江僊

戊戌除夕

打疊屠蘇歡餞歲畫堂春逗樑梢金鑪吹動篆煙飄新符添麗景絳燭已高燒　九十韶華剛有信小進芳艸含嬌椒觴頻泛碧蒲萄玉壺催漏短餘醉待明朝

碧桃春

己亥元旦

燭消香透曉來天東風入繡簾一聲恭祝畫堂前椿萱眉壽添　調鳳律獻羔筵斑衣學古賢融融春色報豐年書雲快覩先

燭影搖紅

憶遠

風送餘寒寢回寶髻悤悤挽新紅嫩碧映闌干乍聽黃鶯囀觸我離衷一片又思量浮沈魚雁關山迢遞人在天涯寸心難展　凭遍雕欄臨風幾度添長歎黃始聞道隔銀河更比銀河遠惟祝龍騰虎變翥天衢扶搖如願離鴻再合嘉耦重逢畫堂歡忭

如夢令

乍見碧紅潑淺幾處黃鸝學囀恰是好良辰怎奈蕭條亭院難遣難遣睡起翠眉嫞展

憶秦娥

初夏

雩陰宋黃楳細雨欄前滴欄前滴落紅無影又添新碧

暝風猶有餘香囊一番春景閒中易閒中易韶華荏

苒任恁般催急

浪淘沙

消暑

倦寢繞橫塘枕簟生涼不須玉斝泛清觴只此風荷香

瀉露勝似瓊漿　浴罷理新妝翠臘添長綠陰槐影送

斜陽最是宜人天欲暮月上紗窗

蝶戀雩

賦扇

幾幅修成明月滿裹底清風頃刻涼炑換撲得流螢隨

手慣井梧一葉心何限　說到班姬恩義斷千古傷心只共青奴歎莫道鶯秋容易撇多情更待來秊見

滿江紅

秋夜有感

一霎清涼鹵風起吹來幨幙恰又是蟲鳴四壁虛澄小閣怪底秋聲偏著耳窗前澹月還同昨歎秊來何處寄愁心膂如削　鄉夢遠渾難託琴書案全拋卻但消磨羇旅壯襄牢落百歲韶華彈指事鴻回燕去空飄泊問襟期原不讓男兒天生錯

浪淘沙

秋夜聞歌長生殿傳奇聞鈴

秌氣露爲霜漏漸添長無聊正欲卸殘粧忽覺清音偏著耳均正淒涼　傾國悔明皇驛路蒼茫馬嵬風雨□何狂玉隕珠沈空有恨聽到郎當

前調

詠黄菊

品性傲秌霜晚節含香迎風帶露短籬傍恰似孤高標正色勝似春芳　瘦㬠儼清粧狂態無雙怎生描寫好秌光一片金精篩月影點綴重陽

憶江南

秌閨

梧桐落瞬息又經秌幾陣清風雲滿徑一簾斜照月當

月樣相宜對匳顧影默沈思環也偃姿燕也偃姿

憶江南

媺人眉

橫玉面未語意含顰一帶遠山增嫵媚半彎新月暗銷魂澹埽叓宜人

燭影搖紅

春柳

金縷含烟河陽幾處青青色絲絲慣惹客邊愁挽就同心結謾道柔條無力綰離情江南江北隨風低舞帶雨轉垂織署一搦　南陌畱春池塘影轉黃昏月靈和殿裏最風流是處經攀折送盡殷勤契闊叓堪憐飛雪似

雪飄蕭水驛褭褭廔前灞橋初別

浪淘沙

送春

把酒餞殘春鸎蜨銷魂綢繆一霎又相分垂柳絲長難綰住杜宇聲聲　闌外卻休憑觸目堪驚斜風細雨落紅英悄語囑春春不管爭柰無情

憶秦娥

風雨不寐

香閨悄夜深往事縈褭褭縈褭褭無多風雨助人煩惱　欲瞑爭柰愁腸繞欄前鐵馬聲聲攪聲聲攪聽殘玉漏暗期天曉

踏莎行

褱　家嚴客中

柳困風柔花舒日暖羅衣尚怯春寒淺凭闌屈指計行期白雲望斷椿庭遠　翹首長涂魚稀雁倦繡幃極目愁無限試拈著艸問平安鐙花預報雙眉展

前調

遣褱

繡幙嬾開琱闌倦倚金釵難綰夫容髻乜知檢點怕多愁愁來渾不由人意　身似蓬飄人如匏繫壯褱空有鬚眉志羨它儔僅勝才能從來物巧招天忌

賀新郎

春閨午倦

日影瑚闌畔看遊前垂絲裊裊嫩紅將展澹澹姓空疏雨後點綴春光滿院隔雲障雛鶯學囀繡戶沈沈驚午寢倚香衾只覺纖腰倦釵墜枕鬢雲亂　侍兒解意添香篆對妝臺幾番顧影一聲長歎自是雙蛾頻鎖翠說甚雲香人面只恐怕顏隨春換舊恨新愁拋不去向吟窗彊把幽衷槭風過處皺鬢捲

浪淘沙

晨起拜佛有感

人世苦奔忙利鎖名韁悶悲閒悶困癡腸數載邯鄲今始醒雲澹天長　稽首炷心香默禱能詳前生夙孽頼

慈航伏願大悲憐薄命避卻炎涼

賀新郎

庚子暮秌侍　母鄉旋舟中作

落日天將晚望前涂煌雲一抹江瀲如練三載風塵羈異地喜得還帆如箭經幾處白蘋斜岈水態山容觀不盡見谿邨頗動林泉念何日裏適吾願　自憐身似秌帆轉怎禁它寒砧畫角吟蟲征雁水葉驚飛霜乍結陣陣金風拂面觸旅況恓裏無限計歷關山將兩月恨長涂鄉國何時見心轉切眉嫞展

滿廷芳

褭僊

打破癡情三生了悟繇華蜨夢全抛空花幻影紛沓亦徒勞道甚五花紫誥黄金屋鳳友鸞膠空回首故山月好寫均正吹簫　抽身須及早神僊遊戲萬事逍遥向潭邊垂釣樹底傾瓢比似藐姑冰雪人間世塵慮都消從今後小廔一卷幽景倩誰描

浪淘沙

庚子八月二十一日弋陽舟次寄薌泠七叔父

舟靜月將闌記送河干渥蒙厚意每周旋祗爲鄉心遠太急彊别慈顔　旅夢幾會安淚溼征衫依依都下别應難宦海風塵祈鄭重後晤何年

蜨戀花

辛丑秌　家嚴出秌聲秌色秌心秌影命題秌

聲

翦翦輕風穿繡幙倚檻閒聽滿樹驚蕭索幾處寒蟲□四壁巡簷鐵馬無休歇　雀喚澄虛天一抹歷歷霜砧遙逗心如結寶鼎香消鐙欲滅逬前送入梧桐月

臨江僊

秌色

萬里清霽新月皎碧痕搖曳風斜江涌雁字寄天涯星河雲影淨何處著殘赮　點綴飛鴉天際外一行秌水蒹葭夜寒雩影上窗紗侵尋霜有信逬樹正棲鴉

行香子

秌心

清夜溶溶𠌶影重重乍聽來四壁寒蛩雲屏倦倚愁緒偏濃問翠眉邊錦腸內不言中　展轉幽褱料峭芳蹤儘平分一點絲桐秊華迅速厺雁來湯任金鑪冷銀釭澹晚妝嫞

唐多令

秌影

寒露微空濛明叚在遠峯愛人蟬斜挂疏桐瑟瑟卤風催漏厺頻移向畫慊中　小徑百𠌶叢𠌶閒爾伴儂對清譚卻又無蹤翠薄添寒鐙欲暗還疑是隔紗籠

唐多令

夏日郵居

欹倚小明窗垂幭納晚涼愛桐陰一片斜陽碧沼風荷消倦意拋翠黛孏成妝　彈指惜流光悤悤歲月忙奔郵居幽僻山莊閒撥玉鑪焚寶篆風過處興偏長

浪淘沙

壬寅初春侍　嚴慈遊桂林舟中作

細雨作輕寒山色含煙清波瀲灩小舟前碧樹人家如畫裏疊翠層巒　一霎轉輕帆回首重看韶華流水自年年屈指重來經七載依舊山川

滿庭芳

舟行即景

楊柳垂青棃雲晾白來風乍暝輕寒篷窗悄倚聊自破愁暝遙見姓峯送翠斜陽外幾點炊煙問多少平橋古道風舞落榆錢　輕帆剛一轉黃鸝細語對我堪憐處遠鴻一一　睇燕翩翩書就錦函芳訊憑伊太好報平安揮毫處雲間天澹紅日已向殘

鐙影搖紅

寒食舟中作

桃李催人禁煙時候春寒淺佳節好況逼清明娿柳垂金錢何處留人顧盼聽枝頭流鶯嚦遍關山滿目綠水新波壯遊未倦　如此春風正陰曡翠斜陽岓新紅一片水苕苕望處如銀漢雨過平沙淺亂更猶疑畫屏潑

遠鶍唬芳艸鷺宿前灘輕帆幾轉

魰歌子

魰人

占取煙波風露清一竿斜裏小舟橫收網坐帶蓑行綠水春山欸乃聲

鳳皇臺上憶吹簫

癸亥春偕李凝僊姊采芝妹同遊月牙山

媆綠頻舒輕紅方綻佳遊忝喜春夝趁香塵綺陌緩步東城轉過浮橋曲徑遙望見石壁題名回畔處波紋瀲灩巧囀黃鸝　同登臙眉秀色似絮月彎彎不隔蓬瀛念山靈無限栁眼青青何處飛來僊境洗人間百慮消

清莊田外菜雩數朶布穀催耕

百字令

先大人周年哭奠作

几筵奠罷對遺眞揮淚痛裂無限掌上擎珠郄下玉海水量恩還淺嘆地難聞嘑天何酷促我靈椿返百身莫贖柔腸斷處如翦　憑記畫法曾傳詞章屢訓猶把身名勉只道百季長奉侍愁煞泉台隔遠欲拚餘生忝爲萱戀彊把眉痕展俄驚周歲素衾紅淚積滿

浪淘沙

癸亥冬寓居李凝僊姊處時直除夕感賦

羈旅正蕭條除夕無聊嚴寒凜列朔風飄賴有朋簪蘭

契重雅意相邀　萱老痛椿凋泪似江潮歷來冬盡又
春朝尙做寄人籬下客百感難消

阮郎歸

不寐觀書

銅壺數盡漏將殘朦朧欲曉天攲衾欲自伴書眠離裏
泪暗彈　觀內則對瑤編行行風化宣金鑪還倩侍兒
添消遣墨中緣

鷓鴣天

甲辰秋舟次全州寄襄李凝僊姊

冷怯鹵風撲鬢絲寒砧畫角雁歸遲試觀皎潔天邊月
又向篷窗照別離　思寄語勸添衣嫦娥應亦笑人癡

寱魂未隔三千里，已轉柔腸十二時。

念奴嬌

甲辰秌重至湘江有感

波平如鏡，暢襟褱，最是雲峯煙壑。蘆雁成羣沙際處，點綴水天一色。木葉剛凋，霜華再結，不耐羅衣□。逢窗遙望，素娥滉漾如雪。　還想九載飄蕭，東閩南粵，曾與江山別。今日重來應咲我，猶恐鬢絲添白。渺渺離情，茫茫故里，只惹愁千摺。谿郵負市，羨它消受風月。

金菊對芙蓉

甲辰冬舟次即景

調雨爲人，催風做凍，連朝漸漸凝寒。□丹楓秌老，霧鎖

蒼煙信鴻斷續聲相送動閒人素泪輕彈離歌一曲歸鴉幾點雁宿沙田　驚暝旅夢懨懨儘金釵敲遍數到更殘試霜豪帶溼凍墨微乾吟鞭計歷匝月謝長途穩渡輕帆篷窗悄閉單衾倦倚吟逗征衫

念奴嬌

舟中晨起見大霧作

水窗纔起訝長空一色江山何處渺渺茫茫無畔岸那是谿邨煙樹恍若雲騰紛如雨驟卻怪鮫龍吐洛妃妝罷揚波倩爾遮護　還憶海市淩虛蜃樓幻影隔斷紅塵路曉日無光煙澹澹猶似晨雞未曙柔艣聞聲征帆莫辨留我久壺住東輪乍轉輕舟依舊飛渡

唐多令

甲辰冬武林旅館對雪

小閣歇挑鐙閒愁無數生怯嚴寒倚倦雲屏一夜朔風驚旅夢晨起望粉妝成　碎玉遍山横瓊瑶布滿庭念崎嶇客路江程料得楳夢將報信清態度費詩評

擣練子

消寒

長夜静朔風迎歇背銀鐙數漏聲小队鸞衾眠未穩嚴寒先向枕邊生

浪淘沙

題陳菊如二世嫂夫人小照

圖畫寄閒身宛肖風神支頤石畔對斜曛執筆凝思思底事擬賦陽春　巾幗一全人若箇如君宜瞋宜喜豔陽溫繡帶臨風添婀娜似動湘帬

滿江紅

武林留別織雲誦芬兩女史

旅思無聊凭闌處泪痕重疊喜擎掌雙珠燿玉聰明夂雪慰我蕭條同翦燭憐宅嬌小關情切柰悤悤買櫂又登程添悽咽　須記取春宵節頻擎袂難言別念關山渺渺杜鵑啼血別夢人生偏易醒風塵宦海渾難脫怕臨風惆悵各西東心如結

前調

乙巳春由杭買櫂赴山右芑由夫子署寄褱湘君四嫂

蘭櫂纔移忿悤悤錦帆難緩擡望眼春波渺渺素心人遠簸枕羅巾紅泪在拂衾別寥清宵短念知音判袂幾時逢腸先斷　空剩著垂楊岍青青柳絲難綰歎天涯羇旅孤鐙相伴跋涉卿憐鹵忿路殷勤我盼南來雁信回風遥遞寄愁心人如見

南歌子

邳州道中寄褱湘君四嫂

暝護桃雩蘂寒飄燕子翎東風吹寥似浮蘋且把一衾愁緒伴嘘閧　月影搖山店垂絲拂驛亭淒涼誰識此

時倩索向客窗尋句寄惺惺

念奴嬌

渡揚子江作

大江東厺好乘風破浪扁舟一葉滉瀁錦帆爭渡險滚滚怒濤如雪香霧微茫寒波浩渺都助襟胸闊水窗閒眺遼天大地皆徹　猶若身在仌壺如萍似絮轉逗愁千疊此厺鄉關知漸遠心與江流同咽隱現金焦厺來潮汐掩映浮雙闕海門一調離裏歌向明月

雙調南鄉子

永樂署寄褢湘君四姣

春暝晝添長欲度金鍼轉自傷記得畫堂同𬓌繡端相

裁罷吳綾玉尺量　今日雁分行閒課琴書久已荒獨把泪珠穿繡線淒涼線短珠多更斷腸

蜨戀花

乙巳冬節鄉旋涂次寒甚車行口占

纔住征車重就道蹭蹬頻年命薄難相拗顛頓天涯歸寥杳霜風裂體驚魂繞　身在長涂親未曉萬種淒涼甚日開裹奩鏡撩塵封眉不埽空餘泪點知多少

唐多令

涂次寄家書作

悶倚水窗寒波紋似泪斑仗輕身暫放心閒書罷家言心耿耿上眉端　遙憶母慈顏何時繞郄前悵雲天別

緒頻季喜得歸甯期已近憑尺素報平安

踏莎行

旅夜聞簫

宋宋銀鐙茗茗漏箭宵深正自情褱倦闗山一調卻飛來聲聲都送篷窗畔　儘蹙眉顰消磨腸斷無聊孤影空長歎客心已是不禁愁何堪三弄增幽怨

滿江紅

乙未冬行抵長沙回憶壬辰歲　先嚴撫楚時平定逆峝猺匪督兵勦辦竭盡心力迄今忽忽十四季化境重來口碑載道知先君之德政入於人者深而往事低徊曷勝悲慨

寥斷天涯重又抵瀟湘旅次增余感豐碑手跡先人舊治仗劍滿酬平虜願拂衣早作歸田計有士民德政佝相傳功非易　纔轉眼韶華逝塵世寥渾如戲望嶽峯秀色景同人異痛背椿顏三載渺傳心二七年前事賸羅巾徒染泪千行悲歌起

賀新郎

乙巳暮冬旅次對雪有感

默對寒江畔望長天朔風凜凜凍雲千點雨峴銀沙迷太公路萬片鵝毛如翦看歷亂芳郵不辨料得瑀樓開六出鬬寒姿欲作棋魂伴想佳兆豐年見　旅褱欲把高歌拔奈愁多唾壺敲破翻吟腸斷誰識天涯顛頹客凄

絕水窗空拚倚繡枕鸞釵壓扁寂寞孤舟經歲杪念韶華屈指東風換吹愁去眉應展

念奴嬌

乙巳除夕行抵湘潭舟中感賦

三湘風景看桃符乍換鼓簫聲繞爆竹頻催蓮漏短堪惜韶華迅速歡向春回愁隨臘去數語遙相祝心香一炷孤舟猶守銀燭　遙念嬌小依親高堂厀下咲歡尊浮綠鏡裏宜春釵綰髻彩勝紅絨斜束今日天涯當季閨內心似彈棋局旅裏轉切金錢頻向神卜

浪淘沙

旅次對月

素影照愁腸默對蟾光季季旅邸歎悲涼脈脈離褱何處寄鬢點秌霜　歷遍水雲鄉渺渺涂長戍慶幾角隱斜陽只有多情天上月伴我篷窗

念奴嬌

丙午初春舟中作

春來幾日怎東風已換餘寒猶峭轉眼燒鐙時節過碧盡天涯芳艸兩岸濃煙半篙新漲日向谿山繞嫩黃吹綻數枝楊柳絲裏　遥聽何處漁歌幾聲柔櫓日暮孤郵渺對景消愁愁欲破怎柰更增褱抱嬾擘魚牋聊啟鳳枕悶倚篷窗悄待兒遥折楳萼今又開了

賀新郎

丙午夏赴都省　母因水阻王家營對月感褱

顛頽荒郵驛對空涏葦檐土壁旅愁千疊倦倚單衾裏往事心比亂絲還結恨苕苕玉京遙隔羇此異鄉如斷梗望白雲渺渺思親切何日裏慰離別　飄蕭心緒同誰說算只有孤鐙素影天邊皓月彈指悲歡離合事又是幾回圓鼓這淒涼似鵑嘑血千古蛾眉磨折恨待從頭細告蟾宮魄瑤闕遠楚天闊

唐多令

旅夜聞螢

簷月射迴廊鹵風送晚涼歎無端飄泊它鄉銅漏添寒驚夜永看玉露欲凝霜　歲月怎恖忪炼風斷客腸慧

淒淒枕畔寒蛩訴到愁心卿且住儂已是泪千行

鳳皇臺上憶吹簫

丙午秌到京省母憶余幼年隨侍先嚴自都赴陝忽忽念有七年矣今重至京華往事低回不勝蓼莪之感

萬里崎嶇重來帝闕繁華舊數神京看秌高氣爽新月微明㝱繞慈闈幾度平安字鴻雁難憑今日裏擘衣都下好慰離情　還記長安昔別尚丫髻雨鬢披纓憶韶華電影南北行程隨侍閩黔湘浙嗟薄命彫謝椿庭今昔感風光依舊泪點珠盈

賀新郎

題粹鵑姊眞容畫冊後

開卷添悽惋憶當日高才詠絮蘭閨相伴讀書敲詩重翦燭倦繡月明同玩又豈料彩雲易散九載悠悠魂夢杳歎緣慳知已人天判回首處柔腸斷　飛瓊久已瑤臺近奈人間天荒地老此衷怎遣賸墨叢殘餘舊恨試較新愁潺湲想悽惋情癡奉倩玉軫朱絃芳均宗結鸞膠何日能如願空領略眞眞喚

雙調南鄉子

寒天作畫戲占

悶對小窗櫺凍綠凝脂落筆輕繪到四時風露態分明望厺緐枝蜨欲迎　嬌色若聞聲敢較徐熙舊有名聊

借丹青消旅思閒評忩卻圍鑪素手久

滿庭芳

丙午莫冬長夜不寐志感

雪意將舒楳魂乍綻枝頭凍雀無聲寒侵翠被旅枕寥難成博得消寒長夜垂紙帳鐙火青熒憑誰問范范百感清泪已如久　心情蕭落衰瘦顏絲鬢種種堪驚念悲歡離合取次飄蕭怎得槐安寥破塵根在何日方醒尖風捲頻催烏兔彈指歲華更

浪淘沙

丁未暮春寄樸園三叔父

去歲晚春天叩別尊前世情似紙慣涼炎幸託慈恩憐

弱息萬種周全　今又整吟鞭遙記經季離裏默默泪
重添獸憶報瓊知甚日銘刻衔環

踏莎行

己丑冬永樂署對雪

久露雲濃飛雺四起飄來萬點空涟裏堆成玉樹自玲
瓏嘑身怎樣枝頭寄　繡幙輕垂朱扉悄閉圍鑪遥念
人天際嚴寒先向客邊生可嘀莫灑征人騎

清平樂

秌思

涼雲澹月又到黃昏節幾陣鹵風催落葉驚起亂蟲悲
咽　那叓斷腸人聽畫慶愁倚銀屏囑語今宵好㝱㝱

中切莫愁生

鷓鴣天

惜雩春起早

曉起輕寒別繡幃遶前薄露潤芳菲憐嬌葉底鸎聲嫩選豔枝頭蝶繞飛　小眷眷步依依叜將錦帳護香籬好邀月姊多情留莫任風姨無賴欺

蜨戀雩

愛月夜瞑遲

乍捲香簾天已暮蟾影娟娟遠挂梧桐樹斜倚雕闌看未足嫦娥切莫拋人去　銀漢若能今夕渡玉宇無塵細把衷褱訴坐久忽驚雩底露銅壺又報三叜鼓

蜨戀雩

閨病

雲鬟蓬鬆釵欲墜日過紗窗猶自懨懨睡一綫情思常似醉身慵半擁紅鴛被　臉際銷紅眉鎖翠無語沈吟總似多情淚一縷尖風侵繡被鏡兒徧曉人顦顇

賀新郎

閨課

曉露飄階次製晨妝菱雩輕拂金盆初試梳罷雲鬟更翠服問省高堂瞑食好打疊繡妝架起刺鳳描鸞紅鞍綠喜餘閒猶把琴書理拋鍼處讀閨史　興來柳絮新詞記按譜圖籤分四部偷聲減字香爇龍涎雩插架點

綴膽瓶風致怎覓它明窗淨几楚楚工夫黄昏後倘敲
棋煑茗青鐙繼中逛外月如水

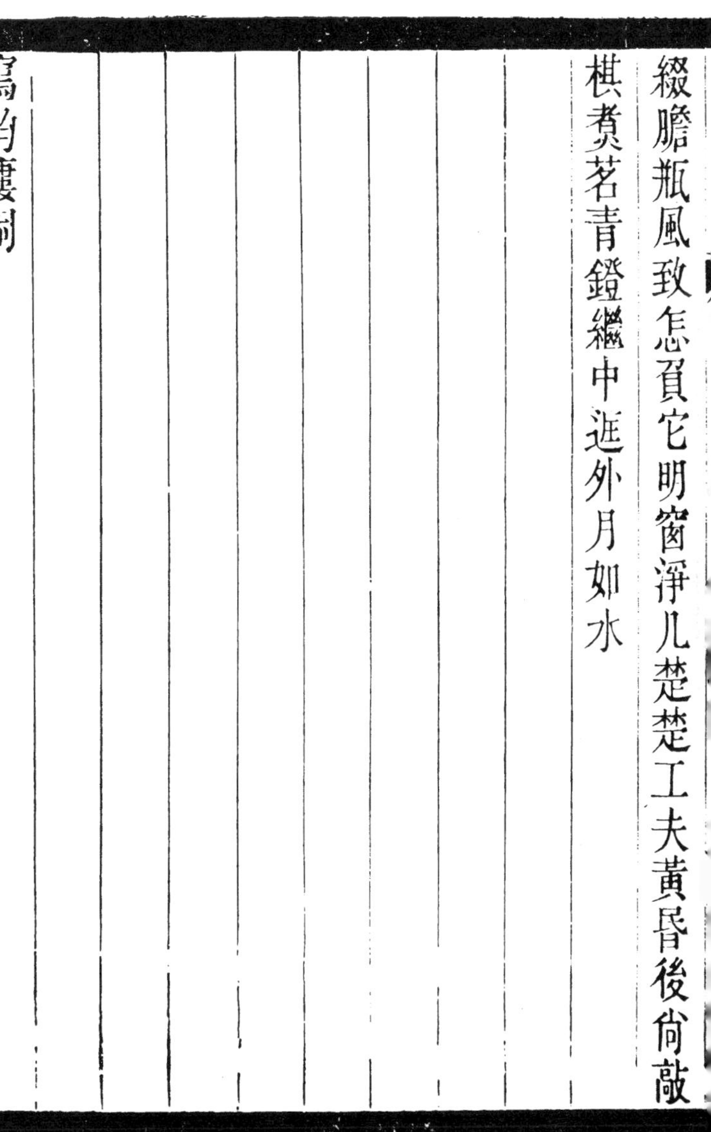

傳古樓景印

傳古芸香

小檀欒室彙刻閨秀詞

徐乃昌 校刻

第三集
第四集

宙

浙江大學出版社

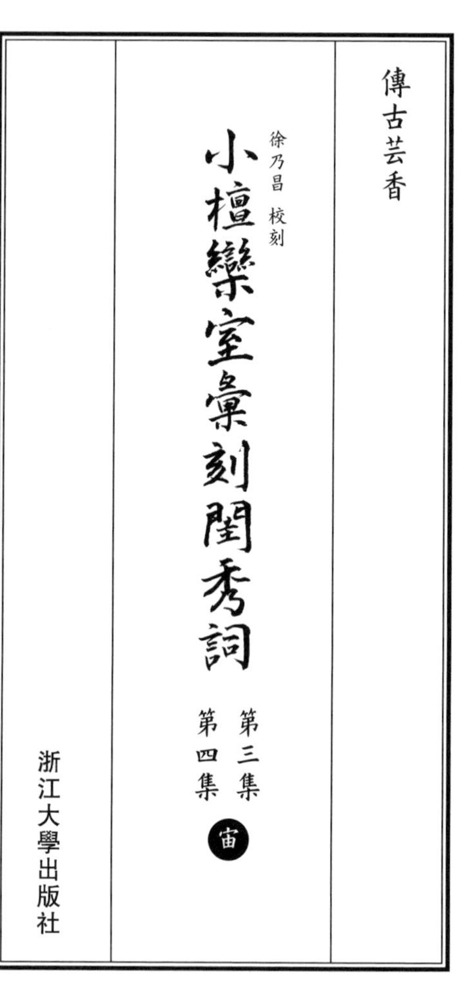

本册目録

青藜閣詞

青藜閣詞

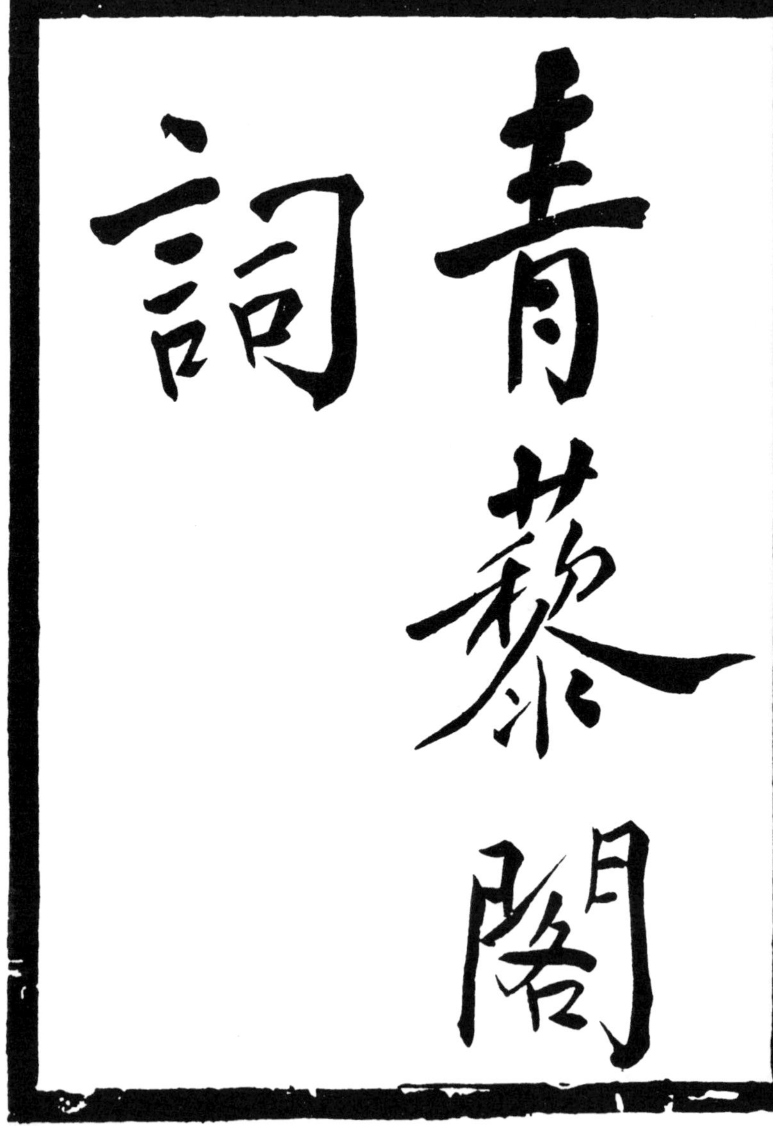

青藜閣詞

甘泉江珠碧岑譔

滿園春

讀清溪夫人詩稿拈此戲柬并寄同學諸姊妹

好句唫鶯罷黯然魂欲化問何時許結香奩社馳想褰成勞敢告吾廬者恰築雲岩鑄竹石秀而埜中有琴書瀟灑　春水如藍春山如畫待牡丹開廿當給簡歸甯假能否盡舩來尊酒春閒把消清語看取分題角勝向風甘拜下

望江南

槑

風翦翦冷澹著疏林消得相公佳句廿筒與真箇纖觴
心雲壓一枝橫　團鬆絮香護縞衣人記取灞橋風雪
候夢彷彿月月彷雲詩影閒粱魂

飛香令

葬春惆感

綠肥紅瘦蝴蜂慵捉夢留絮恨悤悤試倩一簾香雨幾
縷茶煙闌住東風　有情爭似可憐蟲願消智悲變凝
聾博得酒酣飾絕好惜騰歸太嬰甜巾中

蠟影搖紅

雨夜感懷

夜雨瀟瀟殘鐙點滴光如豆文章何處哭西風眞不堪

回首意月夕𢘿朝候淋漓潑墨黏襟裏酒酣說劍耳熱談天爭無作有　是事休休狂懷磨盡渾非舊不須製恨弄箋怨命廿還知否放卻眉間疊皺脫塵緣蒲團坐守千聲古佛一炷清香好生消受

鳳皇臺上憶歙簫

酥心齋大兄題蕙孫妹浣紗詞卷作

雲母窗淚水晶簾靜唫來好句鶺酬粲銀鉤小字巧語𫏐偷爲惜光風窄窄怎禁得如許閒愁腸斷廿珊瑚敲折無地麵憂　攢眸落紅陣陣遣遊絲斷絮爭上眉頭是書生不慚獻擅風流贏得青衫溼逗都付弄檀板清謳頻回首簫聲縹緲何處秦樓

原作自度腔　任兆麟心齋

碧窗人悄寶篆香微荳蔻心紅謾撚最舊癖無凭新恁鶗鴂剪亦知弟一損人怎還奈風光無限劇可憐起自裴裏暝還輾轉　誰伴才子風流疊新詞錦字香生蘭畹這幽恨離情種種彀人魂斷唫遍月廔風徑只恁處天涯人遠人遠也怕是綠新紅晚

鳳凰臺上憶吹簫

再穌心齋

疊疊雲箋行行較顆令人咄咄書空把新詞唫遍欲穌鵑工剔盡殘鐙聽雨眞負卻作達心胸一滴滴聲隨腸斷泪染綃紅　朦朧模黏病眼看五色迷離頭腦冬烘

小寶晉齋以諸君子會課卷請余評定甲乙是宵閱盡歎文章有道何術問中傳得一場愁夢思量著誤學屠龍空自教季季紙穴辛苦

瑚蟲

原作 任兆麟

寢裏談禪醉中學道幾曾甚著浮生詫鵝傾情海不下愁城又是春光如許鐙黯黯冷拚銀屏敧自向窗兒守著怎得天明 鷄平古來才子歎紅粉青衫一樣飄蕭教新聲飜出爭逗芳春妒煞五更風雨驚曉看紅隨簾旌凭闌廿清明又近扃院簫聲

鳳皇臺上憶吹簫

三緣心齋

午日穿簾桃枝弄影天風欲落瑤箋誤聰明兩字富盡辛酸憎煞鸎嗁鷰語牽惹起種種愁端難消遣悲來看劍病太逃禪　蕭閒焚香默坐較詞瞻詩腸總不如前嗤江花早謝無力爭妍造物豈真忌汝廿應是骨相單寒且偷占一園春色幾片雲山

原作　　任兆麟

客裏風光愁中歲月等閒春色三分是瑤華重賜錦字生新攪煞別魂離魄來世世切莫多情爲般勤傳言玉女囑付東君　前因放懷卻是且從今以後休要當真趁花前月下莫負芳辰直把長江作酒敎寫盡萬斛輕塵要歛徹玉簫聲裏字字父清憋鄉女史吉簫請余

製簫譜因即塡其所作授之

上西慶

牡丹稣心齋

東西歛雨絲絲洗糚遲憐緐慜紅一片弱鶵支　金縷

舉天香吐試姓時好博玉堂僊客贈新詞

原作　　任兆麟

蓬萊謫下瑶英殿殘春恰似低垂玉珮舞金裝　凮

乍暖姓初展正芳辰特地招尋知是偺爲人

百字令

代東奉酬心齋

香蕙石葉勞雲箋題遍江南風月檢點好言君莫盡交

何處求生活換徵移宮龢新台古製諧眞奇絶淸詞三疊試把玉簫歛出　添取一院濃陰數聲啼鴂瞬眼春光易鎮日藥鐺相伴住墨海微塵堆積結習無多詩魔酒障最是鶵消滅談禪説法慚愧舌間功德

原作　　任兆麟

偶書代柬寄碧岑

催春風雨霎時間都是飄香蕊玉無賴鸎啼人喚起好夢尋思鶵續千日中山百回屈指祇是銷魂猷總然無計向維摩證因宿　曾記閒恨閒愁歛簫三疊不盡耶心曲七尺鑄來空骯髒一樣悲歌痛哭應想從今多生結習還懺西方笠同頭拋卻許多人世甆

鹿

碧桃館詞

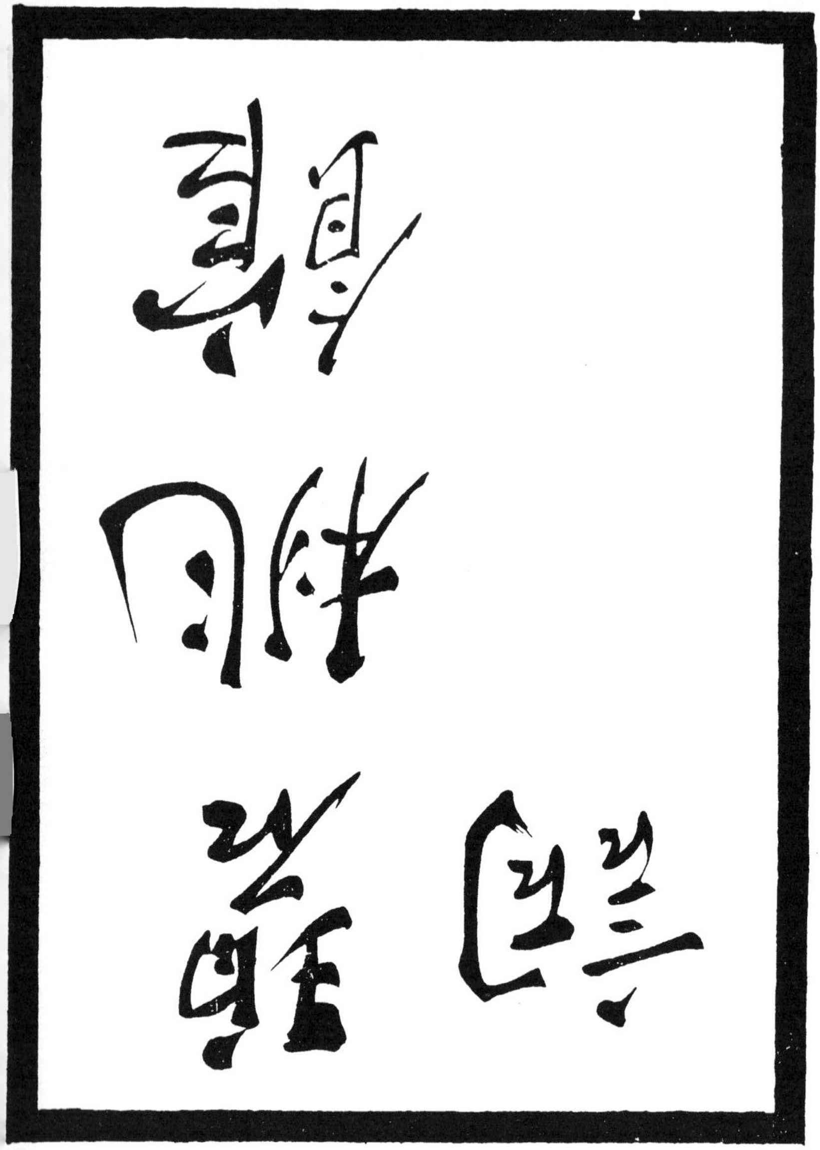

碧桃館詞

仁和趙我佩君蘭譔

長相思

秋晚

蘆花邊蓼花邊曾記橫塘唱采蓮秋風年復年　莫雲天莫潮天柳外輕絲盪細煙沙鷗和月眠

浣溪沙

尖月眉兒鬭晚妝悄來簾底自熏香薄寒新試碧羅裳　桐葉蕭疏秋意老豆花蕭落雨聲涼惱人天氣近重陽

菩薩蠻

綠窗幾陣黃昏雨芭蕉葉上添愁緒翠裒越羅單西風
吹鬢寒　瘦魂何處去簾櫳深如許悶倚小屏山燭花
和淚彈

南鄉子

愁鎖鬱金堂嬌對夫容暈晚妝心事怕從肩際露遮藏
獨自尋思暗斷腸　人瘦比花黃簾捲西風冷夕陽鸚
鵡不知儂意緒悲涼紅豆偏教啄一雙

采桑子

桃笙八尺清如水寒到衾過意輭鬟偏一樣紅花瘦可
憐　近來儂也銷魂慣長夜如年只是無眠心似香燒
欲化煙

醉太平

花鄉水鄉情長寥長西風吹落蓮房老鴛鴦一雙　詩狂酒狂愁腸恨腸無端瘦了秋孃怕臨波曉妝

齊天樂

題玉人和月折梅花畫扇

瘦蟾如喚名魂起深深畫欄巡唉遂均停吹琴絲罷理孤立蒼茫清悄江南信早問綠萼芳華幾生修到素手拈來滿身香霧鬢雲繞　疏林夜涼試並隔花人似玉誰諦幽裒小摘瓊英低揎翠袖指上春風多少羅浮寥杳有鶴使閒猜兔輝微照插向銅瓶一枝斜更好

滿江紅

贈別采湘外妹

一曲驪歌猛回首短長亭隔誰更料團圞難久陡歡堪借節序驚心忙裏過雲嵐洗眼愁中歷歎塵勞容易損朱顏天涯客　攜翠袖知何益題紅豆思何極認羅巾點點淚絲如織繡閣煙迷蝴蝶夢荒江日落鷓鴣驛最銷魂晚飯坐篷窗千山黑

浪淘沙

斷夢倩誰招難逐歸潮淚痕多在舊鮫綃心上問愁眉上恨草草朝朝　簾外雨瀟瀟寒襟砭敲箇人幾日瘦纖腰怪煞西風無賴甚魂不禁銷

卜算子

一樣雨和風各樣愁人聽處外垂楊處上人同是懨懨病　低捹水文窗莫把闌干凭昨夜西風今夜寒瘦卻釭花影

江梅引

寄采湘

瘦腰怯似柳枝柔怕經秋易經秋容易西風吹恨上眉頭誰惜近來顦顇甚心似醉一絲絲繞亂愁　亂愁亂愁數叠疊籌衾半兜香半留麼也麼也麼不到舊日妝處怪殺銷魂簾底月如鉤照徧花前攜手路人去也賸相思淚暗流

山漸青

花一屌月一屌一炷鑪香裏細煙人和花月瞑　䒥雲
連䒥山連一樣銷魂似去年重來妝閣前

虞美人

瀟湘一桁簾波隱簾外西風緊惜花人瘦不禁秋料得
秋花先要替儂愁　紅甤枕倚釵聲墜欲醒還成醉㡣
囘綃帳月初昏忍見芙蓉巾上舊啼痕

菩薩蠻

瘦

病餘何事眉峯削珊珊瓌骨衣棱弱春已十分消人非
前日嬌　移鐙羞暈粉鏡裏渾難認誰惜小蠻支算來
羅帶知

點絳脣

鬪鏡

多謝菱花照儂眉黛青於㭨美人消瘦明月團圞否

顧影含情秋水神初逗黄昏後眼波斜溜鐙火屏山逗

擣練子

金鴨爐玉蟲幽何處璚簫倚畫廔窗外月明花氣冷晩

風無語弄簾鉤

虞美人

梨雲一縷隨風度行遍天涯路箇中心事不分明依約

關山千里短長亭　臉霞半枕嬌紅透睡起釵聲溜休

㥏遠夢忒模糊便是今宵有夢不如無

楊栁枝

半捲香簾燭影搖夜茗茗此時情緒己魂銷搽輕綃
人瘦花殘秋去了愁多少芭蕉窗外夏無聊雨瀟瀟

菩薩蠻

秋江晚眺

炊煙一霎遥天暝亂鴉飛破垂楊影何處是鄉關白雲
山外山　欲歸歸未得楚水吳江隔莫道不銷魂茜衫
蔫淚痕

遠峰倉黱傷心碧荒涼古道飛黄葉家住在江南江天
秋水涵　風前人影瘦小立垂雙袖但得學歸鴻雲羅
萬里通

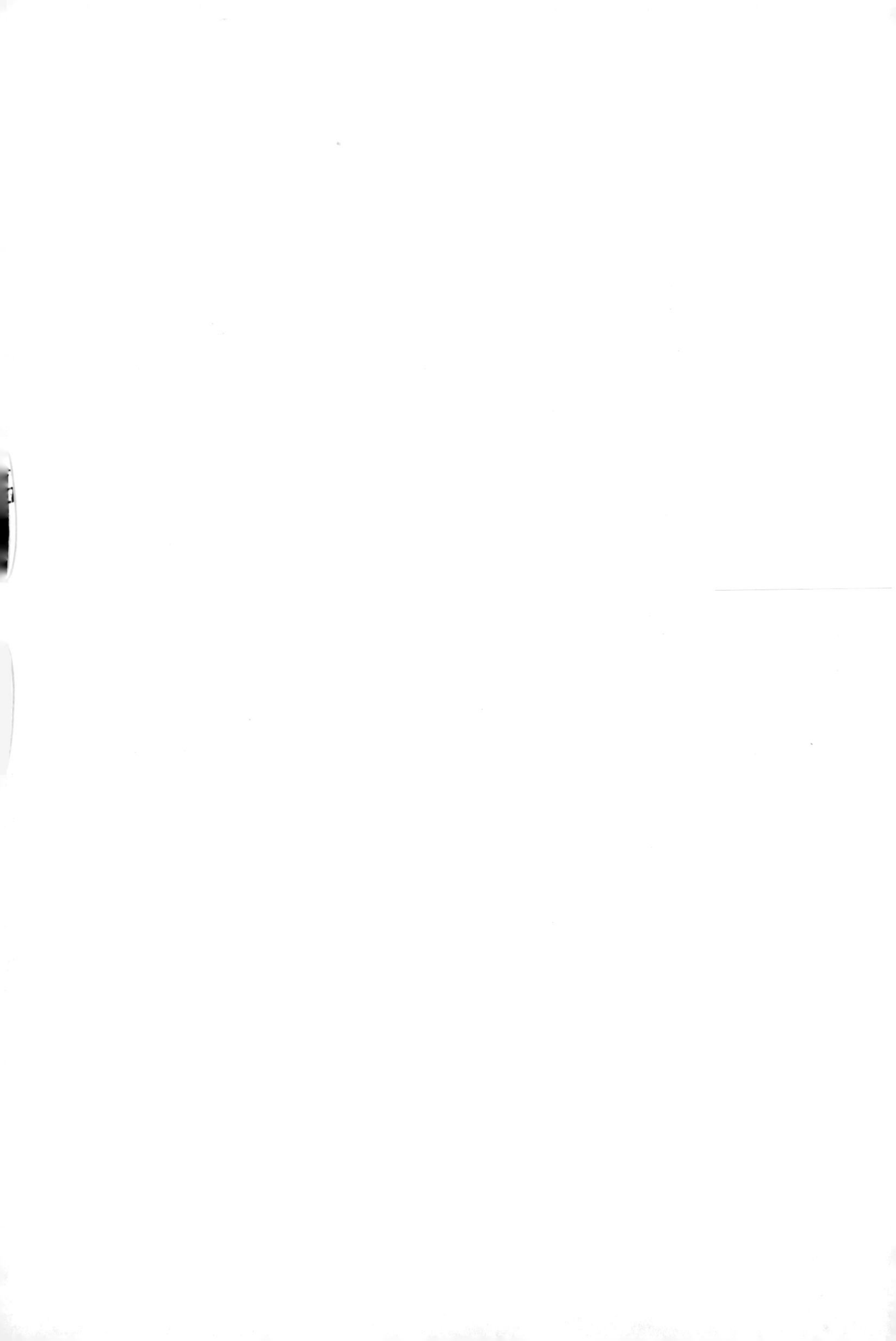

清平樂

愁推不去沒箇藏愁處小小眉彎擔不住做出恨煙蹔雨　連朝飛瓦青霜病餘怕倚回廊已是傷秋傷別可堪又過重陽

虞美人

寄君蓮二妹

秋心瘦似梧桐樹葉葉澆愁雨畫羅屏底薄寒生不道西窗蓮漏已三更　錦椾欲寄情難訴寥斷天涯路相思無計託歸鴻怎把平安寫向白雲中

臺城路

題俞吉庵聽蕉圖

是何聲起簾波外濃陰半遮庭宇酒病初醒茶煙未冷清絕翠深深處開門看雨正月影篩金滿堦蛩絮小檻鐙昏此情幽抑共誰譜　西窗夜涼坐久儘輕衫側帽瀟灑如許簌簌方來疏疏忽斷一片秋心能語披圖認取想葉底微吟舊題詩句萬壘雲楠綠天庵外補

步月

題黃小岩秋江玩月圖

孤鶴南飛大江東去詩裏直恁句留暮霞晚景風急白蘋洲想吹蓬魚龍起舞千山外遠黏雙髻人何在瓊樓玉宇高曠不勝秋　悠悠香霧繞銷魂怕瘖省檀板歌喉青衫淚溼鐙火語難周延素魄朱闌共凭卷疏星銀

蒜齊鉤歸去也深情未肯逐潮收

探春

又題春江後遊圖

鴻爪前塵鴨頭新漲樟亭潮落時候畫鷁衝波涼蟾出海天水空明如晝莫道間花月似赤壁當年還又羽衣此日翩翩玉人應共攜手　休恨秋風去久看鏡裏青娥影人依舊萬古圓期一江幽瘳忍唱曉風楊柳重問盟鷗處可省識詩豪黃九浪迹歸來醉裏何限回首

菩薩蠻

羅幃昨夜秋先逗銀釭一點如紅豆無力卸殘妝橱陰月轉廊　愁多偏易醉悶擁香衾睡不道寤難成酒醒

愁又生

虞美人

連朝風雨黄花瘦病過重陽候侍兒扶起嬾梳頭謾說
日高猶自擁妝慵　琉璃格子文窗小題徧相思稿傍
秋情緒怕逢秋道是纖腰如柳恁禁愁

十六字令

癡情似春蠶不斷絲絲連環結無計解相思
聽窗外芭蕉夜雨聲爐煙冷酒醒夢難成

金縷曲

和采湘

記折河干柳甚蕭條斜陽古道草萋時候離恨一肩挑

不起抵死教人禁受料潭水情濃於酒歎我身如紅豆粒偎枝枝葉葉相思透清淚溼眼波溜　與君遙隔天涯久憶當年紅麼夜月玉簫同奏舊雨而今雲樣遠寥也怎生難就問兩地是誰消瘦寄語加餐須努力耍秋涼珍重雙羅袖愁病撇解眉皺

江城楳花引

朝來歸寥忒忩忩怕惺忪越惺忪一霎南柯驚破五叟鐘昨夜畫屏涼似水秋去也悵天涯目斷鴻　斷鴻斷鴻信難通雲萬重山萬重盼也盼也盼不見錦字緘封空把闌干倚遍夕陽紅簾卷西風人影瘦銷魂處溼羅巾別淚濃

太常引

秋夜聞𥡴鐵聲

銷魂人在畫羅屏著耳乍冬丁巳是不堪聽那更𧞤蛩聲鴈聲　無邊風雨無聊情緒觸處亂愁生拚卻寢難成任譙鼓三更四更

蝴蝶兒

本意

蝴蝶兒芃春飛風前瘦影怯穿枝倦依芳草池　醉粉空餘恨憐香枉自凝羅浮𡪢醒落花時相思知不知

眼兒媚

白蘋江上晚來秋風定柳絲柔今宵酒醒昨朝人去多

少離愁　銷魂最怕黃昏後獨自上高樓三更疏雨半牀殘夢一葉扁舟

南歌子

蛛網縈回處蠶眠宛轉時憐伊辛苦吠伊癡吠爾一生顛顛爲情絲

蘇幕遮

曲廊斜深院靜樓外秋千送過垂楊影燕子不來春又盡幾折闌干獨自和愁凭　鬢雲低眉月冷人瘦如花花也如人病小夢惺忪眠未穩燭燼香銷依舊今宵醒

菩薩蠻

斗壺滴盡蓮花漏酒醒人靜黃花後一夜剪刀風小樓

鐙不紅　玻池如水凍香冷銀屏夢來日綺窗開梅梢雪尙堆

南鄉子

秋意逼輕綃香冷重衾麝靄消怕倚熏籠思往事魂銷夢斷垂虹弟四橋　人去忒無聊門掩銅環鑠宋寥謾向妝臺修尺素茗茗萬里雲羅雁字遙

月上海棠

曲屏移過斜陽影怨黃昏一霎林煙暝小立蒼苔隔花陰雲鬟塵香凝湘簾卷深院月明人定　莽雲春樹詩裏冷似天公付我傷心病夢裏閒愁悄思量舊時風景紅慶遂忍把離魂喚醒

臺城路

秋雨

簾波欲渡瀟湘碧涼生半庭高樹竹颸虛廊桐飄古甃

淒絕一聲聲雨欄鈴碎語正滴破鄉心亂愁如許聽徹

黃昏玉階蕭颯幾曾住　西窗又然絳炬憶當年話別

幽恨難訴寶鼎香銷銀屏夢醒句起傷秋情緒流光逝

羽怕搖江潭綠楊千縷夜漏招診燈人意苦

踏莎行

春草

徑綠苔花庭飛柳絮池塘寂寞清明雨西園蝴蝶故依

依東風吹遍來何處　別浦魂銷畫廊人去雖愁三月

長亭路經年綠徧舊城根萋萋又送王孫公

清平樂

鶯嘅燕語聽徧垂楊路昨夜東風今夜雨釀得春寒如許　含顰獨倚高廔湘簾不上銀鉤又是花朝過也卻教人爲花愁

浣溪沙

燕子歸來細雨中春來春去忒忩忩綠窗人靜下簾櫳　昨夜新寒渾似翦梨花香雪梸花風海棠微褪幾分紅

漠漠春陰繡戶低悄來花下拚雙扉生憎蝴蜨傍人飛　彔曲闌邉紅芍藥鞦韆架上綠薔薇踏青時節雨霏

霏
紫陌吹簫唱賣餳江南春色可憐生杏花寒食雨清明
芳徑倦飛三月絮綺窗愁聽一聲鶯斷腸心事故園
情
翡翠衾溫麝靄濃芙蓉幔捲晚妝慵疏鐙紅逗碧紗籠
月轉花梢人杳也倚闌無語寂寥中羅衣不耐海棠
風

虞美人

楓橋夜泊寄采湘

桃花潭水深如許只是傷離緒驪歌唱罷柳枝詞從此
江南江北兩相思　烏啼月落人何處難繫行舟住還

家有寥亦忩忩何況一枝柔艣一聲鐘

青門引

飛絮

飄泊渾無定可是東風薄倖遊絲無力綰應難任它飛去拚作天涯影　謝孃何事詩裏冷顛顛江南景金縷曲歌何處陽關一闋人愁聽

風蝶令

落花

金谷𧂐香地瑶臺㩐彩時一春無奈雨霏霏枉卻尋芳蝴蝶繞蘂飛　流水恩何薄東風恨怎知杜鵑啼老臙空枝怨煞鯀華如寥鳥如癡

臨江僊

題無人院落圖

滿院落紋青欲滴曉來絲雨纔收茶煙輕颺綠窗幽晝長嘑鳥倦風緊落花愁　小小回廊春寂寞珠簾不上銀鉤玉人孏起慣嬌柔生憎鸚鵡喚斜日下妝廔

菩薩蠻

繡窗一夜春暝足暈紅嬌褪雙顋玉簾外雨如煙落花三月天　畫梁新燕語也學喁喁絮愁煞未歸人傳書乏錦鱗

雨絲煙縷將愁織淚珠成串鮫綃溼春也不知情花飛人錦屏　酒醒聞杜宇獨立渾無主幾曲碧闌干一鉤

羅襪寒

阮郎歸

簾幕暮雨送春行峭寒侵畫屏鞦韆廊外作長亭落花飛滿庭　鶯不語燕含情留春春可聽杜鵑薄倖費丁甯知它是怎生

虞美人

落紅滿地鶯聲老春去愁難埽背人無語蹙雙蛾可奈桃花臉薄淚痕多　畫廔一角斜陽悄香篆簾波裹是誰喚醒夢南柯半晌起來蘊怨到鸚哥

清平樂

魚沈鴈杳沒箇平安報門外落花愁不埽春恨知它多

少　高廔纔卷簾櫱遠山如畫眉峯月斷芳雲千里誰傳錦字緘封

一聲柔牓人公垂楊渡苦雨連緜聽不住做出淒迷情緒　故園梅子黃時天涯遠寱誰知寄語畫梁雙燕爲儂銜去相思

南鄉子

寄釆湘

腸斷灞陵詩千里雲山鴈陣遲記得銷魂攜手路尋思賸有河干舊柳枝　瘦骨弱難支先覺輕寒到被池小寱如煙飛不去情凝人似蠶眠十二時

憶秦娥

東風急海棠紅褪燕支色燕支色鞦韆廊外落花狼藉

晚妝慶上誰橫遂垂楊一樹傷心碧傷心碧玉人何

處鳳城遙隔

如夢令

今夜夢魂無定多被瑤簫吹醒廊外月如潮翠裛宵來

慵凭人靜人靜風弄一簾花影

添字采桑子

繡衾不暖鑪煙凍剔卻銀釭卸罷殘妝驀見隔簾斜月

影上回廊　墜歡重省渾如夢沒箇思量枉費猜詳細

數別來多少事斷人腸

浣溪沙

簾卷春寒飏玉鉤閒吹柳絮午風柔尋常睡起不梳頭

江國青衫遊子夢曲屏紅豆女兒愁伴人小燕入妝

樓

金菊對芙蓉

秋感寄采湘

斷角聲淒蕭笳均悄斜陽催暝荒城正滿林黃葉秋老

旗亭春來送別香車杳賸臨歧淚溼吳綾可憐遊子生

涯如寱寱幾時醒　舊事追憶無憑歎壓勞鹿鹿水逝

雲行任㝡開彈指幻想空驚故園宋寞休回首悵銜泥

燕壘難成今宵幾月照人千里兩地離情

滿江紅

送慧雲四姊南還

楊柳如絲偏不解將人綰結猛聽到陽關一曲長亭初別細雨孤颿縈寥遠桃花潭水傷情切向天涯把酒送君歸蘭橈發　春草碾征輪撻春波汎飛鳧沒黯魂銷江上數峯清絕窰鼎燒殘心字篆紅牙拍徧相思闋願秋來舊約準於潮期休越

采桑子

月鉤斜挂雲羅薄秋思縣縣卻在誰邊辜負良宵又下弦　玉釵扣枕銀屏掩乍起還眠殘寥如煙挑盡釭花夜似年

月上海棠

哭采湘

情天有缺愁難補歎紅牆碧海茫無路畫閣重來冷清清倩魂何處君休矣蕭落妝臺詞句　采鸞不合人間住猛罡風吹向瑤京去幻寥如泡悟曇花塵寰小度淒涼境紫玉香煙莫

點絳脣

簾箔雙鉤曉妝纔罷閒庭宇倚闌無語獨自傷情緒燕子歸來不解留春住春將去亂紅如絮一陣催花雨

蘇幕遮

綠窗閒紅雨靜無奈春歸無計留春定燕子含愁蝴蝶病薄倖東風短了桃花命　晝初長香已燼一樹垂楊

一架鞦韆影半卷湘簾銀蒜冷度外青山度上愁人凭

畫堂春

湖上采蓮

畫船簫鼓汎銀塘高挑十二紗窗晚妝新試碧羅裳水面風涼　一片櫂歌聲急采蓮齊唱紅腔蘭橈歸去藕花香閙煞鴛鴦

百字令

自題瞑琴綠陰圖

濃陰似水正疏疏雨過涼生高樹滿徑落錢鋪翡翠恰好攜琴閒住雲影拖藍山光蘸碧淺暈雙眉宇焦桐倦理鼻鑪煙燼香炷　堪嘆海上情移鍾期已杳誰是知

音倪湘謂采舊調悲涼彈不得忍把么絃重撫淚溼紅綃

徽停綠綺冷落瀟湘譜空林人靜夕陽淒對無語

臺城路

辛亥秋送麗軒入都

西風古道垂楊老絲絲盡牽愁緒角均齊吹笳聲遍起

陡覺銷魂如許離觴諛舉怕一曲驪歌酒醒人去寫入

紅桷相思題贈斷腸句　情深最難話別願長安此去

瀛路休阻畫閣香寒妝臺筆冷閒煞遠山眉嫵拋殘繡

譜賸巾上斑斑淚痕無數目送征驂夕陽煙外浦

憶江南

寄外

人去也人去短長亭卻向君前佯忍淚不因別後始關
情無計阻征程
人去也人去費丁甯推枕夢回荒店月束裝風急酒旗
亭珍重曉寒生
人去也人去驛苕遙曲曲琴心絃上語斑斑情淚鏡中
潮誰寄與紅綃
人去也人去夢難成繡被春寒常倚枕畫屏香冷嬾調
笙鎮日數行程
人去也人去怯凭闌潑墨名題期櫱栁輭紅塵涴卻珊
寃夢直到長安
人去也人去忒無聊夜月怕闚羅幌冷曉妝愁斂遠山

遥心事兩眉稍

人去也人去掩重門紅蠟淚乾因惜别玉臺塵暗蚑銷

魂新月又黄昏

人去也人去幾時歸容易風霜吹木葉只愁清瘦減腰

圍誰與授寒衣

相思兒令

猶記深宵翦燭細語比肩時一自箇人去後只赢得相

思　妝臺彩筆慵持怕離愁壓損雙眉爭知别後心情

去時悔不留伊

金縷曲

辛亥除夕感裹

篆冷簾波悄夜茗茗香銷酒醒鐙殘夢杳愁似繭絲抽不盡觸處又添煩惱料閒緒百端齊到歎我身如秋去燕舊巢居無復當時好思往昔黯裏哀　劇憐鏡裏飛霜早感流光韶顔易改翠鬟人老屈指年來惆悵事贏得淚珠多少都併入斷腸詞稿更憶天涯羇旅客爲微名寄跡長安道金帖子甚時報

菩薩蠻

春雨連緜園花蕭落風前獨立悵然久之譜餞花詞四章并寄麗卿

東風吹醒韶華夢脂痕褪卻春容空簾外即長亭落花無限情　花開人未去花謝人何處明歲此花開知君

來未來
彩幡搖曳鈴聲碎鞦韆牆外餘香墜不敢怨東風含情
謫落紅　西園閒步櫟春恨和誰說嘅鳥喚春歸雨餘
花淚垂
杏粱燕子春愁重喃喃絮破紅窗夢喚起惜花心離情
如水深　碧城雲樣遠別淚羅巾滿春去有時歸天涯
人未回
闌干拍徧傷春曲鐵羅淺印苔痕綠香翎椊花蘿擣鈿
下玉堦　留春春不許花又拋春去把酒祝東皇明年
花事長

釵頭鳳

重門靜東風定薄寒如水簾波暝鑪煙裊屏山繞金錢
卜罷玉釭花爆報報報　春偏冷人微病海棠睡起愁
難醒眉嫵埽情空惱思君別後碧天雲杳悄悄悄

琴調相思引

滴盡蓮花夜漏殘相思掐徧小闌干吹簫人去碧月又
團圞　莫向華胥尋睡蝶瘦魂飛不到長安枕函倦倚
曲曲是關山

憶秦娥

湘簾揭落花滿地飛蝴蝶飛蝴蝶惜春人病燕歸時節
　天涯客去音書絕盡眉開煞窗前月窗前月晚妝慶
外亂山千疊

一翦梅

目斷天涯芳草路，幽芳草沙洲，斜月蘋洲。相思情比柳絲柔。半鎖春愁，半鎖離愁。　倒卷犀簾上玉鉤。閒倚層頭，悶倚層頭。片颿影裏水悠悠。朝盼歸舟，暮盼歸舟。

蘇幕遮

篆煙銷，燈燄滅。簾卷西風，吹作漫天雪。霧裏雲山千萬疊。便不相思，也化雙飛蝶。　漏聲殘，譙鼓歇。一霎相逢，一霎輕離別。悟到空空如水月。紙帳梅花，依舊音塵絕。

卜算子

密意亂如絲，別淚濃於酒。眉上青山臉際霞，多爲春消瘦。　記得去時言，約在梅開後。風信而今過海棠，到底

歸來否

菩薩蠻

曉鐘敲破棃花夢。繡衾如水春寒重。怕聽子規啼。歸期未有期。　妝臺和淚倚。鎮日慵梳洗。不敢畫眉彎。生憎是遠山。

惜分釵

寄君蓮

黃昏去。香三炷。綠窗人共鐙花語。酒初醒。夢難成。誰家玉篴。喚起江城。聽聽。　陽關句。傷離緒。相思多在垂楊樹。別長亭。記丁甯。愁心如醉。淚眼含情。盈盈。

浪淘沙

秋期

深院下簾旌秋冷銀屏露華如水浸中庭一炷心香燒未滅來乎雙星　花底步輕輕羅韈涼生何人能會此時情只有如弓天上月照得分明

醉太平

西湖汎月

蓮房露傾花膽月明櫂歌聲起漁汀喚鴛鴦夢醒　鳧蓬畫船簾鉤水晶隔船初見雲英聽輕彈玉箏　哀山光膽浮簾波月流畫橈驚起沙鷗唉先儂白頭

蟬咽秋吟蛩絮愁舊游如夢難留冷花灘釣舟

雨中花

癸丑七月海陵舟次悶填此解

不是傷秋非病酒顦顇似風前楊柳頻暈紅愁眉蹙綠
慘淚溼雙羅裛　鏡裏韶顔還更瘦算只有青山依舊
雲樹含情江花無恙別後平安否

采桑子

綠苔深院簾垂地風落榆錢戲罷鞦韆花徑人來拾翠
鈿　錦屏繡譜閒抛卻長日如年斷續鑪煙學寫黃庭
又幾篇

鬢雲鬆令

新病初痊鬢髮半斂晨妝梳掠忽忽自憐
病生愁愁種病病起愁添瘦制芙蓉鏡委地香雲嫞不

甃如翦春風看卷品簾影　鈿蟬寒釵燕冷顫領𩉬支
羞與垂楊並一縷柔絲恨綠膩璵梳掐上餘香凝

蒼梧謠

涼如水春陰壓畫廊秋千罷無力倚銀牀

百字令

帳羅似水怕輕寒翦翦玉肌涼逗待得海棠嬌睡醒滿地落英如繡鬭草庭閒浮梅檻遠空把良辰負鞦韆架冷杜鵑啼老煙柳　爭奈錦帶輕分緗縢斕敗別淚拋紅豆細雨斜風簾不卷只是懨懨病酒無力釭花相思龍鳥都爲春來瘦銷魂如許鏡中何況蠔首

唐多令

人去下簾鈎笙歌檄畫廔擀窗紗欲睡遲休細算年來多少事算不了是離愁　淚跡比開鷗流光易白頭洗回腸只有香甌借得酒兵攻壘塊攻不破是糟邨

南鄉子

題許芷卿蕉石詞

濃綠上簾鈎月地雲堦感舊游鹿寱惺忪茶寱熟吟秋好句都從筆底收　哄解驌驦裘善病相如不善愁詩酒生涯名士習風流醉折花枝插滿頭

綺羅香

鑪麝香殘簾犀玉冷閒卻書屏鸚鵡翠管輕拋顦顇謝娘眉嫵愁脈脈月轉花陰恨茫茫酒醒人去料今番睡

也無聊東風吹𥨊亂如絮　年華回首易老贏得青樹紅淚新腸詞句獨倚熏籠悄憶別來情緒思往事翦燭西窗記前游踏青南浦叟甚它涇徧流光夜深聽暗雨

壺中天

題高茶庵茶𥨊庵詞

落痕暈碧悄無人院落簾垂風靜竹榻茶煙涼似水曲曲瓶笙徐聽麗句敲金新詞漱玉眷屬神仙並清閒賭戰一甌同試香茗　爭羨畫壁旗亭雙鬟妍唱妙譜紅牙訂半枕梨雲幽𥨊熟誰把詩魂喚醒消渴文園傷春杜牧不賜頭綱餅歸來倦鶴雪衣飛破花影

清平樂

雪聲

癡魂潦草簾外春寒峭姓雪滿堦孀不歸瘦了梅花多少　玉人嬾起嬌柔繡衾偎煖香籌道是背來中酒日高猶未梳頭

點絳脣

春日重過紅豆軒弔采湘

無恙春風年年吹綠庭前草楚蘭魂杳香冷紅凝悄簾外桃花向解迎人咲殮父小玉塵誰埽蘚落妝臺稿

齊天樂

題子循弟羅浮僊夢圖爲悼亡作也

蕭條紙帳清如水春山四圍妝靚紫玉煙消青衫淚溼

半枕梨雲香凝悲裹未省待跨鶴人來步虛聲靜寥人
羅浮天風吹下夢華影　疏林亂飄絳雪落英鋪滿路
知否僊境明月前身曇花幻相蝴蝶飛回芳徑釵寒鬢
冷趁一霎相逢玉肩雙凭翠羽無言斷魂誰喚醒

浣溪沙

集詩牌四首

簾影生涼繡戶東花邊小立乍相逢玉人去後易秋風
寥冷紅窗香宋宋愁攢翠黛月濛濛思它信杳卜春
蔥

菩薩蠻

翩翩烏髻圓珠小星期私卜相逢杳涼信到秋潮心愁

梧樹凋　繡簾鉤墮影風裹鑪香冷窗上月生華休彈

紅蠟花

高陽臺

西湖夜汎

古寺攢筠青檣繡薜汀邊小駐華驄載酒橋東酣然醉
試春颾風潮樹籟聲先逗夏嘅螢信到涼秋玉輪圓皓
月生輝勝境凝眸　百端竟爾齊句起恨相思頓杳易
惹人愁蠟炬生灰紅淚寖去難留任它水面彈箏怨嫋
鑪香休上簾鉤遶花淌處處闌亭恰許橫舟

齊天樂

遶城荓鼓傳山院幽衆倍教淒聽廚吧頻拋犀帷怯展

獨守殘更難寢燈昏穗冷傻睡鼎常熏孄移琴枕憶譜新歌銷魂索和唱幺令　年年杜鵑悵旅柳梢聾瘦了渾減嬌靚細字償卿修途阻我束綃丁甯煩贈重簾皺影盼澹澹銀河一灣波定霧幌迎輝豔紅鬧曙景

虞美人

寄外

病魔不肯隨春去抵死纏縣住惱人情緒困人天半歸起來無力整花鈿　那回應悔輕離別何事音書絕憐它燕子也裹歸難道天涯羈客不相思

祝英臺近

題程柯亭蜨㝱詞

畫簾低深院悄花落靜啼鳥淚界烏絲怕寫斷腸稿最憐一枕紅鞋如煙小寢喚不醒癡魂顛倒　怨春老玉腰瘦減餘香羅浮恨難到廿四橋邊明月爲誰好相思只有垂楊長條似綫猶綰住亂愁多少集中多衷人之作

鳳皇臺上憶吹簫

玉扇吟題詞遂廈從叔命賦

鈿奩金蟬釵分紫燕廣寒月缺誰修奈吹簫人杳鳳去秦樓惆悵遺珍宛在湘奩啟片玉空留還知否萬梅花下遂均歌喉　鴛鴦定情扇小記障面初逢裏底香柔甚渠荷娟好偏折雙頭愁煞江天易暮魂斷處暗雨傷秋幽裏冷海棠謝了淚債難酬

采桑子

花閒燕子無情緒銜去春光沒箇商量閒煞秋韆小畫廊　天涯斷夢如飛絮回首河梁老卻垂楊風信闌珊過海棠

減蘭

春分夜偶成

更長夢短春色平分剛一半水樣輕寒翠衷宵來怯倚闌　亂愁如絮無奈東風吹不去碎雨蕭煙深院梨花瘦可憐

前調

寄君蓮

鈿車人遠飛絮游絲無力結憶別臨岐執手相看淚滿衣　韶華易老姊妹花開春去了珍重餘寒料峭風前算倚闌

憶秦娥

埽采湘墓

東風急白楊枝上啼鵑泣啼鵑泣濛煙疏雨梨花寒食墓門春草年年碧斜陽慣作傷心色傷心色盈盈倩女離魂難覓

江城子

題君蓮秋江垂釣圖

一窩雲髻晚來妝薄羅裳裊絲香短篴遲惺悠吹𩙪落橫

塘柔艣無聲鷗不語人靜也月昏黃　露葦如水波蓬窗釣竿涼響漁榔怕煞銷魂蘆荻滿秋江舊約休忘潮信準風又起客思鄉

浪淘沙

題陸芝僊女士倩影廔稿

鬢影感華年香冷蟬鈿舊遊如夢夢如煙可惜詠花人不見淚灑情天　怨海恨難填絮果誰憐春蠶抵死向纏緜安得吳剛修月斧月再團圓

春雨褭愁眠瘦削吟肩回文裁人衍波牋羨殺埽眉才子筆妙句金荃　瀝落誰邊倩影廔前我來剛是熟梅天怪底碧城雲樣遠飛去詞僊

滿江紅

丙辰春仲余將赴吳同人餞別湖上山容水態倍覺依依別後感塡此闋以寄同人

唱到陽關黯魂銷數聲殘遂最難忘故園風景明湖山色芳草年年隨意綠垂楊樹樹傷心碧算多情潭水與桃花深千尺　繁華境常相憶笙歌簇空陳跡悵踏青人杳翠鈿愁覓燕子歸來應寂寞杜鵑別後無消息惜忩忩渡口挂輕帆蘭橈急

湘春夜月

舟泊長安送麗軒返杭

挂蒲颿好風吹送輕橈一片淚跡模糊都付與鮫綃我

已天涯傷別叓那堪君去楊柳河橋悄臨岐執手柔情
欲訴黯黯魂銷　金尊依舊綠鬟低舞酒醒今宵匳月
如鉤想照見曉妝人倦嬾畫眉梢青天碧海問常娥可
也無聊者　次弟有離愁萬縷寸心難理莫翦并力

長亭怨

舟中與遂廑從叔聯句

悵撲面黃塵飛惹放櫂中流翠簾深挂　遂　眉樣春山晚
妝愁見淚痕瀉　君　澹濃休畫嬾對鏡霜毫把　遂　乳燕學
呢喃似訴說離情無那　君　水榭倚蓬牕玩月不覺燭
花紅灺　遂　栽榭謝別猶憶到酒闌歌罷　君　儻吳郡舊雨
相逢要約略杭州新話　遂　怕歸篷難成倦聽郵亭叓打

君

浣溪沙

乍試征驂一月天故鄉回首隔如煙篷窗人倦倚秋眠
醺眼輕波迷眼綠牆頭新月入蟾圓詩筒欲寄倩誰
傳

芳草無言繞畫橋年年綠遍舊裙腰有斜陽處最銷魂
王孫倦吹金縷曲春風愁送木蘭橈西湖別後恐無
聊

醉紅妝

簾波如水篆煙浮挂斜陽月一鉤東風吹鬢過紅瘦空
冷落舊香篝再別來情緒似傷秋恨無計解眉頭心太

玲瓏人太瘦禁不起許多愁
近來傾顇不勝憐薄羅裳瘦削肩撩人春色困人天嬌
睡醒尚思瞑　晚妝無力整花鈿鳳釵溜髻雲偏弓樣
眉兒眉樣月知何日是團圓

摸魚兒

清明踏青有裹故園

最銷魂陌頭楊柳登麼倦聽嗁鳥踏青人去天涯遠閒
煞故園芳草鄉寥悄悵别後湖山誰放穿花櫂涮帬正
好怕南浦煙迷西郊雨過涼逗鳳鞵小　春歸早綠遍
斜陽古道舊游回首都杳東風不把離裹翦吹起亂愁
多少愁未了歎百結回腸曲似鑪香裹流光暗惱惱燕

子衒來相思一點紅豆爲伊老

前調

題查哲生重賃吟館圖

盪輕舟片颿雲水離愁能載多少烽煙影裏全家徙輸與故林棲鳥鄉寥杳怪避地怱怱都放桃源櫂青山住好奈彈鋏歌新吹簫調古顦顇鬢霜早　河梁外目斷斜陽戍堡銷魂最是芳草紅襟燕子曾相識卅載舊游重到幽徑悄待種竹鋤梅門巷經營好巢痕再埽儘家具安排茶經魚計都付裏中稿

沁園春

瘦

怯倚銀屏繡帶平量香肌暗消恨年來病減丰姿頓改日長睡起意態猶嬌臂欲鬆金肩如削玉雲樣衣裳水樣綃湘帬底叜一鉤羅韈寬褪蓮翹　鏡中薄了蘭膏怪落盡芙蓉兩頰潮看秋波閣淚愁凝眼角春山銷恨情蹙眉梢飛燕輕盈小蠻纖顇莫向東風鬭瘦腰黃昏後怕鐙前月下顧影魂銷

洞僊歌

題魏佩芬世妹花雪嬋娟圖

一枝涼澻蘤吹來芳徑鶴寱惺忪雪衣冷正梨雲乍煖翠羽無聲清絕處誰把久魂喚醒　玉人嬌睡起半臂寒生入指春風暗香凝斂月曲如鉤移上瑤臺早繡出

滿身花影算儷境分明似羅浮待小摘瓊英晚妝菱鏡

渡江雲

仲春結伴來吳忽已四閱月矣鄰封告警遷徙紛紜遂廑叔爲其居停勉歸倚裝忩促賦詞留別余尚逡巡未果行也悵惘臨歧譜此代餞

那回曾記否倚蓬窗翦燭絮語別杭州悵烽煙一霎鼓角城邊驚起木蘭舟楊花似雪早飛上羇旅人頭還怪它梛絲如綫無力綰離愁　悠悠千重雲樹萬疊煙巒便還家寥有料寥也風吹不到舊日妝廔而今反悔當時誤甚無端淚跡浮鷗游倦矣天涯何事句留

金縷曲

重游城東可羨園西風戒寒花事漸減悵然詣

此

記得重陽後訪瓊英詩朋小集東闌載酒一宴倦游原

似瘳老了蓉卿菊友叟誰把柴門重敂我亦西風怊悵

客耐霜華寄跡籬根久人病也比花瘦　秋容蕭瑟渾

非舊賸多情哀蛩怨蜨芳蕊寒守粉褪香消金鈿落鬩

頹牆陰錦繡又蘭若晚鐘時候野圃荒涼斜月冷近黃

昏歸去銷魂否來歲約莫輕負

聲聲慢

秋聲仿竹山

遠雁悲鳴哀蟬暗咽銷魂齊作秋聲畫角城頭斜陽冷

帶鴉聲怕聽荒郵落葉近黃昏古寺鐘聲長亭外有黏天衰草響送車聲　謾向鐙前問卜但計程窗下敲斷釵聲櫚鐵琤琮小慶前後風聲隣家又催刀尺擣寒衣一片碪聲黃花瘦卷簾人微褪釧聲

蕭蕭颯颯慘慘淒淒飛來何處秋聲似雨還風梧桐葉底尋聲香老豆花籬角怕吟蛩絮出愁聲蕉窗畔瀟疏燈一點微逗書聲　驚起惺忪茶竈是相如病渴鑪沸泉聲片月長安萬家同擣衣聲今夜板橋霜冷喚行人野店鷄聲荒城外聽嗚笳寒襍漏聲

卜算子

簾卷海棠風門掩梨花雨燕子香巢傍畫梁軟語相儂

絮　來也爲誰來去也由它去秋至無情不戀家悔煞

留伊住

摸魚子

哭君蓮二妹

怪西風雲羅一雁茗茗緘札誰贈驚心寄到江南驛報

道蘭閨人病催畫艇喚急櫂歸來片葉飛颿影離裏未

省早白柰花開紅蕖香老短夢霎時醒　芳魂杳怊悵

重泉路迥空教愁絕荀令畫眉閑煞妝臺筆奩匣暗封

塵鏡釵燕冷賸碎粉薌脂門掩銅鐶靜淒涼幻境料舊

雨多情相逢地下攜手共悲哽謂采湘

怕思量十年前事羅巾嚑滿鵑血劇憐凋謝椿萲早君

尙向垂髫時節悲薤葉悵彈指光陰廿載塵緣絶回腸寸
結縱畫閣重來玉人何處泡影似煙滅　臨歧路記得
春風送別河干楊柳同折（今春赴吳遂與妹別）片颿吹我天涯去
冷落故鄉明月愁萬疊看眉上青山壓損夫容顔情天
易皷嘆千古傷心紅顔不久此恨向誰說
最難禁別離滋味心如梅子酸逗追思往事無尋處嬴
得黯然回首還記否記絮語妝臺剪燭同挑繡蟾圓未
久賸江上孤蓬畫中倩影相對兩眉皺（妹有春江垂釣遺照）魂
銷甚怪底香憔玉瘦紅父蔦透羅裏步虛聲裏飛瓊去
天際碧雲依舊君逝後恨摘了平原雙璧連城秀西風
斷柳怕酒中愁邊花看病裏好景盡辜負

痛連枝無端吹折秋風傷我裹哀芳魂地下誰呼起悽絕美人香草環佩悄盼月下歸來瘳裏相逢早紅塵譏攙歎錦瑟年華曇花身世一霎鏡鸞杳　蓬山遠緘寄淚珠多少裁椾愁付青鳥茗茗碧落空回首目斷彩雲偬臬歸路渺問紫府瑤臺可許乘風到相思未了只添我悲涼爲伊顦顇孄把翠眉埽

霓裳中序弟一

感褱君蓮用草牕均

青山恨萬疊蹙損雙彎眉上葉愁似蠶絲寸結叓怕聽亂蛩空堦唬月香消臂雪賸紺紗和淚畱篋傷心處挑鐙不語忍把舊情說　悽絕鳳簫聲咽嘆地下芳魂易

滅相思無限悵別儘拋卻湘匳玉環瑤玦素娥明鏡鈹

早唱到霓裳斷闋從今便寥中相見瘦影化秋蟯

摸魚兒

許芷卿秋隱盦填詞圖

正秋風已涼天氣傷秋情緒如昔相如卧病秋園久秋

冷一枝詞筆秋似客道愁裏吟秋莫孏尋秋屐秋光淨

拭看澹澹秋容疏疏秋意滿眼盡秋色　新秋境最好

秋人邂逅秋裏何限蕭瑟秋花籬落秋蟲絮伴我秋鐙

凝碧秋寥寂待譜出秋聲合倩秋孃掐秋尊翠浥且共

醉秋蟾權拋秋算倚檻弄秋遂

菩薩蠻

天涯芳草無情碧年年作盡淒涼色日莫下簾鉤玉人
休倚樓　雙眉攢桂葉恨向青山疊心事莫喃它含愁
謗落花

浣溪沙

翠拚螺屛別㝱幾羅衣香褪怯新寒倚闌無語淚偷彈
鬢樣春雲眉樣月神如秋水氣如蘭教人那不憶珊
珊

鬬草歸來拾翠鈿日長深院能鞦韆繡牀斜倚只思瞑
天

百字令

流水光陰春似㝱落花時節雨如煙十分無賴困人

病中有感

重簾皺影卷流蘇百結帳綃涼透翠被輕寒渾似水又是點鐙時候鳥妬花愁雲癡雨怨都把良宵負連朝倚枕熏籠偎暝羅衷　因甚終日懨懨只緣肝病不爲傷春瘦瀟臂鬆金肩削玉顋際紅霞非舊爛啟緗簾嬾拋畫譜閒卻紗窗繡晚妝無力淚痕界破眉㡓

虞美人

小廔一夜廉纖雨釀得春如許嫩寒和夢鏁銀屏倦聽街頭喚過賣花聲　踏青人去清明節廊響弓弓襪病中心緒厭叩譁低語小鬟簾外步輕些

南歌子

春雨肥紅豆秋風瘦白蘋桺絲無力綰離情一任漫天
飛絮送人行　落日孤颿影荒城斷角聲螺鬟如畫遠
山青恰似箇人奩上晚妝成

採芳信

湖上探梅追憶君蓮用草牕均

趁清晝好嶺上探芳隄邊載酒只玉波無恙青山尚依
舊東風識得詞人面咲比梅花瘦怕重來嫩綠成陰亂
紅飛甃　何處籧聲驟正寱醒舟篷淚凝螺岫湖水湖
煙相看斷腸否劇憐匆畔香魂杳往事空回首感流光
又見春歸細桺

蝶戀花

杜宇聲催春欲莫春去春來忒煞無憑據祇恐春愁無著處遣愁不去畱春住　愁裏問春春不語春共愁來愁可隨春去牘有柔情千萬緒一齊撇入垂楊樹

減蘭

題瘳雲廔詞

花生瘳筆麝墨縱橫新玉冊名士才華百幅琳琅寫均紗　西泠感舊弟一魂銷橋畔柳譜入烏絲春水當年絕妙詞

酒邊彈劒青粉旗亭紅粉店檀板新腔十五盈盈唱謝孃　瘳雲千疊紙帳羅浮飛倦蝶玉瑘詞人澹到梅花均絕塵

高陽臺

送春用瘳雲廔壬八均

濁酒孏斟羅衣怯試麥天涼意如秋𣝣角蛛絲絲絲縮住春愁海棠已嫁荼蘼老賸濃陰綠滿枝頭最難畱陌上香車水上蘭舟　離情莫向東風訴怪嚬鵑薄倖燕子忘憂柳色銷魂畫眉休倚妝廔淚痕紅染鮫綃迹怕尊前唱徹吳謳錦屏幽簾外花飛碎撲銀鉤

蘇幕遮

拚湘匳籠翠裏病到春分病到春分後百折回闌口倚久愁亂如絲愁亂如絲㭊　燕巢梁蝸篆甃風雨連宵風雨連宵又欲繡荅衣描未就紅染飛花紅染飛花瘦

暗香

題孤山餞歲圖用白石均爲絅士韻梅作

四山寒色把瘦魂喚醒聲聲長遂綠萼乍舒縞袂盈盈謾攀摘忙了催春臘鼓休閒了生香詞筆趁此夕約伴尋幽鳥舫載吟席　花國思岑宋嘆歲去歲來別緒縈積翠禽似泣僊夢羅浮那堪憶凍雪蒼苔落木埽疏竹外雲封殘碧者䒷景將去也問誰縮得

疏影

前題

疏林步玉有素禽飛倦花底常宿翠袖天寒嬌影亭亭含情半露聚竹蕭條紙帳雲纔暝覓勝迹枝南枝北倚

短蕭諳出雙聲卻咲縞僊孤獨　惆悵嚴扉靜掩蒻泉
未薦得誰歆寒綠冷裛芳心不染緜華合守空山茆屋
殘年臘膸忩忩去感舊事細翻歌曲怕晚鐘一霎斜陽
畫裏亂愁盈幅

滿江紅

春日湖上遇風

斜日南屏偏幾陣風回畫橈拚冷落半湖殘靄膸遂藹
簫碎蹙煙波堆細縠低翻草樹踠新條叓楊花似雪撲
疏篷過斷橋　沙堤畔柔櫓搖雲寺外亂鐘敲悵酒闌
歌楲依舊無聊近水廔臺天半隔滿城鐙火望中遙問
采香人去甚時來魂暗銷

金縷曲

次綱士均

北宋南唐繼問詞壇雙飛健將而今有幾兼謂玉湖太白才華江令筆一樣花生寥裏譜妙句金荃堪擬舊釀蒲桃新撥甕倒芳尊共把塵襟洗滄海量更誰比　清談雅吐如虹氣騁吟襄齊霏玉屑塵揮難已便化西湖波作酒那怕劉伶醉死總不學眼醒屈子我亦滛書成素癖要青旗買遍江南地拚酩酊畫屏倚

虞美人

題鍾馗覽鏡圖爲閏重午作

彈冠重下終南徑眞面須重省紅妝小妹定嘲它如戟

鬢眉還耍照菱花　盈尊蒲釀從新倒一醉掀髯咲草
歎進士老龍鍾不見當年人鏡兆夫容

玉漏遲

月湖夜汎

茗茗銀漢路嫦娥睡起碧天雲羃栁外涼蟾照出暝煙
千縷雨過山青欲滴似和淚箇人眉嫵花不語紅舩撐
人翠鄉深處　誰家水調歌成怕唱徹菱塘鷥它鷗鷺
薄襯个綃清逗滿身香露安得今宵酒醒把殘月曉風
留住歡易去思量舊游無據

埽花游

題羅鏡泉瓊臺寥月圖

枕函睡蜨化瘦影飛來晚涼瓊島亂山翠遶記當年倦旅石梁孏眺寥入天台不辨雲深路窈鏡波照正月滿兎輝風露寒峭　芳事知未了有洞口桃花對人含笑佩環均悄聽霓裳夜詠玉眞歸早怨煞谿流暗促霜華鬢老臥游到問蒼落可留鴻爪

清平樂

愔愔院宇愁聽紅鸚語解事東風吹寥去飛入謝庭深處　玉人嬌睡銀屏侍兒窗下簾旌忘卻香添翠被醒來半臂涼生

紅冰試搵淺碧鮫綃暈紈扇只愁涼有信冷落空箱誰問　雨聲醆逗紗屏晚來倦擁桃笙最是梧桐無賴未

秋先做秋聲

沁園春

悶

脈脈無言鬱鬱含顰懨懨病褱待裁椾覓句嫞拈翠管挑鐙罳寥孏拔瑤釵客裏傷春愁邊中酒心事迷㦤沒處猜凝神坐問者般方寸誰與安排　踏青雨阻蒼苔怕花逕香泥污鳳鞵況懊儂情緒依歌紅豆困人天氣又到黃梅半晌沈吟幾回歎息百事思量總不諧瑚闌畔願和將鸚䳇金鏁籠開

霓裳中序弟一

過舊居㦤賦用草牕均

落衣冷翠疊亂石荒階飛畋葉蛛網當門暗結有古甃絮蛩頹垣篩月香羅膩雪賸繡巾和淚封篋滄桑事舊時燕子輭語向儂說　悲切短歌聲咽嘆韓眼浮雲變滅妝奩曾記賤別怕覓當時玉佩珊玦唾壺敲又缺早諳就幽蘭怨闋休重問花前盟約瘮斷故園蜨此從蘋洲漁笛譜後闋少一字白石一首正同

金縷曲

悼黃若僊表妹

絲薦縈愁裛悶懨懨畫屏無睡坐看天曉玉鏡塵封釵股折涼煞蜻蜓翠小嘆容易誚花人老錦瑟年華如水逝賸紅兦漬滿烏闌稿幽瘮醒怨啼烏　清風明月雙

溪櫂憶當時淩波顧影鬢鴉低照惆悵采鸞僊去後秋雨今年夏早早一架孯牛開了儂是傷秋兼惜別鏁連環恨葉眉婕埽琴均絕伯牙調

鷓鴣天

密織魚鱗百尺蓬綠陰陰裏小簾櫳水窗涼逗菰蒲雨月榭香生菡萏風　眉斂翠頰銷紅病餘鸞鏡拚青銅晚來誰弄陽關遂吹出垂楊古苑東

臺城路

湖樓晚眺

一絲殘照垂楊外疏林亂鐘敲暝暝玉闌邊銷金簾底煙裊藥鑪香凝匳波萬頃看眉樣青山晚來妝靚喚起

圓蟾碧天如水夜雲静　且宵誰放畫艇遥聞釵鈿響
徹漏花影待月窗閒臨風扇小廔上有人愁凭羅衣靠
冷咲身似梧桐未秋先病涼濧惺忪醉魂吹易醒

前調

秋夜不寐有裏昔游曡前均

玉笙吹徹無瞑夜桐陰半堦煙暝鬢嚲雲鬆眉彎月瘦
坐看燭花紅凝銀濤萬頃正簾卷秋河倚妝人靚目斷
青鸞星橋水涹碧空静　菱塘曾記汎艇一肩荷露重
涼墮釵影豔譜帛絲香浮翠珱繡檻宵來閒凭鷗盟未
冷柰贏得清愁幻成新病梵磬圓催甚時塵夢醒

憶舊游

題張仲甫舍人香谿汎宅圖

汎香谿一舸颿影天邊遠落雲尋觴唱斜陽外待浮家去也載鶴攜琴未忘五湖煙水鷗鷺舊知音看勝跡依然館娃宮裏響屧廊深　重尋昔游地聽古寺鐘敲翠聳遙岑易冷笙歌簃賸酒痕濃暈猶戀羅襟而今鬢霜催老顦顇少年心只添了新詞旗亭畫壁扶醉吟

風入松

遠山如畫鑠肩梢簃斲楚天遙詠花人去瑶窗擗冷闌干料也無聊藹落詞壇酒社可憐明月良宵　舊時慶上記吹簫鈿合暗香消離情謾借并刀翦賴柔絲織緉成綃織就愁根恨葉一齊繡入心苗

浪淘沙

題絅士小蓬萊閣詞

麝墨埽雲煙豔譜金荃春風香灑筆花鮮卻好旗亭人賭唱絕妙詞榭　一字一珠連綺語纏綿蓬萊閣近大羅天翠聳遙山山萬曡合住吟僊

把酒夜瞑遲檀板金卮曉風殘月餞春時花落花開名士淚寫遍新詞　紅豆種相思初集名紅豆詞葉葉枝枝閒愁除有白鷗知知否當時狂杜牧鬢早成絲

八聲甘州

中秋苦雨寄礪軒吳門

卷輕紗翠裏嫩涼生香銷玉鑪煙儘鐙挑紅豆秋心如

醉酒中愁邊聽徧黄昏風雨擁髻不成眠孤負團圞節

冷落芳筵　萬古有情明月恁今宵盼斷碧海青天悵

廣寒宫闕雲撩路三千料姮娥替人垂淚怕晚妝金鏡

向人圓應知我新來離别影隻堪憐

碧桃館詞

松籟閣詩餘

松籟閣詩餘

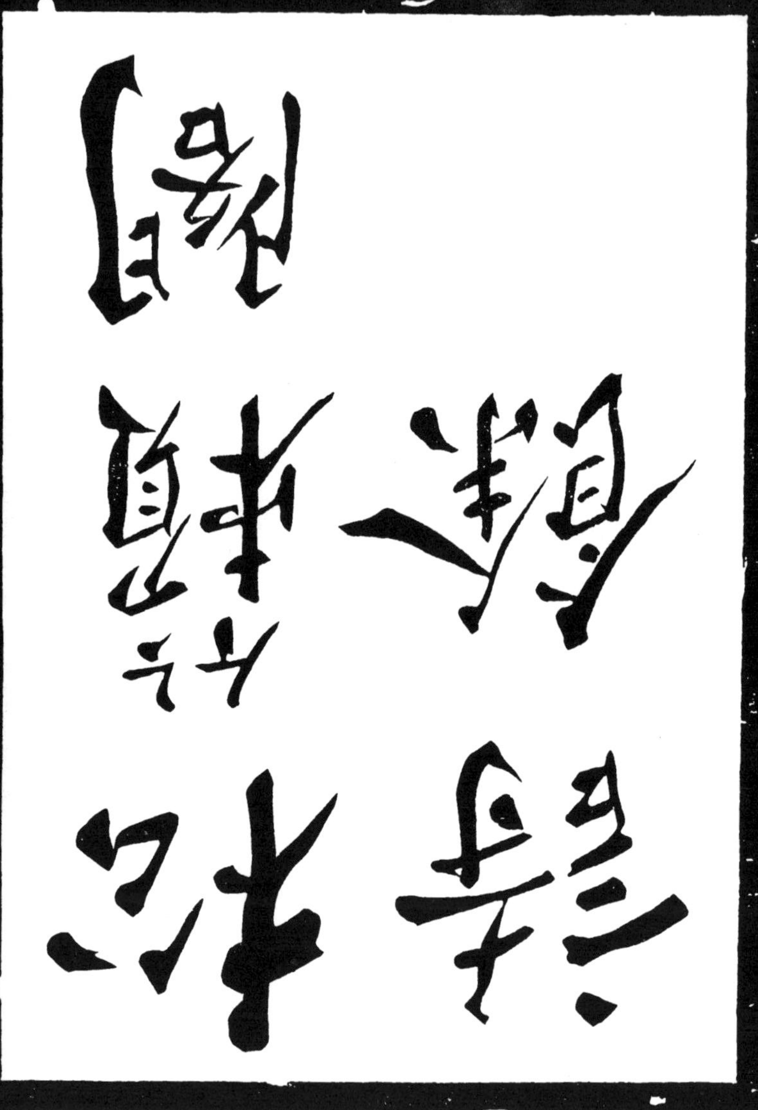

松籟閣詩餘

嘉善沈榛伯虔譔

荷葉杯

晚寒

驚聽春禽鬧處曙窗一枕寱黄粱小廔寒逗鬱金牀涼

麼涼涼麼涼

搗練子

客中

粤破萼梛垈絲客寱驚回歎語時聽徹子規腸欲斷故

園頻望數還期

望江南

晚步

閒晚步㚊跡印落滚蕉響疏風來別院煙迷宿鳥語幽林明月出彎陰

憶王孫

春草

鮗紅落盡綠陰稠幾度尋芳汎小舟九十春光逐水流點點楊彎波面浮

金字經

江上晚遠

雲橫迷遠岫波淨趁輕漚江邊傍晚一遙舟垂楊岸蓼彎洲天欲暝載月任遨遊

如夢令

秌閨

兔影紗窗移過綠竹風敲聲破秌冷逗羅衣形影平分

兩箇孤坐孤坐玉漏清砧相穌

前調

春景

裊裊埀楊臨水庭下杏花開未明月驀移來逗破玉牀

鴛被無寐無寐又被鳥聲驚起

長相思

春莫

雲悠悠水悠悠花落青苔獨自愁褰裛倚畫樓　蜂意

休㨗薏休宗寞風光卻似烋東君邦可留

昭君怨

春閨

春色今年偏早窗外杏花開了無語倚闌干耐輕寒

可奈愁人時候泪臉紅如暈酒午夢驀然驚恨啼鶯

點絳脣

旅思

孤館清幽一年又是春將半埜花殘落隨風片

好夢誰驚黄鳥啼還斷紗窗畔斜陽無限愁見春光面

浣溪沙

答平遠翁送金桃作

露井天桃盡落雩結成紅實點丹砂相貽珍重勝靈瓜
疑是瑤池王母種柔荑試剖露金芽東方三竊豈須
誇

前調

閨思

朵朵鮮雩歛萼煙飛香風送小池蓮隔林鳥語自緜緜
歛倚畫闌深結恨每凭繡榻不成眠無心相向鏡臺
前

菩薩蠻

越城晚眺

茫茫薄靄橫如雨高低夕照穿芳對紅蓼映清波漁人

挂網多　雪漚隄畔起幾點孤舟裏明月忽飛來悠揚
晝角催

前調

迴文

白萍浮雪流波碧碧波流雪浮萍白春去忽驚人人驚
忽去春　鴈飛高岫遠遠岫高飛鴈慶上悰淡愁愁淡
悰上慶

醜奴兒

題畫

青山碧水無窮景漁父垂鈎輕汎扁舟煙霧蒼茫遠浦
浮　輕雲幾點波中映紅蓼灘頭試啟新篘聊以銜桮

忩卻慭

前調

春情

芳菲落盡春將莫片片飛紅穿逗簾櫳幾度鶯聲向曉
風　瑚闌徙倚情無極睡醒朦朧晴鏁眉峯撩亂炷絲
拂檻慵

卜算子

烌夜

黄菊露中開落葉堦前卷忽聽誰家玉遂聲斷續隨風
遠　鐙影燦餘光歎坐愁鷄遣試數廔頭漏點淚月夘
彎陰轉

巫山一段雲

暑夕

微汗凝赧臉輕風逗寶鬘徐徐椒步月彎環時聽竹珊珊　自覺羅衣厚鶤將紈扇閒櫺含露色斑斑煙霧遠迷山

前調

美人

睡起雲鬟亂行來蓮步嬌風前旖旎彈纖腰膩臉暈紅潮　欲舞金羅裏臨糚整玉翹踏青攜伴摘蘭苕遠望已魂銷

減字木蘭花

楊花

芳蹤何處撩亂隨風還恁雨輕拂瑚鞍回首長亭帶醉看　飄颻鶗任落盡已知春色算幾度樓臺簾卷蝦鬚逐鶯來

謁金門

落花

風正陡枝上乍驚消瘦宋宋青條空歇秀東君還顧否　無柰鸎嚦長晝苦自將春拖逗片片隨風蘦落後芳魂歸碧甃

阮郎歸

題倣繡士女圖

竹窗斜日裊茶煙佳人倦欲瞑停鍼無語縫慵添悲哀
悳悵然　粤隱霧柳飛緜困人春草弄天迴文未就亂暘
還惱情癈裏傳
朝中措
月華五色
溶溶萬里碧天清一鏡玉輪明五色瑞華縈繞燦然片
片雲英　浮光爛漫銀蟾熤熤霧歛綳横露冷風輕堪
愛澄輝遠映蓬瀛
眼兒媚
烋閨
烋草萋萋夕昜西點點泪痕低一聲畫角數行疏柳宋

寞鵶唬　鴈書不見天涯杳愁對落霞蹊沈唫無語遼
西鶊新月照幽閨

少季遊

炢夜

桂枝裊裊靜飛香月影澹篩窗落葉颼颼修篁簌簌促
織弄新腔　鴻聲嘹唳雲中度煙對扁蒼江幾許柔情
無端幽思歎坐對銀釭

前調

春晚

飛絮處處滿天涯乳鶯語誰家紅豔初稀綠陰漸暗蜂
傍各歸衙　小窗日晚多愁緒柳絮趁風斜愁聽心瑞

黃鸝聲巧宋寘負韶華

南柯子

蓼彎

埜岸依幽渚寒波浸碧空數枝蓼蘂吐芳叢雅澹紅粧

醉舞向西風　貲色雖多別含辛總自同宋寥低映水

偃宮弱體輕盈常傍小橋東

浪淘沙

春望

紅蕚吐林彎望斷天涯遲遲旭影轉窗紗鶯喚㝱魂驚

睡起寶髻初斜　拾翠傍乘車苕遞春賖東風玉馬響

簷牙無限幽懷誰可語訴弄韶彎

江月晃重山

立春

雪館絮飛初撤，冰池澌響旋開。東君芳訊喜纔回。雙勝好春色，上鸞釵。　隄畔穌風報柳，溪頭淑景催梅。宜春小字貼幽齋。盤供餅，且昇醉深杯。

雨中篸

旅懷

簾外冰蟾光的皪，良夜永，重門寂寂。看蠋影輕飄，涼颼微度，撫景悲羇客。　雲際翩翩排雁翼，頻悵望故鄉消息，助我淒涼幾聲。清漏泪，并銅壺滴。

鷓鴣天

重易

嘹唳飛鴻寥廓遊溶溶碧渚浪花浮眼看菊蘂黃金笑首插茱萸白髮愁　擕桂楫坐蘭舟滿林紅葉正深秋龍山此日還欹帽笑酌香醪泛玉甌

前調

烁風

幾度颼颼響碧霄崢嶸烁色滿衡臯時來小院飄疏籜復向長河卷怒濤　松謖謖竹蕭蕭薄羅衾冷寥無聊那堪對此淒清候歛坐幽窗讀楚騷

前調

夫容

澹蕩微紅簇舉翹數枝斜傍碧溪坳風款舞輕霓裳斂
露浥朝頳臉暈潮　依蓼渚向蘭橈錦颿分影映波遙
自憐貞性同黃菊不逐丹楓到處飄

前調

烁蟬

何處疏蟬唱晚涼園林暑退澹烁光隨風響振聽還遠
衰葉唫殘意自揚　張薄袂飾殘粧琴聲舊識蔡中郎
共知飲露清標在不用淒其訴夕昜

前調

渙舟

煙水蒼茫一葉舟郵醪處處歇傾甌片颿風急從搖曳

雙槳波平任遡流　聊忘世變無愁綠蓑作枕睡船頭
晚來堤柳寒煙起倚棹長歌卷釣鈎

河傳

隋堤

容與江浦隋堤滨處碧水依然落花如雨煬帝歌舞三
千閒遊攜纤僊　黃鸝宛轉垂楊老璚花好忽失西京
道衷腸斷爲人永絕迷處恨揚州

虞美人

初夏

鈎簾滿院萋萋草睍睆流鶯好亭亭榴蘂未舒花裹裹
遊絲撩亂逐風斜　碧闌干外消凝久綠對淸陰逗青

易頓忩曉窗空拂拂蕘風歛盡一庭紅

玉慶春

春思

芳林無數飄紅蘂綠映褰霄芳草地金鑪繚繞自生煙羅裹輕盈唯揜泪　東風歛面雲層起栁綫搓緜空旖旎三春宋寞重含情幾處瑚闌愁獸倚

南鄉子

春閨

綠對蔭庭稠煖日烘姓蜂蜨遊香篬乍回簾未卷悠悠起立褰裒倚晝慶　紫茸注清甌檻外新篁翠欲浮春色三分看過盡休休點點飛㝵點點愁

瑞鷓鴣

詠栁

幾株煙栁占韶季葉染鵝黄鏁碧煙枝傍恰逢新雨後

緑飄常趁晚風前　金衣下上音頻換玉翦差池影乍

遷描得雙蛾添秀色莫教猷倚畫闌邊

踏莎行

遊絲

裊裊丝風盈盈恡雨浮蹤盡日渾鶵主卻看旖旎亂還

閒最憐繚繞來兼太　弱比飛埃輕如𣢾絮無端不解

尋歸處碧窗春晝儘悠颺有時力困縈芳對

前調

春閨

飄拂東風葳蕤芳草翩翻蜨趁姓光好房櫳宋寞傍凭闌靜看孿影幽堦掃　歎對韶華慵開襟袌博山强自添龍腦香奩鸞鏡啟還收任它紅杏臨窗笑

小重山

烁閨

蕭瑟幽閨更漏長庭前叢桂發暗飄香月明露白漸生涼輕風起時拂鬱金裳　遠鴈一行行相看還竚立悵空房幽懷幾許總鵜量蘭釭暗孿影欲闌牆

臨江僊弟三體

賞桂蕭林

傍砌幾枝初放蕚西風時引幽香玲瓏金粟半舒黄三
秌佳賞月下共持觴　影入蓮前疑欲舞幾驚世界清
涼恍聞碧落奏霓裳姮娥此際應自妒吳剛

臨江僊第五體

賞荷逌溪

一曲池塘新水緑畫橋通處清幽娉婷小立似含羞緑
羅飜翠羽紅映倚蘭舟　瀲灧波光牲載酒銜桮且共
淊畱風歛薄醉聽吳謳碧雲飛遠浦白鷺起芳洲

松籟閣詩餘

鮮潔亭詩餘

鮮潔亭詩餘

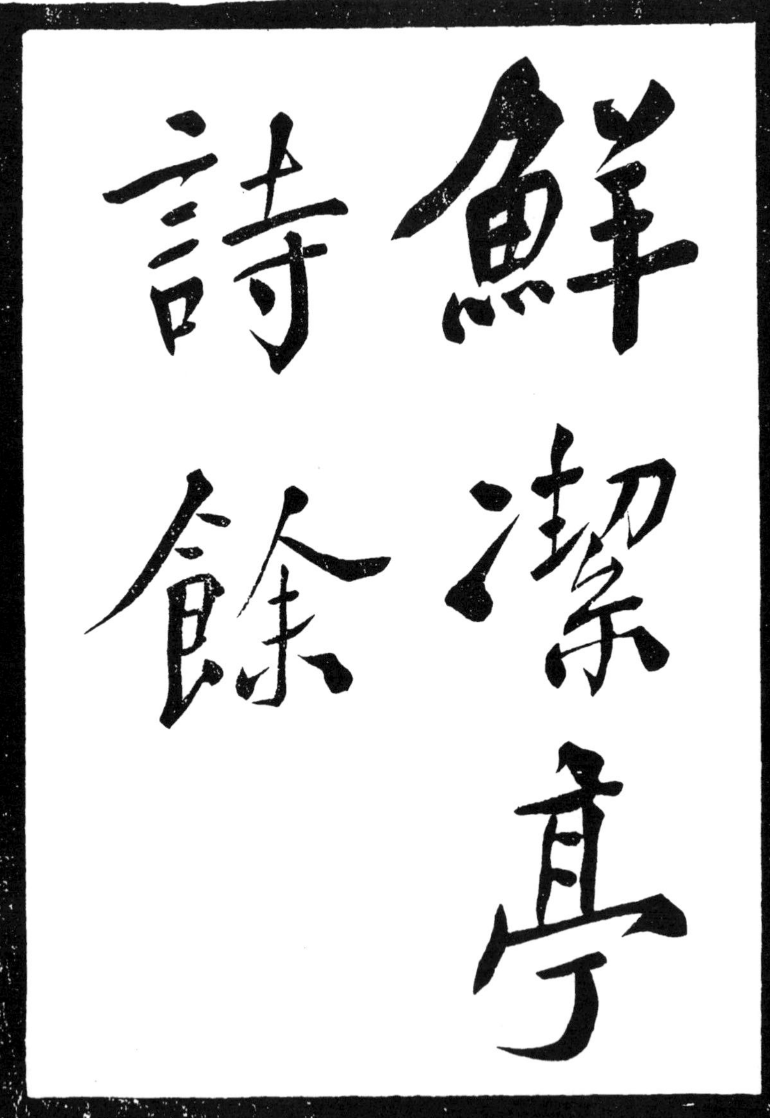

鮮潔亭詩餘

嘉善蔣紉蘭烋佩譔

長相思

病中述懷

思懸懸望懸懸懸人太天涯欲會鶼音書叜杳然　懨懨病懨懨懨懨病支離葬玉顔問君憐不憐

點絳唇

烋曉

霧斂雲收亂風拂拂生楊柳鳥啼譻奏簾幙寒重逗

點絳唇

鏡影稜稜自覺新來瘦雙眉皺翠殘翠岫玉須鶼如舊

憶別

悔殺當季別時不把逿期訂雁負路梗兩地無書信

昨夜西風寥斷愁鵝醒紗窗靜碧梧相映疑是蕭郎影

前調

七夕簡外

天上相逢人間偏把佳期悞佇看碧對漸覺斜昜莫

倚遍朱闌羅袂沾璃露傷幽素人迷津渡只赤天涯路

前調

秌海棠

嫩綠嬌紅無端豔奪春工巧自憐窈窕宋宋潛蹤好

懊恨當季悞入蕭蕭草知音少愁思縈裛腸斷秌風早

減字木蘭花

春夜餘研北齋均

風飄簾穀何處春砧聲斷續月色清圓偏照愁人襯鏡匳　雙星羞覷對景空嗟腸斷句欲問清光何事離愁不暫忘

誤佳期

閏六月七日爲天孫戲

無限歡情今夕佇盼盈盈脈脈銀河依舊鵲橋虛暗把金釵擲　低語問牛郎何事還相鬲佳期只八赤竟成非屈指渾如昝

憶秦娥

莫冬望家報不至

寒風冽紛紛不禁飄銀雪飄銀雪愁懷不異太公季時節一從別後人如月衡昜鴈斷音書絕音書絕驚聞又是莫冬除夕

前調

其二

傷情切蒼蒼煙對雲重疊雲重疊天涯若遞誰傳魚帖雙肩蹙損纖纖月容光消滅心相憲心相憲背人無語泪痕偷拭

畫堂春

清明即事

澹煙漠漠鏁糚慶嫩寒淺雨初收東風無力柳絲柔嚥
鳥含愁　引起深閨幽思無端恨壓眉頭彆鬢偷卜問
歸舟雙泪盈眸

三段子

牡丹

春光如繡翠陰濃嫩藂初逗嬌香自許占三春綠肥紅
瘦　倚新糚纖瘦無力供長晝臨風時展青衫裏只恐
東風無計留春久

前調

烁夜雲擀月

空庭宋靜澌朧朧碧梧弄影西風薄倖送閒雲清光擀

映　歎嫦娥何如薄命人縈恨閒雲漠漠何時盡天上
人間兩負良宵景

前調

早春憶別

東風歛徹破輕黃畫闌栁色落槑如雪砌空堦寒窗宋
宋　記當季岐亭分手心如裂羅衫常得啼痕溼別恨
離愁脈脈穌誰說

栁梢青

湖亭晚望

曲曲青山溶溶碧澗堤栁垂煙風送蘋香松陰避日涼
浸珠簾　淸溪翠竹朱闌凝望處心閒澹澹斜昜蕭蕭

蘆荻鵶鳥畱連

西江月

歛簫

碧對蟬唫殘日綠窗晝永如年淚閒宋寞倩誰憐惟有琦簫爲伴　不怨天涯人遠自嗟鳳侶無緣欲傳幽恨向君邊只恐西風歛斷

醉落魄

烌思

蛾眉慵晝蕭郎情并春欠薄栖鵶聲裏金烏落玉枕淒涼羞入青綃幙　珠簾不卷添離索梧桐月照闌干角夜涼今夕渾如昨獸立瑤堦無語成躭擱

踏莎行

白蓮

天巧玲瓏一團香雪亭亭時恐東風折綠波飜影瀲漣
漣嬌含曉露迷蜂蜨　不近紅糚偏憐明月西池昨夜
新開徹芳心何事萬絲縈烋風情薄催離別

前調

七夕感懷

皓月初明輕雲試巧雙星偏向離人照太𠀋宋寞悵銀
河今宵又被天孫笑　水榭彎庭烋容遍遶衡昜鴈斷
音書杳孤房歇宿恨沈沈羅衾轉輾天鶏曉

前調

仲春擬鴈別蕦

東閣槑殘落紅萬點栁絲風繞黃金綫畫棡雙蕦舞翩躚季季覸社來庭院　鬱篺初成棃㟧始豔遥天別鴈愁無限萋萋芳草總消魂叅商鬲面鶵爲伴

一翦槑

中烁

離人無寐意悠悠佳節中烁辜負中烁相思對景泪空流月滿江洲人厺江洲　夜涼高碧莽雲收風遶南慶鴈過南慶誰家横遂亦悲烁何處閒愁叜惹新愁

前調

觀荳頭蓮

湘簾風卷影遲遲月滿庭墀露滿庭墀呼鬟折取並頭

枝欲慰相思偏惹相思　濃香清豔自支持合正開時

人未遠時箇中情緒倩誰知付與雙眉壓損雙眉

前調

春夜感別

春宵漏永𩙪鶗成寒逗羅衾泪逗羅衾東風悄悵別離

新無限衷情誰識衷情　璚鑪香盡曙微明窗外嘂鸎

怕聽嘂鸎空將幽恨託行雲落得傷心枉自傷心

一叢花

葬春感事

綠窗壓起日融融小立倚東風璚廋宋靜晶簾捲分明

是巫峽雲封室邇人遐雁負茗邈幽怨倩誰通　相逢
丹桂影重重鶊异諦愁衷生憎鸚鵡能傳事重門拚空
自唬紅欲遣長宵閒文遍閱怎奈恨無窮

意鶊忩

代閨人記夢

蕭瑟閒窗任寒蛩淒切月遶迴廊愁淚忩漏永夢淺記
情長攜手處舊瀟湘低語諦參商道別來天涯信斷雁
字芃芃　梧桐一葉飄黄破淚閨幽夢玉枕生凉羅帷
添宋寞紛泪溼殘糚重疊恨斷柔腸莫雨藏巫昜知何
日彎前攜手再諦情傷

鳳皇臺上意歈簫

重易意外

小雨初收疏煙籠栁西風蕭瑟閒庭漸楓林霜染梧葉紛紜芳草瑤堦重疊東籬菊色遍黃金恨此日家鄉客邸雨地登臨　傷心吳江越嶺嘆愁雲杳鬲魂寥鶵尋縱有迴文字奐鴈無凭説甚萸囊菊液終鶵解別恨離情空凝睇雲山茗遞枉自魂驚

滿庭芳

病中春莽

簾卷東風彎飛南陌綠窗愁病懨懨寶匳塵滿慵整翠雲鬟鬌枕多情伴我与弃春色歲歲無緣腸堪斷容光蕉萃蹙損遠山尖　如牵淚夜雨空堦滴處偏攪孤瞑任

殘英蕋落風亂柔煙一霎香消紅褪春歸也恁殺啼鴂

誰收管庭除臺砌芳草碧連天

百字令

蚕春詠並頭蘭

東風㸃雪正芸窗乍暖春光初洩風颭湘簾香暗遞庭

畔新開連理不鬬羣芳鉛華慵染惟吾芝相契悠然均

質名姿金谷鶼比　堪羨兩兩同行娟娟並蔕似效雙

鸞戲日暖檀心香愈芙碧葉露蕋添翠遙憶當年江皋

珮結不減風流味含情窗底淚閏可念蕉萃

鮮潔亭詩餘

澹音閣詞

詹音閣詞

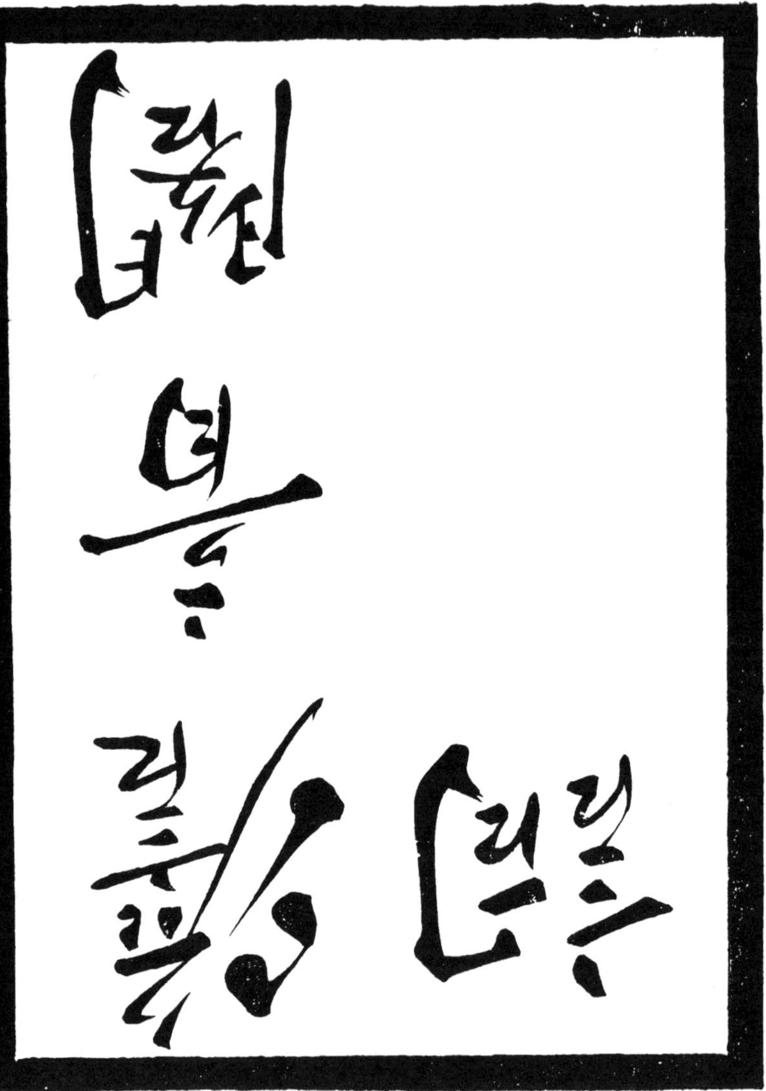

澹音閣詞

錫山趙友蘭佩芸譔

憶江南

鄉思切歸夢繞吳山萬壑梨雲香雪海千頭橘柚洞庭灣回首憶江關

臨江僊

正月八日游海龍寺

人日初過詩思發草堂佳句爭妍試燈風信逗雲前鄉時節換游賞肈喧闐　蘭若偶來成小憩竹鑪苦茗初煎松開一杵磬聲圓上方淸梵宋雲雨散諸天

如夢令

寒食前一日見鄰家有作秌千之戲者偶拈此調

節近清明時候煙柳絲絲綠瘦女伴戲秌千玉臂半揎羅衷生受生受鬭草諵諵頻呪

畫堂春

春莫病起卽事

賣餳聲過粉牆東喚囘春夢惺忪輕寒側側暝猶濃日上簾櫳　病久味參黃蘗愁淡恷對青銅海棠狼籍夜來風滿徑殘紅

卜算子

小園餞春戲賦

鶯子逐春來杜宇催春去翦就巠楊綠萬絲鵝綰韶光住　弩事已飄蕭風雨還相如山寺西南草似煙醪斷杳歸路

喝火令

夏日登池上小閣茗話

不羨南皮會閒招北渚涼淺斟荷露過芳塘擘得新新蓮子在戲打瞹鴦鴦　松下安茶鼎釵頭揀茗囊竹陰深處倚琴牀正好唫詩正好爇鑪香正好餅笙寫均繙試鬬旗槍

相見歡

長夏無事檢錄近作書此

風來水檻涼多攬池荷珠露傾來苦茗煑松蘿　香篆
爐擕柔翰試煙螺戲寫新詩故故敎鸚哥

鵲橋僊

七夕

一天雲影一鉤新月銀漢紅橋遥鬲盈盈堦下拜雙星
看涼露微侵羅襪　瓜果筵開蜘蛛網織癡願恐有人
識擕鍼歛自上鍼慶應許靈心先得

蒠僊姿

籬菊將殘烋蒠淡夾拈此遣懷

烋入雙眉頻皺愁味將人僝僽三徑夕昜斜側側西風
涼逗知否知否籬菊讓儂消瘦

憶秦娥

秌葺書懷

西風急新愁都付寒蟬咽寒蟬咽一簾殘月半林黄葉

畫屏猩色重帷冪短籬叢菊來雙蛺來雙蛺香殘酒

冷重昜時節

生查子

秌夜望月懷余佩青女士

閒拓碧紗窗放入玲瓏月攵簟展銀牀涼浸幽雩骨

滅燭露雩滋天外飛鴻没千里共嬋娟苦恨音塵闕

百字令

夜閲婉芳女甥遺詩慼塡此闋

榮易嬌女擅班姬才調移家蘭渚錦里春風隨宦蠏雛
鳳爭傳好語斷本西香錦囊繡句逸調諧宫呂軒開寫
均那堪埋玉塵土　應是切利僊緣掌書月府逐隊霓
裳舞漏盡鐙殘緗舊稾賸有遺音酸楚蟬咽淒涼蟲絲
繚繞總是傷心詠寒宵不寐頓添幽恨如許

漁歌子

畫菊

三徑西風鴈到遲半生傲骨與霜期摹月影寫霜姿潑
墨屏風畫折枝

調笑令

初炼聞鴈

蕭瑟蕭瑟蟬噪夕昜黄葉西風涼卷羅幃乍見長空鴈

飛飛鴈飛鴈引起鄉心無限

調笑令

烁夜漏長聞籬落閒蟋蟀聲如助予太息乜

蟋蟀蟋蟀千穜離愁誰識催㦸寒漏三叓堦下梧桐月

明明月明月疏影横窗清絕

漁歌子

漁父

蓼溆蘋洲不繫船漁家風月浩無邊傾濁酒挾飛仙遂

聲歛破洞庭煙

漁家樂

本意

家住桐江臨曲渚富春山色長當戶猒掉扁舟傍煙嶼邀伴侶桃雩春水催柔艣　漁弟漁兄忘爾汝生成傲骨容狂語市蔽歸來沽酒煑長歌處月明醉脫蓑衣舞

澹黄柳

新柳

春回綺陌柳外煙如織傍眼微開眉暈碧會與東風相識冶葉倡條待攀折　要屈指山鄉送行客攜樽酒聽羌遂出昜關萬里無人迹鶗鴂哀鳴子規淒咽盡傷春傷別

蛺蜨兒

𤆵蝶

惜春游怕經𤆵飄蕭金粉扇頰兜風前舞不休　菊墅

新涼恷粵房茸雨愁又隨歸蕩過紅廔王孫芳草留

蝶戀粵

五色胡蝶

廔畔猶餘金谷恨十斛量珠買得香魂醒歛水差差添

碧暈落痕浸入菱粵鏡　簾外東風凭埽徑拾翠相邀

休誤尋芳信一匊盈盈誰與贈綴釵飛上輕蟬鬢

點額塗黃糚最靚揹向粵閒巧與鸎兒竝明月昭人渾

未省鬱金堂畔芳心警　春滿蜜脾蜂乍靜逐隊晨衙

俊味誰能忍鬬草女郎嬌欲近妒它杏子春衫影

紫玉成煙渾不醒裊裾留儂淺暈燕支冷開偏嫣紅春
事盡夜來風雨判雩猛　立傍牡丹兜扇影傍與姚黃
占卻芳園景慜趁煙光雙翅緊遙山暝色高廔迴
萬對梨雲圍玉茗瘦盡東風邀入羅浮境栩栩絮月明鶵
辨影晚來十二珠簾冷　淨洗鉛雩殘夢醒待得烁淚
菊徑凭游騁送酒人來拚酩酊餐英飛過瑤峰頂
知白言元應首肎說與莊生同入華胥境一枕㕲甜彈
指頃是周是蝶奇情逞　偷傍硏池雩露冷墨水三升
寫出伶俜影卻怪滕王留粉本被人錯認黃昏景

澹音閣詞

寫眉樓遺詞

寫眉樓遺詞

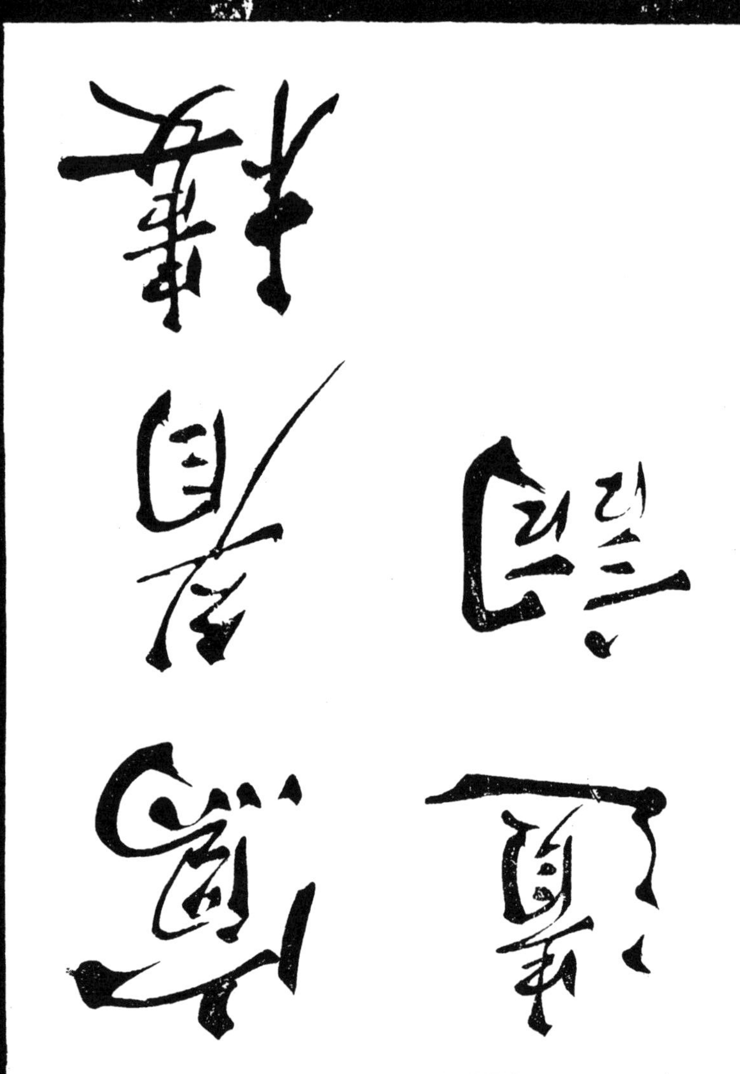

寫麋廔詞

仁龢陳嘉子淑譔

點絳脣

詠槑蘂

春到孤山滿林密糝燕脂顆翠禽啑過只恐繁英墮細萼如椒鬢角簪應可東風大圓苞緊鏁不許芳心破

柳梢青

新柳

望裏魂銷酥煙酥雨綠徧亭臯半拂征塵半牽離恨亂逐風飄　踏青纔過彎朝聽一路鬻聲畫橋淺蹙顰眉微開傍眼低舞纖腰

浣谿沙

夏日閨思

仌簟銀牀暑不侵綠陰滿地一蟬唫簾櫳如水晝愔愔

紫蕙初開堪作佩紅蓮雖好未宜簪閒評㝁譜慣停鍼

南柯子

烁夜遣懷鉥陸芝僊

借病常耽睡貪閒易惹愁舊時影事到心頭歎息韶㝁

如水付東流　香燼還重炷簾垂不上鉤一星鐙火黯

糚樓偏是風風雨雨作㶉烁

眠兒媚

清明時節餘寒殢人䕫子不來悄然有感

停鍼無語倚𣑯臺㜈信費疑猜山桃未破海棠猶壓林杏初開　今季畢竟春寒重深䕫不曾來清明時節陰晴氣候懊惱情懷

蹺戀㜈

炑夜不寐枕上口占

銀漢無聲珠露溼一抹炑痕沁逗詩人骨欠簟涼生清𥧌㥪枕邊抹麗㜈如雪　風颺羅帷鐙欲滅切切淒淒向曙㧕蛩急遠寺鐘鳴催落月紗窻微逗東方白

唐多令

外子客海昌以詞見寄譒小令答之

芳事條將殘新愁鏡裡看薄羅衣尚怯餘寒不爲傷春
非中酒將一味病闌珊　只赤阻雲山音書寄傻鵝報
高堂兩字平安瑣屑家常君莫問須努力勸加餐

踏莎行

粤朝

芳草侵堦落粤殚對韶光一半隨流去杏餳門巷又清
明踏青試約鄰家女　旅鷰初歸流鶯欲語垂楊綠徧
閒庭宇二分春色一分陰一分不定姓酥雨

清平樂

題家書後寄外

宵深傍繡細數銅壺漏剔盡釭粤紅似豆人比影兒還

瘦　窗前悔種梧桐飄颻易感愁風欲寫音書寄遠天
邊盼斷飛鴻

鷓鴣天

春晚

羃歷層陰黯綺櫳枷枝揺曳怨東風鷓鴣聲裡春將晚
滿地蒼苔糝落紅　情默默恨重重一季芳事惜匆匆
蘼蕪遠道無消息腸斷薔煙膩雨中

采桑子

丁巳寒食

餳簫聲裡逢寒食斜映重簾枷插高欄芳草萋萋綠似
煙　踏青怕上西湖路鷩語堤邊鵑泣山前麥飯家家

埽墓田

減字木蘭㸃

題孫蘋橋畫木蘭從軍圖

弓刀結束戎裝貌出人如玉單騎從征廿乜學男兒願請纓　嗟嗟奇事淡閶姓氏垂青史絕塞么天只比看羊少七年

南鄉子

題趙君蘭碧桃偎館詞

彩筆拉風神譜入金荃認不眞如此才㸃誰比擬前身應是鍾陵寫均人　題徧鏡湖春縷雪裁么句斬新除御㸃簾稱敵手謂吳蘋香夫人紛紛巾幗論詞合讓君

菩薩蠻

閨中四時詞

綠楊踠地春愁重流鶯喚破紅閨寢睡起悄凭闌羅襦怯曉寒　賣餳聲漸近催把雲鬟整對鏡畫雙蛾遠山眉樣多

梧桐漸長芭蕉大愔愔庭院清陰鏁曲檻繞芳塘風來荷葉香　晝長人意懶盼煞斜陽晚黺汗溼鮫綃休將紈扇拋

蕅餳開瘦紅衣落金風襲體羅衫薄屈指數星期神僊還別離　玉堦鳴促織砧杵千家急枕簟愛新涼寤穌蓮漏長

日高猶戀重衾臥葱纖恷冷慵梳裹簾外暗香來早槑

開未開　同雲天欲雪雁陣盤空畀數九約圍鑪先將

窻紙糊

浪淘沙

枕上襍聞炑聲譜成此解

鐵馬顫廔陰風撼疏林荒煙滿地亂蛩唫街鼓迢迢夜

漏轉月色將沈　何處搗寒砧搗碎炑心天邊孤鴈遞

哀音唬徹城烏雞動埜好寥鵝尋

長相思

春日湖上

蘇堤長白堤長百卉齊開鬬豔場鷽鷽鶯鶯忙　桃雩

香柳㝹香畫舫笙歌滿岸傍銷金鍋未荒

虞美人

題美人撲蝶圖

雲鬟裝就嬌模樣羅帶風前颺手拈㝹朵下瑤堦引得一雙胡蝶過牆來　尋香摘豔來還去欲住何曾住飛飛傍玉搔頭好把輕羅小扇向前兜

如夢令

春盡日聞杜宇聲有感

試問春歸何處幾度欲留不住慶上子規啼似向東風說與歸去歸去滿院落紅如雨

蝶戀花

戊午烁晚寄外滬城

菊瘦黃荒烁意老記得臨行曾說歸期早轉眼重昜都過了刀環數徧惄懷悄　別後雙娥慵不埽盼煞音書喜聽匑尼報況說它鄉知已少遠游爭似家居好

好事近

己未冬月得外子崇川見寄詞知有歸意卽用元均爲荅

風雪近殘秊恁受別離滋味（外子自題西泠話別圖詞句）寥中倘許相隨奈關山迢遞　虧它征雁帶書來珍重萬金抵料得羇愁鶤遣早商量歸計

洞僊歌

庚申杭城劫後遷徙者紛紛四月朔余隨外子
東渡錢江避居蕭山之桃源鄉就途中所見謾
成此解

錢江東去蕩一枝柔櫓大好溪山快重覩算全家數口
同上租船疑眺處鬲岸峯青無數　桃源今尚在黃髮
垂髫不識人間戰爭苦卽此是僊鄉千百季來看雞犬
桑麻如故問何日扁舟賦歸歟待埽盡欃槍片颿重渡

寫麋庚詞

傳古樓景印

傳古芸香

徐乃昌 校刻

小檀欒室彙刻閨秀詞

第三集 第四集

洪

浙江大學出版社

本册目録

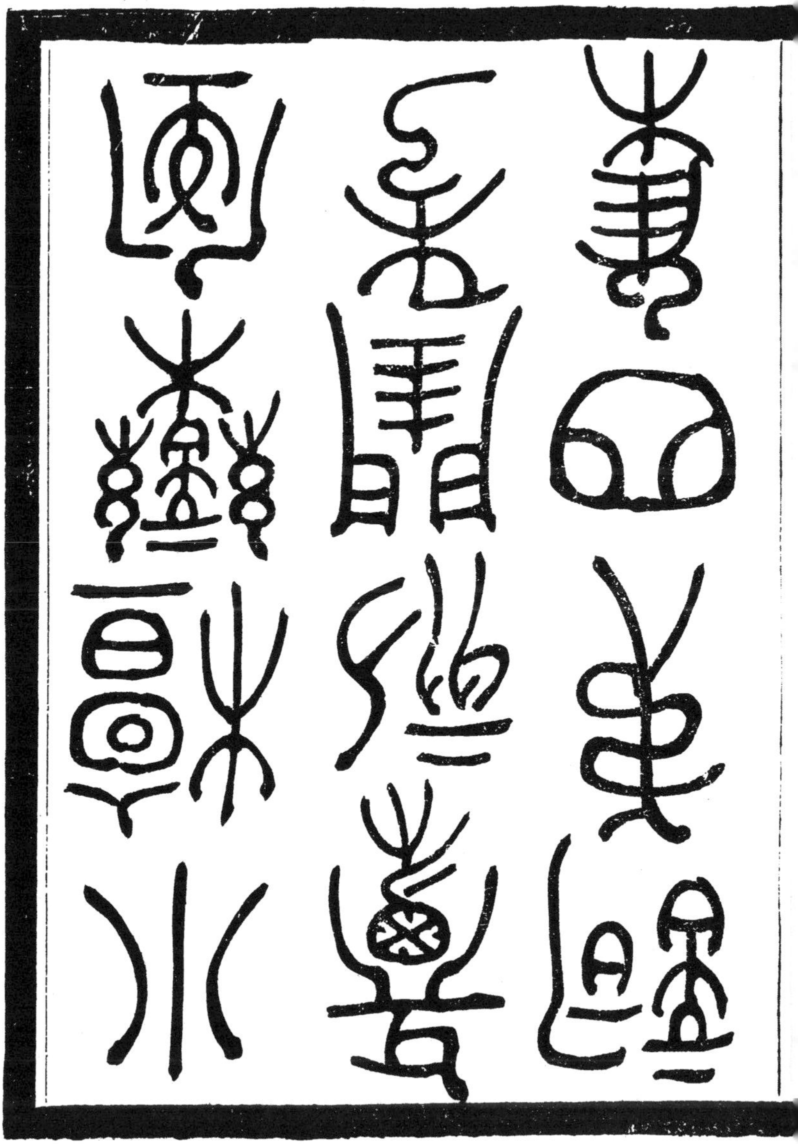

積餘屬張

謇題書衣

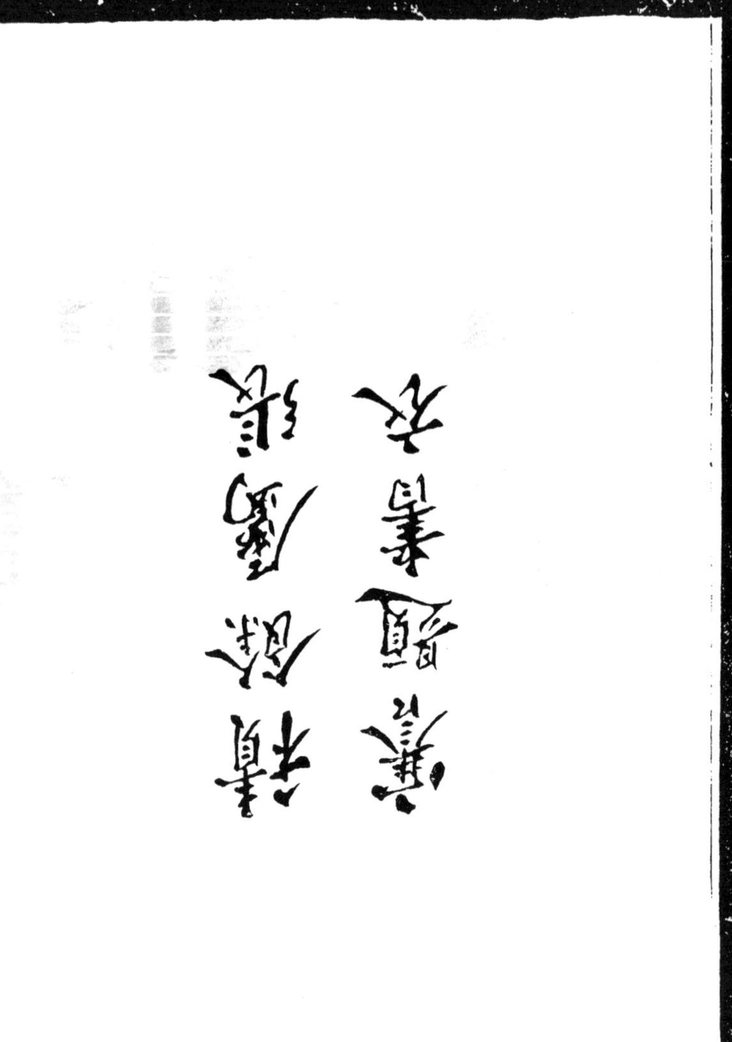

小檀欒室彙刻閨秀詞目

南陵徐乃昌父弥編

弟四集

陸蒨倩影廔遺詞一卷

吳尚憙寫均廔詞一卷

小檀欒室閨秀詞弟四彙詞人姓氏

南陵徐乃昌仌弜籑錄

莊盤珠字蓮佩陽湖人莊有鈞女同邑舉人吳軾室毋寥珠而生故名盤珠幼頴慧好讀書女紅精巧然輒手一編不輟嘉慶某年以某月某日垂絕復甦謂其家人曰余頃見神女數輩抗手相迎云須往侍天后無所苦也言訖遂卒年二十有五

錢斐仲字餐霞秀水人山西布政使錢昌齡女侯選訓導德清戚士元室工詞著有詞語一卷

關鍈字秋芙錢唐人諸生蔣坦室鍈嘗學書於魏滋伯學畫於楊渚白學琴於李玉峯鏡檻書牀可想文采工

燹善病終歸學佛坦爲鋏著牀鐙瑣憶一卷鋏別有三
十六芙蓉詩存
張繙英字孟緹陽湖人知縣張琦長女刑部員外郎常
熟吳廷鈞室詞筆秀逸得碧山白雲之神因擷芳集收
閨秀詩太濫正始集選閨秀詩太簡故另選一帙曰國
朝列女詩錄
張綸英字緯青張琦次女繙英妹江陰章政平室與妹
綸英紈英並工吟咏
許德蘋字香濱吳縣人自號采白仙子本揚州鄧氏女
父母早亡遂爲蘊州許氏女么鳳詞人朱和羲側室咸
豐辛酉殉粵匪難

趙棻字儀姞一字子逸號次鴻晚號善約老人上海人戶部侍郎趙秉沖女批驗大使烏程汪延澤繼室日楨母工詩詞有濾月軒藁

蕭恆貞字月樓高安人薌泉方伯妹山西澤州知府丹徒周天麟室天麟亦工詞閨中倡和人目趙管比之

陸蒨字芝仙陽湖人浙江巡檢謝俊士室工詩詞從宦兩浙事多拂意遂歸毘陵焚稿哭兄棲心內典咸豐庚申粵賊陷常州罵賊不屈飲刃殉金氏繩武爲輯其稿魏謙升譔序

吳尚憙字小荷南海人巡撫吳榮光女

秋水軒詞

秋水軒詞

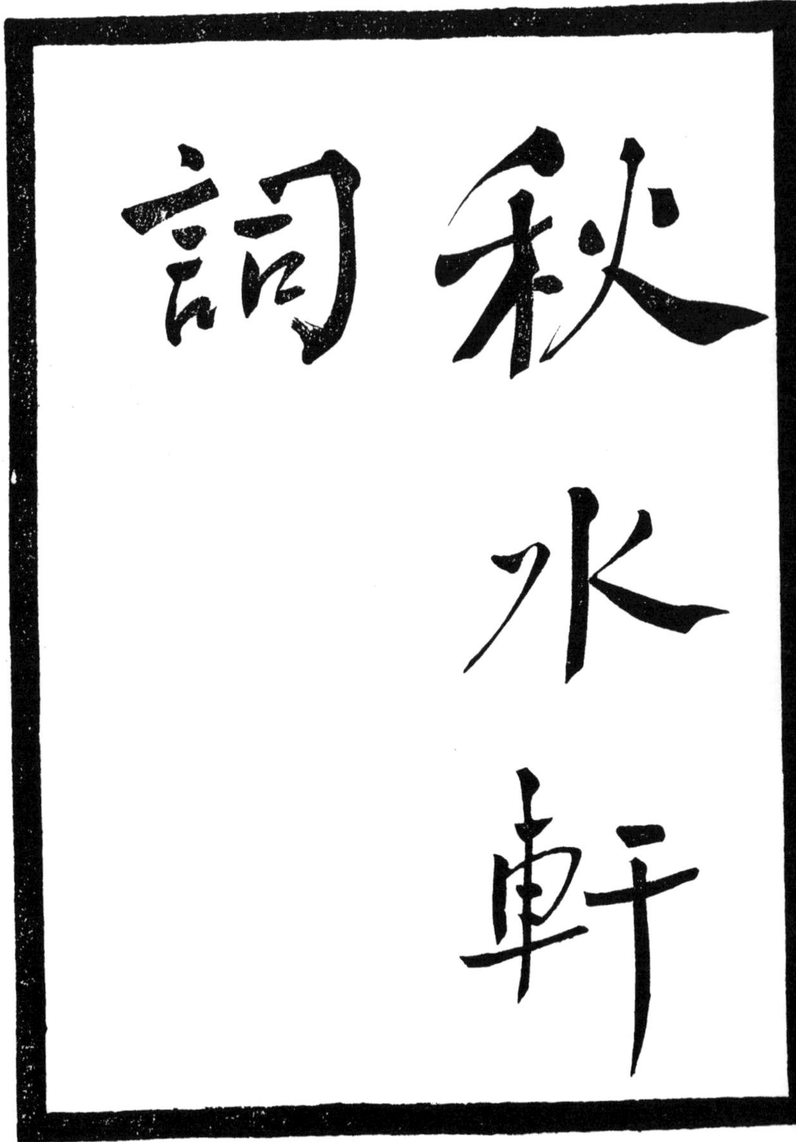

烁水軒詞

毘陵莊盤珠蓮佩譔

浣谿沙

甲寅元旦

似雨如塵舊歲𠌶晨鷄聲動鬲天涯又分新歲到儂家
曉枕暗占寒夜寢殘鐙猶賸太平𠌶算增算減總由
它

蘇幙遮

柳絮

早抽條遲作絮不見𠌶開只見𠌶飛處繞砌縈簾剛欲
住打箇盤旋又被風斂一作扶厺埜棠郵荒草渡離卻

枝頭總是傷心路待趁殘春春不顧葬[illegible]空池恨結萍
無數
南柯子
病後賤贈靜軒大嫂
荳蔻風鶊定梧桐雨易稠兩般滋味兩心頭因甚殘春
同病到殘秌　彊把前塵憲鶊將厺日畱一尊世擬共
清游又怕酒闌時候轉添悿
玉胡蝶
立夏
喚起眉間幽恨一簾芳草滿地斜昜翦子銜泥重到綠
偏池塘乍離魂殘夢戀對還顧影弱絮縈窗怪東君將

春歸忒忒乜忩怴　堪傷韶光九十蜂黏屐影蝭趁衣
香誰把濃煙暗雨盡付空江算前宵春穌寥斷到今日
懋比春長漫銷凝一季一度惱亂人腸

意鶇忩

重游近園

桂粟凝黃記鐙然蘭檻月漾銀塘紅旡低按曲鳥舫競
傳觴歙鬢影送衣香風乜忒忩怴問此生開懷有幾忍
負烌光　者番重到淒涼似舊巢燕子耍過空梁槑還
如我瘦草竟比人長待忲乜轉衙徨住又費思量只任
它柴門滨鏁一片斜昜

朝中措

天竹子

膽缾淺水伴青松廿當一彎紅爲怕鵶銜雀啄曾教幾日紗籠　疑珠疑豆羣芳歇後别有神工多少爭時槑杏偏它不受春風

滿庭芳

殘雪

瓦棱全融廥陰還賸幾囘東住斜昜早槑枝上猶壓一分香晨起圍鑪小坐聽簷溜細響狌窗寒消到今番向盡畢竟冷於霜　池臺如古畫斵痕界處脱落微茫記小鬟驚報庭院銀裝多少璚林玉對能幾日如此荒涼凭闌久囘頭欲誤殘月下空廊

百字令

寄懷虞山大姊

重陽近矣，聽淒淒蟲語，豆棚籬落。一片殘烟煙雨底，要比秋來蕭索。蘭槳牽愁，菱湖悵遠，辜負題糕約。誤傳歸信，幾番空惱簷鵲。　可記疏影簾櫳，微霜池館，玉盞曾雙酌。屈指舊游經六載，棚氣酒香如昨。料得而今，青山紅對，倚檻嫌衫薄。懷人天末，今生江上樓閣。

醉棚陰

清明

春好翻愁春欲去，鶯子銜飛絮。何處響餳簫，楊柳門前，幾點清明雨。　紙灰飛過棠梨，對斜日無情緒，芳草古

今多誰定明季重踏青郊路

清平樂

莫歸

月痕纔上暝色穌煙漾撲簌沙漚驚打槳趁潘舄蓬剛放　谿流曲曲斜斜轉過蓼藥蘆彎一點紅鐙漸近小橋竹屋人家

一叢彎

衰草

生於煙雨死於霜爾壽比彎長青山絕少蘊慭地待呼起酒籍琴康鴻夵楚南馬嘶塞北人世忒淒涼　尋鈿拾翠幾囘忚舊夢鬲斜昜天涯無限慭無限牘多少冷

蜨集聲誰信後來春風歛聽川有好時光

別銀鐙

螢火

簷前乍驚星墜剛待起又遭風挫傍甜戀箏心涼依豆葉
弄影輝輝漸大幾時添個巫山客意滄江我　又向欄
另小坐似怕蛛絲黏過隋苑流光車囊照讀計非論功
都可只應猜做合眼從美人憐火

踏莎行

春柳

曉月離亭斜昜古度有時遮斷行人路桃箋作伴過清
明誰家池館藏煙雨　拂岸千絲縈橋萬縷影隨流水

何曾笑他無計綰東風東風歛起漫天絮

南柯子

送呂氏姊赴山左

枕上瞑鶊著樽前泪不收夕昜無柰上扁舟料得舟行十里九囘頭　南鴈書須寄東風恨未休落花紅影蕩簾鉤不管簾兒底下有人愁

青玉案

秋雨

溟濛絲雨黃昏後道似無卻還似有冷逼銀釭紅暈久遙天鴻斷空堦蟲響夜漸長時候　香閨人醒聞欄漏怕黃菊今年要消瘦開也定過重九後那堪鄰院攪風

鈴鐸又幾聲相湊

長相思

秌夜

一叓叓一聲聲蟋蟀催秌雨易成殘鐙今夜青　酒初醒恨鵝平月近中秌分外明人間何處清

漢宮春

春日雨後游楊氏廢園

幾日濃陰早柳隄作絮棻圃堆金傳是前朝貴胄舊闢園林池荒路古客來過幾徧沈唫蘼蕪雨毿毿細落餳簫嚮斷春淡　卻憶當年游賞有成行翠裏滿座朋簪儘會宴粤醉月誰料而今枯松無伴立斜昜獃自傷心

好分付鄰家燕子算還枉費追尋

一籮金

春晚

春色抛人何處去若向天涯定有人曾遇驀子如何銜得住柳條已放漫天絮　幾夜愁聽簾外雨霎斷羅衾槑子青如許雲腳不開開又聚傻天忒恁無情緒

離亭燕

烁思

靜掩重重門戶不覺人來何處半夜涼生白紵霎裏忽收殘暑露白一蟬唑烁在碧梧高對　曉月簾梢斜度早有暗蟲無數到此時心兒傻覺先挨恁般滋味定說

不悲烁乜自無情無緒

清平樂

春夜聞蛩

溶溶漾漾一蛩清宵響鐙盡小慶人再上月在栁梢愵悵　梁閒鷰子驚猜乜教伴我衰扆不聽怎生傻睡聽時春恨偏來

醉紅糚

烁葬

不知何處響碪聲到儂心分外凊斷鴻叫落一天星雲點點雨冥冥　問烁可肎再消停放楊栁幾枝青卻儘西風歛箇飽全不用半些情

踏莎行

大兄寄示京口懷古詞

白日西馳大江東注朝朝莫莫相逢處其旁坐老有青山不愁不笑看今古　渡口颿檣波心鐘鼓後人又逐前人去莫將詞句擲寒濤多情恐惹蛟龍怒

蝑蜨兒

游絲

似雨疑煙飛來忽到欄外漾姓空春光如海問攔春歸去路梛縣可凝替東君劃箇蜨疆蜂畛　道天沒情不該有恁牽挂撇愁絲乾坤若大比柔腸同宛轉一般情態怪東風斂去卻還仍在

一籮金

對月夜坐

得姓幾日天鶼料月照金樽且賞今宵好梧桀不堪烌
鬧吵五更聲比三更少　問舍求田人易老若有輪迴
怭到何時了怪殺霜鐘敲不覺滿城人在邯鄲道

前調

殘菊

絕似佳人支病骨又似寒儒蕉萃鷚衣結曉怕濃霜昏
怕月重昜以後傷離別　蘆簾紙閣塵淸絕占斷烌光
廿算彎豪傑未脫塵根終有劫爲彎懊惱多時節

蘇幙遮

落葉

露寒煙通曉日幾徧飄蕭漸放山窗白滿地殘烁蟲唧

唧埽處稣㷋㷋處重堆積　乍蕭蕭還摵摵疑雨疑人

一夜空猜測已是枝頭停不得鐘斷鵶驚恨殺西風急

採桑子

奉稣外祖南莊先生草堂郎事均

風歛輭草纖纖影緣到橋邊暝放遙天明滅孤彎弄埜

煙　只容琴鶴三間屋恰對青山老去方閒乘興扁舟

歎往還

感恩多

烁夕

歐憐人影悄羅袂生涼早竹梢新月明近黃昏　豆葉

搖風亂蛩絮響乍聲響兩箇窗兒怎教人不聽

菩薩蠻

春蘭

羣芳遲媚韶光裏一彎秀影偏無比草綠不逢人空山

忽見君　立驚遺世獸獸把幽香宿春澹只如乍芳心

不貯愁

前調

社日

溟濛雨歇雲猶聚杏彎紅過乍千太閒立又閒行香閨

鋮綫停　鬢絲釵影亂午寢風欹轉鷰子到簾前綠拖

桒柘煙

挨芳信

絡緯

冷消息到曉露廧根晚煙籬隙正繡衾寢斷豆箏又風
急殘鐙窗裏明還暗月在窗前白忽驚猜巷北街西那
家宵績　何日便成匹怪響引絲長緩憐絲澀靜夜寒
閨幽均雜刀尺亂愁誰漾千千縷爭把炑心織便無愁
廿自聽它不得

菩薩蠻

炑曉

曉寒茆屋唫蟲宋竹梢澹影炑煙白籬角上牽牛箏明

露未收　天涯荒草路蔦子辞巢太老父未還鄉鄉書又幾行

前調

烋曉

涼天鴈響西風冷海棠脈脈憐烋影不斷藥爐聲紅闌誰耍凭　慈親瞑漸貼稍展眉頭結曉色尚模黏簾痕澹欲無

挨芳信

重九前一日大兄赴城北買菊歸各賦小詞記事

向城北問埜圃濃霜者番消息道寒雩都放葬遲太尋

覓攜奴荷鍤隨黃蝭踏斷殘蕪碧忽驚看一簇斜易滿

籬霜色　金錢爲君拭有疏影疏香移來書室幾日簾

前經歲又相憙忍寒翠裛鐙𠳗下一一重撥剔趁重易

細雨輕煙澹白

清平樂

水僊𠳗

淩波顧影偶爾游塵境一笑春風心自警寤比槑𠳗易

醒　攵姿澹雅天然含情欲化湘煙未許僊山蛺蝭相

尋相見相憐

揬芳信

寒蟲

晚雨歇聽斷續蟲鳴聲連墮葉恰豆棚纔作廧根又相接柔腸量爾多曲有者些愁說絮叨叨慘慘悽悽悲悲切切　長夜轉幽咽千偏瀼霜百囘涼月數盡幾更挨過菊㝉節寒蟬賸蜨都僊太抵得昆明劫賸灰心不死哀唫欲絕

朝中措

端午

滿城簫鼓競豪㝉今歲數誰家續命鬌邊綵縷郢人窗下櫺㝉　蒲觴弔屈癡兒騃女儘甘由它誰放瀟湘恨水年年流徧天涯

金縷曲

蜻蜓

紅蕅香殘早歇飄然飛來亭館無人烋悄纖雨墜墜癡呆久向立荒蒲池沼似乜有幽懷愁裏斷岸暝煙剛做冷戀斜昜無柰停枯蓼紅影挂水心小　回思炎夏天初曉喜湖邊姓波空闊一竿娟娟亂織幾番閒庭院鬧雨前頭先到又各處遠縈低繞怪底著驚驚不定觸簾旌響惹堦前草疑墮葉被風埽

一籮金

小歙石榴彎下

紅榴還比儂眉綠彎曾添肥儂卻添消瘦耍看來朝彎落否不愁底事鵝長久　萬事無過梧在手鵝定明年

人與花依舊常向花前澆濁酒怕它酒醒黃昏後

一翦梅

向山草堂聽雨

儂欲留春不肯停早也飄蕭晚也飄蕭銜泥燕子過空城草弍青青對弍青青　輾轉羅衾夢未成今夜三更昨夜三更殘春不耐雨聲聲春也無情雨也無情

醉桃花

漁家

無拘無束埜神僊扁舟不記年得魚不換酒家錢今宵換醉眠　涼雨後晚風前蒲颿閒未閒蓼花開近夕陽邊綱拖紅影天

前調

田家

�THE

郵醅肎費賃春錢農夫幾日閒許多埜雀啄空田斜昜笠影偏　逢父老語豐秊桃源別有天人家一簇小橋邊雞豚聚晚煙

菩薩蠻

酒家

雪消來問旗亭價踏青人立烌千外珠濺臘槽香春風引䆫長　茆蓋三閒屋門對清谿曲帘影半低遮繞郵紅杏家

前調

山家

千盤石磴千竿竹不知中有幽人屋夜月響瑤琴空山太古心　堦前松子落倚對調雙鶴日日得清閒何須耍學僊

沁園春

元夜侍祖父母家宴

桂魄初圓綺席開時，粤鐙共輝正簾櫳寒悄柳條綠淺池臺雨潤草色青回藥欒衣香珊珊佩響同上高堂捧玉卮還思想願年年今夕長是如斯　椿萱遞慶齊眉算我著萊衣最後隨聽紅牙拍偏鸎喉宛轉紫簫歛徹蜨夢驚疑錦裏圍風翠屏障曉算放城頭畫鼓催槑粤

睡被歌聲喚醒伴我衾裏

長亭怨慢

送春

晚鶯喚道留春住沒箇商量許多飛絮幾日輕寒澹煙遮斷鬲江路對䂬無語怨昨夜瀟瀟雨綠草滿汀洲料此際春歸鶗鴂阻　何處有餳簫宛轉過盡綠楊門戶問行小立甚春恨上儂眉嫵儘它厺於我何干儂來廿鬬誰情緒只一度春歸空費殘紅無數

梁州令

送春

問春來幾日與胡蜨纔相識風風雨雨太顛狂棃䂬疆

笑桃㝷泣　可憐楊柳依依色廿自無人惜阿誰昨夜
橫羌遂惹心緘滿江南北

蘇幙遮

夏日荷亭即事

水亭閑槐晝永貪看游魚又怕危闌凭響雨欲來風片
緊紅藕㝷梢無數蜻蜓影　瓦松明堦蘚潤瀉玉濺珠
不許圓荷定一霎涼雲還卷盡梧葉含烋簾角斜昜冷

前調

繡毬㝷

綠侵簾紅糝徑縠雨梢頭㝷聚春心令圓月飛來池館
靜攢簇𦃃㝷欲鬬嬋娟影　雨盤旋風撲打數了周遭

重數還鶵定懊惱殘春拋末肎胡蝶成團香夢何曾醒

前調

紅蓼彎

照清谿明埜徑如此秌光只在無人境惹箇蜻蜓飛不定紅颭波心閒弄西風影　隱盟漚羣斷荇激轉汀迴彎底藏漁艇宿雨初收江岸淨客夢驚秌爛漫斜昜冷

滿宮彎

秌夕

歙井梧風漸緊落葉唫蟲相迸許多時節病懨懨挪耍曉來濃冷　月彎明耍鼓定可有玉慶人醒小窗關了又推開犬吠一簾彎影

風入松

烋蜨

重尋斷癭到天涯不見昝時㸿㦵春夳後心情孏怕經過燕壘蜂衙獸自小停瓜架依稀認得山家　滿身文彩向誰誇風露怎周遮蘼蕪十里凋㦵盡只東籬瘦菊藏它一霎烋魂欲化又驚落葉寒鴉

菩薩蠻

慎皆大弟齋頭堆菊戲柬小詞

底須彊把㦵烋閧看來不是陶家種籬落一枝黄菲㭗幾夜香　此㸿天與瘦氣味宜重九霜露聚烋心幽人只獸尋

前調

舟赴青霄里

兒家生長香閨住出門便是天涯路何處午鷄嘹炊煙

碧一谿　西風斂漸急颿影摇空立廔閣斷斜昜丹楓

幾夜霜

訴衷情

枯荷

再來池畔忽然𥥍已如此斜昜冷貼煙波還記小荷未

放誰料酒人都太膹箇蜻蜓立西風呆想　收蘭槳甚

處吳娃越舫折枝殘葉幾日空疑望湖隄上一宵冷雨

瀟瀟不住又添清響再廿休惆悵

金縷曲

九日

待覓烁蹤跡問疏雩可還記與蜨兒相識一例西風無今古歛盡季季過客有幾箇龍山暇日休道稽人悲歎事算人閒悲歎何時畢絲雨細曉煙溼　明朝亂葉堦前積被頑冬催烁早太欲留不得客太山靈應笑廿此輩登高凝極著得破幾雙游屐酒不斷愁愁斷酒聽哀鴻叫月三更白楋鐵驟曉霜急

滿庭芳

烁日寄懷凝暉大姊

鐘送窗明霜欺鐙小醒來冷壓重衾況今回數閒閣幾

知音繡帳春前𠋫共拈鈿葉鵶髻分簪誰會料玉䂍對

下一別到而今　天涯芳草外雲來鴈去事事關心記

當季閒說門對遙岑偏我瘦魂無據鄰鷄唱幾度夢尋

知何日雙眉翠暖緑酒與同斟

浪淘沙

送春

簾外雨初姓草色青青飛𩿿不肎再消停幾日魂銷無

數蟯無數嘑鷃　扶病送春行悄悄冥冥人生何苦忒

多情不見海棠容易墜容易飄蕭

賀新涼

元夕

簾幙春寒峭見疏槑數枝開廿試鐙風早弟一囘圓今夜月鶗得人天雨好只可惜好光陰少畫鼓敲開銀世界儘相持不放鷄催曉深院靜漏聲悄　誰將明鏡當頭照記鶗眞唐歌漢舞幾番喧鬧此地卻除風雨外少廿千囘曾到怕桂斲婆娑漸老月是主人儂是客見嫦娥向我盈盈笑斜昜挂海山小

百字令

送大姊歸虞山

荼蘼香謝怕春消眼底歸期重誤眞箇今番攜素手廿算深閨長聚梱外催歸彎邊送別幾徧囘頭覷鶗酉征櫂一宵空費風雨　依舊鬭茗窗虛敲棋院靜賸我無

情緒傻到清宵瞑不得誰與共𢇁新句萬疊離心半江
秋影忽被雲攔住月明風細只除魂夢來去

虞美人

中秋夜聽雨寄父懷大姊

簫聲催夢清宵斷翠被餘愁卷瀟瀟風雨響窗櫺忽憶
去年今夜月彎明　別來兩葉眉長鎖可廿憐憐瘦秋
光陰半已鶯啼記取雁來時節少登慶

多麗

春日懷七姑母

又憐憐過了清明時節意西園杏彎落後昔年於此曾
別見無情繡颭挂廿到黃昏斷泪凝睫萬種離愁飛鴻

鷃寄擬攜羅裏剪鐙細說恨當日舊栽楊柳飛絮已如

雪長條盡何時待得玉腕輕折　幾多偏柔腸宛轉鬲

雲山萬千疊步香閨一鉤羅襪寱裏行來艼生恷剗地

相逢碧紗窗外無端唬斷數聲䶎乍驚起畫簾垂地何

處耍尋覓棡鈴響紅雨飄慦再沒休歇

浣谿沙

初夏

瞪起紅酉枕上紋病餘絲減鏡中雲畫簾窣地又斜曛

傍蜓分明尋斷寱浮萍容易悟前因無聊天氣柰何

人

菩薩蠻

冬夜

槑枝正壓垩垩雪槑梢又上娟娟月雪月與槑孿都來作一家　廿知人世暫有聚黐成㶶月落雪消時槑孿賸幾枝

畫錦堂

烌日病起

最是今番慵尋繡綫筆墨那叓還拈懊惱烌來情緒卻似春三翠鑠眉痕愁對鏡煖融酒力孏添衫閒庭院落蘂響多黃昏澹月疏簾　叓點聽澌汞鐙影動淚霄窗隙風尖閣外哀鴻聲急曉枕懨懨不知消瘦今何似恁般滋味我偏諳流光換多少暗蟲唫斷泪雨廉纖

風入松

秌栁

廔臺望遠最神傷昨夜又微霜秌心揺落應鶊盡賸疏
疏挂住斜昜忽𢡖漫空飛絮天涯斷𡧮芃芃　重來倚
櫂向銀塘無復舊風光煙痕欲補如何補費寒蟬百徧
思量知有而今蕉萃春隄悔穜千行

浪淘沙

雙峰書屋海棠盛開作小詞以誌感

𡧮斷小紅廔宿雨初收鬧姓蜂蝬上簾鉤一院海棠春
不管儂替彎愁　唫賞記前游轉眼都休風前扶病彊
擡頭知道明季人在否彎替儂愁

前調

落辦

斜日滿空塀糚閣閒遲無聊風影弄殘絲昨日醉瞑今日醒懊惱多時　蜨甘似儂癡裛蔕尋思明季能否見繁枝無限闌干無限恨幾箇人知

鵲橋僊

春莫

昬昬曉曉重門悄悄雨意酥煙做瞑水慶又到卷簾時恰鶯子飛來辦頂　泪珠滾滾那禁他不住況欲畱春可有些些多在柳梢頭只絮墮尋春無影

鳳皇臺上憶歙簫

夏日驟雨

岸草搖蕭衢塵漾暖霖天十日長炷自楝雩開後午傍鵶醒彊把瑚闌凭又宛意太夏蟬聲轟雷驟滿庭跳雨砌響櫚鳴　神清暑歸甚處耍幾陣橫風衣袂涼生趁畫簾半颺撲入蜻蜓多少雩堂徛閣拋紈扇玉腕初停穠雲樾斜昜影底屋甬猶明

清商怨

聖女古祠

神鵶嘑樾古廟靜只晚風未定蕭亂斜昜紅灰飛沒影烁雩狠籍滿徑窗遠對埜煙催暝跨鶴歸來雲淡環佩冷

菩薩蠻

七夕

片雲一霎還收雨瓜筵銀燭烁光聚人影玉堦多天孫有渡河　暗蛩驚澹月忽憲兒時節塵世太忩忩鷄冠鶚叉紅

踏莎行

青霄里舟中夜歸即事

待放蘭橈重過菊徑人餘涼月同扶病輕飄未挂恨行遲挂時又怕西風勁　翦燭嫌頻推篷怯冷荒涼埜岸三更近草梢露重寂無聲孤螢照見烁墳影

臺城路

寄外

昨宵猜著今宵雨今宵月彎飜皎露白蟲驚風疏雁響是我關心偏丞爲誰懊惱問消瘦緣由便天鵝曉有甚方兒可將儂病竟醫好　鉥衣連閒睡倒疋朦朧著枕忽又驚覺池閣殘荷門岂臏葉尙有烼聲多少鵝禁自笑怎剛怕烼烼來便悲烼烼老病裏季光乜抛人去了

七娘子

烼夕

怕聽向晚西風緊護銀鐙夜久光纔定驀怪簾虛蟲驚砌冷空庭露白烼無影　近來叓苦淸宵永又添箇雁兒催逬怯凭紅闌慵行香徑春彎不病烼彎病

天僊子

春莫送別凝暉大姊

蝭到彎間飛不去人在彎前畱不住春歸人去一時同春甘誤人甘誤無數落彎攔去路　昨夜同聽簾外雨罧子青青青幾許畱人不住奈春何行一步離一步怎怪鷓鴣啼得苦

嫦人嬌

寒鵶

一帶疏楊飛起三三兩兩正人倚小慶凝望荒郵埜店記初交霜降風信緊雜葉蕭蕭響　對黑爭呼爐青竝颺離不了愁人頭上悲笳落日爲幾脉摩蕩誰潑墨畫

幅塞垣圖樣

醉雩陰

小雨乍歇天氣冷漸漸清明近斷篸太無蹤似趁游絲飛過烁千頂　乖時只恁懨懨病叜舊愁新恨人靜一庭閒蕩破斜昜響落風箏影

洞僊歌

寒蟬

西風近遠在栁條池館幾抹歇煙封催暗怯寒鵶小歇又續幾聲聲已斷何有游絲鶇斷　蜕前原是篸身世蒼苔驚醒空枝夕昜滿記槐陰翠葉葉底初開歎轉眼炎涼叜換似扶病騷人叜哦唫怕苦調淒音聽時廿暫

清平樂

烁夕有感

暝煙欲上蟲在籬根響幾許亂鴉風底颺遂令殘烁門巷　柳梢一箇明星闌干短倚長凭若要心兒不轉除非沒有黃昏

如夢令

初夏

簾外青梅如豆簾底鸚鵡閒人瘦纔得展雙蛾又被晚風斂皺非舊非舊不是傷春病酒

滿庭芳

題汪氏姑小照

恨殺人生髫齡易過幾秊同笑同甎征颿開後開想到
黃昏多少香閨舊事空贏得歲月猶存消魂處栁棉蕩
日病起見殘春　何人傳妙筆月添丰采彎助精神道
瘦裏常逢畢竟非真此際披圖見乜意當日未埽眉痕
雲山外近來樂否無計共芳樽

卜算子

游春

曉雨弄新姓蜨癭彎梢醒一路埀楊到畫橋過盡春衫
影　日莫欲歸來風約盧簾定彎頂泠泠月一痕還恷
黃昏令

前調

烁日

烁色著人濃門外鵶啼曉幾葉疏楊幾箇蟬各爲烁煩惱　煩惱幾多時贊我長煩惱不是斜昜便是霜多少青山老

新鴈過粧樓

中烁對月

不醉如何金樽滿擡頭且勸嫦娥看今看古爲問可廿燃麽我踏紅塵纔廿載已鶵禁蟋蟀聲多況來宵一分月缺多半烁過　空將流光擲卻但有誰綠鬢不受消磨斵礎蕭葉催送急景如梭季季願攜此月長畱照當筵金縷歌瑤臺近任寥魂飛度疏星潽河

踏莎行

雨惱鸎閒煙催蝶醒逢春怎耍懨懨病縈簾弱絮已無聊又被晚風䬸不定　瘦怯凭闌慵嫌對鏡瘦魂乜怕空廊冷溼雲慘慘夜淡淡春星逗出梨雾影

長亭怨慢

除夕

又過卻小除夕了爆竹桃符挪家春早細雪霏霏黃昏未歇打窗鬧一鐙相照看焉歲鐙雾小翠爐未曾描偏此夜忩忩天曉　誰料冷清清屋角倘有老槑含笑朝來夜去甚新歲恁般囉唣把時序草草開除不憖教乾坤不老但有底方兒能閏窮冬都好

柳梢青

清明

風聲鳥聲者番病起不似前春鍼叉慵拈嬾還慵著賸箇愁人　鬲簾幾日濃陰恰放出些兒嫩𣊬薄命桃䠂多情楊柳依舊清明

踏莎行

病起

最怕殘春落紅堆徑今年人比䠂先病不教細雨幾番催留春一日䠂應肎　風定簾閒燕𥈥梁靜清明近廿寒還賸空欄病起已無䠂夕昜只照游絲影

臨江僊

遊楊氏廢園

聽説園林饒勝賞誰知轉眼滄桑高臺就圯曲池荒雩
還如我瘦草竟比人長　賸有舊時雙薦子銜泥繞徧
迴廊孤松無伴立斜昜新詞唫宛轉往事費商量

南柯子

白墡城邊路青山郭外廔一驢駝去恰逢炢芽爲幾枝
楊柳便生愁　薦子都飛去桃雩倘在不秦淮惆悵酒
旗收依舊夕昜西下水東流

品令

早鴈

一鴈驚飛早逗孤影長天小水遥山杳北雲過盡南雲

又到紅蓼雩明雨洗楚江岸曉　黏天沙草帶暝徧觚

煙叫銀河低挂簾前賡舀人兒懊惱此後闌干長倚短

凭不少

西江月

楊雩

池面雷春有影簾前盪月無聲福因禍果未分明多少

黏茵墮溷　欲趁殘英到地忽然又睹身輕世間何事

冇消停卻道此雩不定

醉雩陰

清明

多少亭臺春不住漸落雩飛絮寢斷又餳簫楊柳門前

幾點淸明雨　黏天芳草遮天對不礙雲歸厺蕚子怕

黃昏風冷煙濃已似殘烁路

如寱令

撲蝗

戲蝗娟娟不定碧草梢頭弄影紈扇惹春風幾點驚魂

忽迸鶵趁鶵趁飛上海棠彎頂

四換頭

寒食

日炙彎鬟卷風篩彎影亂蕚子鬧瑚梁春泥一夜香

簫聲知近遠香閨驚寱短明日又淸明楊枝插戶靑

漁家傲

炑夕

落生庭院塵生鏡前宵夢太空梁靜歎坐不瞑愁夜永挑鵝醒殘鐙留廿憐俄頃　屋角數星猶耿耿羅衣漸怯虛簾冷明滅曉風斂未定無人徑豆棚斜月炑蟲影

醉蓬萊

月下悼蟾姊

記晚涼庭院抹麗生香起來攜手歎坐思量算此景曾有今夜黃昏風喧殘葉月上梧桐後又向階漥捕人影疏簾添皺　泉路迢遙瘞魂鵝到空對炑光幾回搔首楊柳無情廿爲炑來瘦何況於儂且非達者欲忘情能否七夕看星中炑待月重易攜酒

雨花盦詩餘

雨花盦詩餘

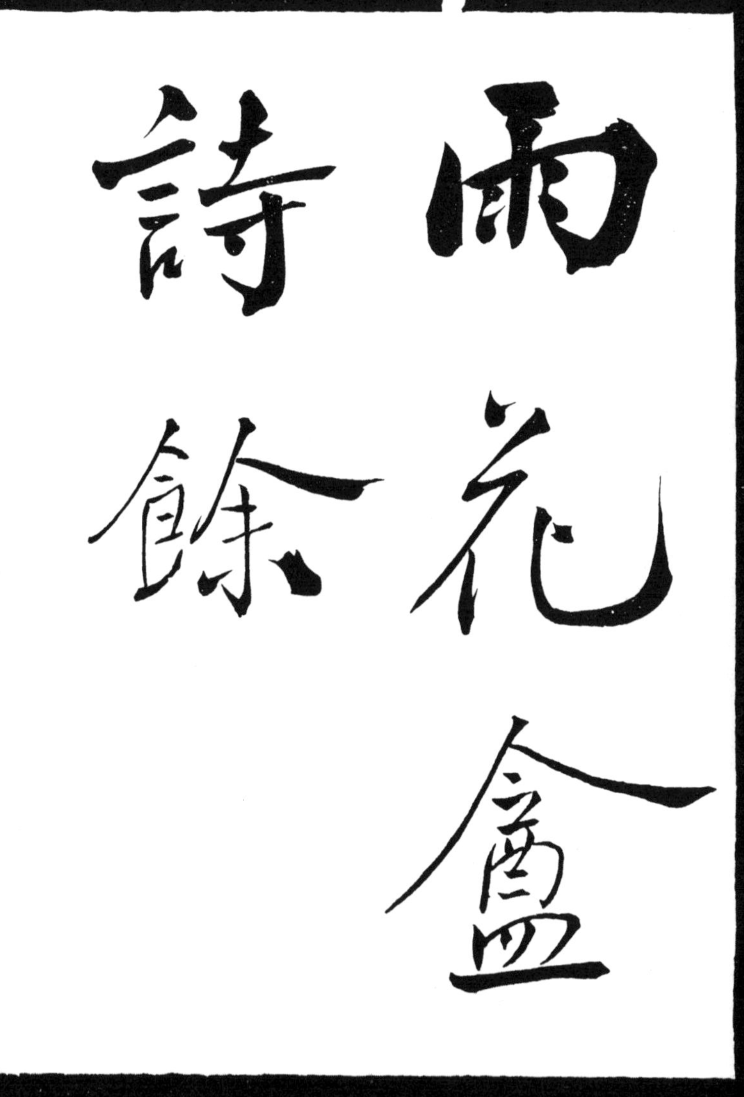

雨花盦詩餘

秀水錢斐仲餐霞譔

生查子

雪夜憶永安湖

蒼松十萬株，廔擁蒼松內。一面有闌干，卻與明湖對。橋連曲曲隄，隄上山如黛。雪壓釣魚舟，疐在梅花外。

調笑令

雲橵雲橵，斜陽又來深院。輕風頻弄花枝，蛺蜨團如綰絲。絲綰絲綰，剛被卷簾人見。

轉應曲

題倚石美人圖

可是相思難遣可是尋芳猶嬾無語倚雲根祇覺佩環聲顫凝盼凝盼卻把繡茁偎暖

卜算子

自悔種芭蕉故故當窗戶葉葉淒淒策策聲夜夜添愁緒　隔院有梧桐落葉紛難數自是離人易得愁那處無風雨

惜餘春慢

和曉廷兄豐臺蒻枝芍藥

駘蕩輕陰惺忪香雨綠徧天涯芳草初迴寱味正擾鄉情早是賣花聲到重見青筠擔頭和露擕來翠鬟猶裹料枝閒定有雙棲蝴蝶被它驚覺　聊伴取塵榻風窗

清歌細酌浪擬素鞾紅咲憐深怕嗅豔極難誇惱亂客

衷誰信穠苞破時背後腰支腰支看來都好念簪花人

期不穩轉愁春老

卜算子

綴玉復駢珠半是傷心句難道無愁也說愁總被多情

誤　把卷忘梳頭捹卷秋窗暮簾影初昏未上鐙淅淅

梧桐雨

浣溪沙

月影穿窗檄玉錢被人錯喚作團圞十三圓月幾曾圓

添

瘮渴頻催煎鳳餠思嫿渾孏撥鵾絃木犀香得病情

涼氣吹簾燭淚消金尊傾卻冷香醪黃昏時節最無聊　多謝幽蘭相伴住重挑殘燄讀離騷秋欄風雨正瀟瀟

菩薩蠻

流鶯日日催芳草越羅妥帖餘寒小粉蝶一雙飛春風香滿衣　藤陰遮翠幔容易窗紗暗細雨壓花低迷藏人不知

浪淘沙

重遊金陀園感裏

花雨溼溟濛廔閣重重桂蒸鹵畔竹蒸東爲愛香泥乾尙軟偷印弓弓　宛轉畫廔通春水溶溶橋邊垂柳柳

邊風撲住風中雙蛺蜨浪認雌雄

秋水濯芙蓉月滿珠璺長裾初曳惱嫦娥腰細自憐環

佩響故立當風　花是昔年紅人面難同傷心莫憶舊

游蹤百尺姓絲垂到地依舊融融

清平樂

銀雲一片雲外流姓電風裏羅衣容易卷剛被冷螢闚

見　來尋竹下新涼箇人先到蘭房濃爇小鑪檀炷負

它自在荷香

蝶戀花

題自畫紫藤雙蜨便面

開到藤花春已莽可柰東風不肯將愁去一任繡牀黏

柳絮憐花只繞閒堦步　蹴損落痕無意緒移箇鸚哥
挂在花深處教與夜來新譜句不知花外簾纖雨
雨壓煙迷閒戛密手綰柔條結箇同心結一霎輭風搓
紫雪花陰吹下成雙蝶　欲咲還嚬留一瞥澹粉輕脂
便是春消息作弄微蟲描活脫閒情付與勻眉筆

點絳脣

戲題自畫緋桃新柳小幅

庭院無風斜陽滿地游絲輭畫簾先卷莫認新來燕
曲曲闌干搯住垂楊綫春猶淺纔迴青眼便襯夭桃面

相見歡

臥聞檲鐵丁東夜來風料是明朝無處覓殘紅　鐙爐

暗衾未展恨重重誰道春宵常是倚熏籠
聽鶯聽燕聽蛩聽征鴻聽到落花時節雨兼風　魂夢
亂春已半未相逢可是人生長在別離中
春從天上來
鹵堂舊感
冷落虛堂恨閒庭桃李也趁春光敲月銅鋪飄鐙珠箔
而今都是思量幽砌落痕自綠簾空卷塵滿胡牀恁淒
涼算無多歲月負了鹵窗　堪傷舊巢無迹怕燕子重
來難認文梁誰見當時呢喃繡幕闌人晚浴凝妝忘了
調人雪薄扶殘醉猶戀荷香費迴腸再休尋那日挑錦
緗囊

浪淘沙

春晚

濃暝逼衾裯宿雨初收不知花事幾分休本是無暝鶯
又喚獨下層廔　自起上簾鈎蜨侶蜂儔年時歡事水
東流凝立海棠紅影裏情思悠悠

前調

湘簟滑琉璃薇帳低垂海綃織就鳳皇兒梁燕未歸人
不見午寱醒時　香爐冷金猊簾影參差枕稜幾點溼
胭脂忘了鬢邊花片子拈起尋思

菩薩蠻

自題棣花繡枕

錦衾未展愁先重流蘇暗罥釵頭鳳沈水莫頻添香濃
猶不瞑　㝱魂無所處只繞棋花住霜冷月娟娟玉廔
今夜寒

一斛珠

淒涼秋作去　鹵風先惹窗蕉破㝱魂也被重門鏁添了
香篝又聽雨聲過　蝙蝠頻挑簾押䪁蛾兒願殉缸花
墮餘醒漸醒愁無那已是新涼夜夜裒衾坐

菩薩蠻

嬉春曲擬飛卿體

趁姓預約嬉游伴曉妝多謝鶯聲喚春水一篙深畫舩
垂柳陰　銀壺提玉乳攜取紅牙去萬一有新詞清歌

佐酒卮
羅幫翠比新荷葉春衫低約丁香結雙燕或先歸湘簾
莫慢垂　畫綃攜小扇障日非遮面怕到夕陽斜暝烘
雙臉霞
平湖過雨琉璃淨鴛鴦蕩曲廔臺影臨水出秋千水邊
人可憐　踏青隨處所芳草迷歸路那裏有人家隔籬
紅杏花

浪淘沙

題曉延兄棋花小影

郁遠酒難賒寒逗紋紗肥貂裘裂帽欄斜簷月昏黃風
料峭來伴棋花　春色徧天涯柳濯新芽千紅萬紫競

韶華陌上青驄歸緩緩可憶楳花

清平樂

遲遲春晝花盡春應瘦砌下落紅盈寸厚蝴蜨飛來微逗　攜將綃扇徘徊不知蹴損莓苔輕薄忽隨風去撩人濇了鸞釵

虞美人

分明斜月窗紗濾又聽稀疏雨往年情味往年心依舊香篝鐙灺擁輕衾　嫩寒約略三更過點點敲來錯千門萬戶悄無聲不道有人暗數到天明

如夢令

自題茉莉梔子楳花便面

稱綠嬌黃爭媚合助晚妝人鬢鈿到鳳皇釵纖手卻還
拈起香細香細㦸醉醒來情味

浪淘沙

昨夜動輕雷花被春催濛濛細雨溼廔臺一桁簾櫳垂
著地燕子頻闚　深院忍重來戶是風開無端太息惹
人猜認取兜鞵曾踏處都是莓落

南鄉子

題陳蓮汀疏香清影是其亡姬吳氏照也

往事付朝雲惹取愁霜染鬢新最是畫簾垂細雨黃昏
翠羽啁啾獨掩門　明月認前身一段仌綃漬淚痕祇
有眞眞呼不起傷神竹外疏花又返魂

水龍吟

題陳龍巖韜龍巖弟四圖

數間野屋臨秋水只有閒鷗相識煙霞伴侶琴尊隊仗此廬新葺幽意蕭蕭紅蕉露瀉碧梧陰直正風簾乍卷海蟾飛上湖光冷搖虛白　隨地漁樵堪適咲吳儂尊鱸偏憶牙籤玉軸百城自擁丹鉛細覈寥裏家山龍瞑巖屋幾曾忘得向故人寄語被雲留住作鹵泠客

前調

題停琴待月圖

清秋院落初姓暮煙檝盡天如洗幾蟬乍歇暗螢時度月來猶未文簟舒波晶簾卷玉安排焦尾料纖阿幽獨

姮娥澹口尙迆邐滄溟底　幾曲闌干徧倚漏沈沈涼
添秋秩香吹老桂露溥修竹絳河垂地佳若徐斟水沈
細爇素紋重理正天風浩浩銀雲櫛櫛口穴輪迠

綺羅香

詠枕

蕙帳籠香文裀藉玉依約水晶簾裏好夢能圓何必通
中連理帶三分膩鬢花香漬幾點相思情淚最愁它蓮
漏苕苕背鐙無語衾鴛被　相依孤旅更苦誰見塵牀
自拂素衾謾啟待託歸魂還被曉雞催起慣偷闚雙靨
偎桃也曾上半肩行李甚新來愁病懨懨日高猶倦倚

高陽臺

戊申清明

衔肉鵶盤飛灰蝶舞纍纍多少荒墳芳草萋萋染宅幾許嘑痕東風不管傷心地放垂楊冷眼闚人暗銷凝岸蓼汀蒲都返春魂　平橋曲水依然在但歡情頓減疏了清尊搖雨孤蓬重來不是尋春無端逗起閒情緒恨桃花點綴柴門再休題邪裏芳津邪日瀟帬

緣意

戊申六月過羅浮荷雨多池溢花不透水悵然

拈此解

筌香蓬館甚綺疏靜拚花樹塵滿咲指翦蒨定守空池依然蓼澈莎岸風裳水佩分明在但隔了晶簾一片悵

同舟儂侶難攜贏取者番幽怨　還把雕闌倚徧蘸羅
遲不到游興全孏漬淚紅衣卷恨遺簪鈿與浣沙人看
雲凝雨老芳期誤怕後約年華偷換待鹵風埽盡閒蘋
來照鏡波清淺

菩薩蠻

己酉春日

舞鸞鏡匣芳塵滿餘酲未醒勻梳孏時節過清明輕陰
未放姓　閒門終日掩誤被東風款蝴蝶又飛來玉堦
生綠落

鷓鴣天

臺榭新姓燕燕飛畫闌芳草綠萋萋自憐多病凋青鬢

可柰閒愁約翠眉　魂點點瘦依依落花和淚點春衣
情癡枉自傷春去迢遞東皇那得知

解連環

裛愁含醉啟晶匳顧影臉霞消未解香絲輕付鸞篦驗
舊瘦無痕鬢雲疏翠幾度摺紋紗可留取那時清淚記砌
蟲唧唧窗蕉策策伴人不平作寐　輕衾又還自展更自
覺羅帶自憐腰細慣淒涼守盡殘更漸忘卻人間歡娛
情味冷了熏鑪依舊是和衣斜倚恁禁宅月曉霜濃叫
寒鴈起

醉太平

題自畫綠牡丹

璅窗半開緗簾半垂雨絲風片慶臺映翠雲一堆　煙迷霧催蜂疑蜨猜曲闌干外飛來繞羅帬數回

高陽臺

癸丑初春卤堂重有感

斷蕅擘絲兜螢借扇方迮咲語惺忪青鬢膚高一痕月淚先銜追涼愛傷高荷立夜闌時路重香融恁忩忩纔褪紅衣便動卤風　夭桃定是多情種自採芳人去冶蕚羞紅悄悄池臺禁它細雨濛濛當時賸有蒼苔地者回來踏也無蹤恨重重謾繞迴廊忘了卤東

生查子

昨夜月朦朧依約鞦韆影彊起拓窗紗還是姓難穩

繡被倚輕寒日永黍篝冷檀炷似春心寸寸都灰盡

相見歡

跳珠白雨初收動涼颸又是碧梧聲顫月當頭　人不見芳信斷思悠悠先到離人心上一絲秋

淒涼犯

甲寅秋日再過鹵堂

夢魂怕入鹵堂路驚心怎忍重到槑垣郁角薔薇半死尚懸幾曌蘭枯蕙槁總分付鹵風自埽歎塵寰滄桑一例難遣此衷哀　迴憶鹵窗下蠟鳳嘑宵鏡鸞鬪曉春風詞筆晝蛾眉玉臺雙咲歡境消磨儘輸與狐奔鼪叫冷蕭蕭犯欄亂竹定戛擾

湘春夜月

戊午八月二十一夜憶卤堂

畫堂深晚來烟靄冥冥怕一任帶荔披蘿山鬼到空涟鎮把金魚牢合料懸香老桂不返秋魂便玉簪敲断瑚闌拍徧可有人譍　啾飂厭雨迷藏恨月寥去難尋夜黑閒堦惟賸箇冷螢穿破幾摺疏櫺曲房静捹怎忍提蕙帳蘭鐙恨最恨似摶沙放手十年舊事訴與誰聽

解連環

卤堂賃弇唐氏矣己未三月六日過慎宜堂唐氏眷屬邀余過卤堂蓋不知余裏之悲也歸而悵然賦此解

架雲千點問何年種柳長條堪綰繞碧沼悄悄春波怕
鬢影蕭疏素絲偷換燕子翩翩定忘卻卷簾人面指臨
書棐几學繡紋疏翠陰還滿　誰忺者回再見料亭臺
不語怨人輕賺記那時撼雪畱花泥去阿母深憐隔窗
頻喚舊地傷心揾淚眼闌干凭徧恨無情杜鵑催去蘄
赧弄晚

虞美人

庚申七夕後二日辟寇南玉港郵居臥病感襄

淒涼時節淒涼雨人在淒涼裏荒郵無處訪秋花只有
豆棚瓜架是生涯　安排硯墨應無地麋鹿爲羣已牙
籤玉軸委泥沙試問客居何處客無家

兵戈日日催人老豺虎仍當道斷蓬流水各東西難問
親朋何處寄浮蹤　離離秀苗誰家稻共說秋來早一
行新鴈點雲空贏得離人清淚灑西風

雨花盦詩餘

夢影廔詞

夢影廔詞

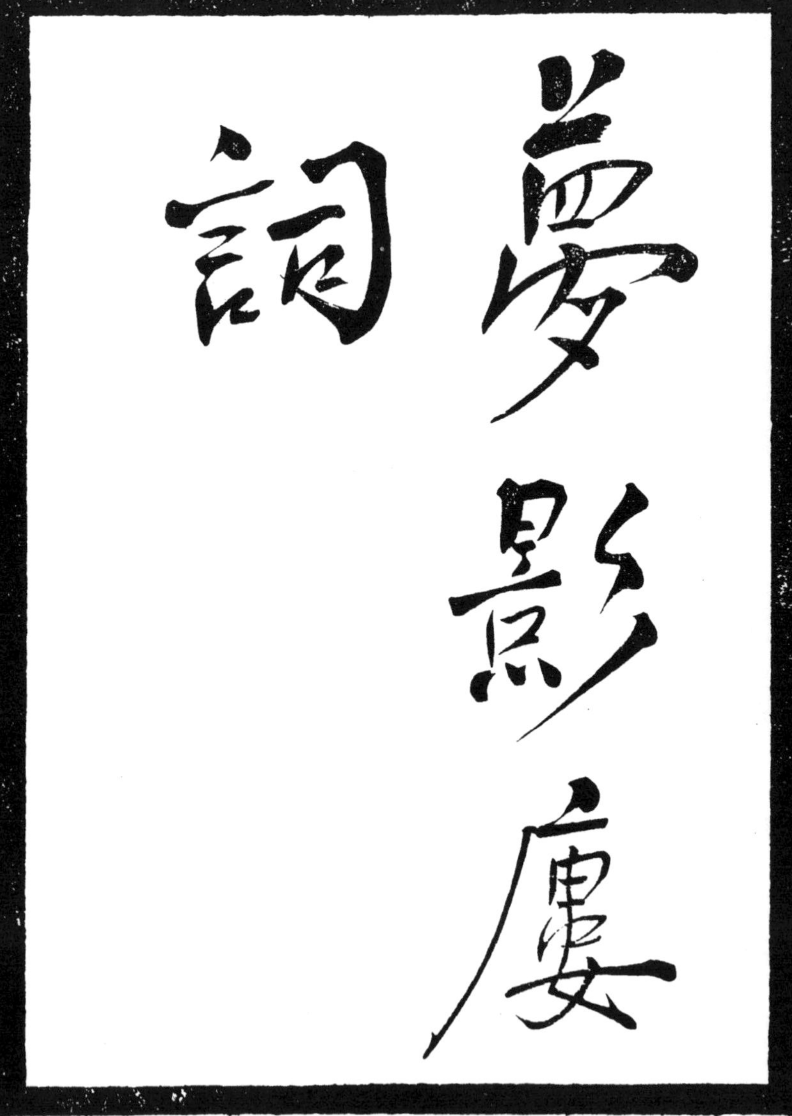

余學道十年綺語之戒誓不墮入于歸後爲藹卿舉卒卒蹈故轍然閨房倡酬得亦旋棄自交沈湘佩湘濤諸君櫛篙往來人始有知余詞者邇來篇章較多藹卿爲存數十首梓行之塵世閒于是知有寱影廔詞矣噫一念之妄墮身文海寱影廔詞豈久住五濁惡世閒者譬如鳴蜩嘒嘒槐柳秋霜既霱遺蛻豈惜白雲溶溶余其去緱山笙鶴閒乎文字贅疣耳藹卿盍亦棄此而從我遊也咸豐四年甲寅六月妙妙道人關鍈書

寱影廔詞

錢塘關鍈秋芙譔

菩薩蠻

綠窗風雨茁生滿一春寱比天還短酒醒又梳頭夕陽纔上廔　舊愁銷不去擱在雙眉宇莫道鐵爲腸鐵腸今也傷

洞僊歌

寄襄蕙卿越中

自君别後便滿花紅槁露墜蓮房盡丁倒況半陰不雨漸短秋天料此際晚飯花廔廔應早　羅幃纔病起未寄緜衣昨夜君邊還可寒到時節又重陽斗酒雙螯盼身椷

歸來正好怕明日關山雪霜多便欲寄音書雁魚都少

惜餘春慢

餞春同魏滋伯謙升丈作

杏燕修巢柳鶯撤戶春事十分完九昏昏心上怕雨思
姓髩也不曾梳就纔得湘簾半掀便道園鼠姑開久
膹野塘風緊晚來吹蕩落花紅皺　曾記向陌上春游
調鶯撲蝶攜得雙鬟柑酒困循幾日脂顦粉顇紅得夕
陽都瘦無計留春不歸但把海棠折來盈手教侍兒知
道者同春色藭星還冇

金縷曲

啚沈湘濤

寱想今三載忽傳來芙蓉椾紙新詞十賫一樣紅顔飄泊感鹽米光陰無柰好珍重玉臺詩派明月絳紗春風裏看金釵盡下門生琹浮大白爲君快　相逢各有因緣在算人生才能妨命病愁何怪祇惜聰明長自誤身世漂流文海況愁裏朱顔易改不見花開雙蝴蝶但多情郎是昇僊礙知我者定能解

邁陂塘

再畣湘濤

又傳來妙香椾紙空牀病爲君起始知鋸了多時木鋸義元如木義水漏矣卻不道如今水桶纔通底一圈兒地怕歸去靈山問伊迦葉也只咲而已　浮生寱鏤影

吹塵何異炊沙豈許作米關心臘月當三十壽箇薇塲歡喜君悟未君不見青蓮火裏何曾死此中關棙傻廔閣重重也能開得不信請彈指

梅子黃時雨

雨夜聯句

雲漏斜陽放簾額半姓旋又吹黑 坦 聽兩點三聲屋櫩餘滴 銕 半壁楊花吹又起東風搖曳如憐惜 坦 任蛛絲空際嘆珠欲綱無力 銕 淒絕鹵園陳跡 坦 有陰苔湊綠新韭肥碧 銕 念翦燭鹵窗晤言何日 坦 滿院煙蕪催暝早隔鐙聽響荒街屐 銕 思今夕萬一故人來得 坦

邁陂塘

西谿看蘆同謌卿

看谿山一十八里秋容瘦削如許粼粼漾漾平陂水搖盪白蘋花雨天欲暮任今夜烏篷隨水隨風去蘆花淺溆只弟一防宅瞑鷗飛起又鬧半汀絮　人間事從古浮名無據百年難得蘋聚青蓑何似歸休也料理釣筒漁具谿盡處便不用扁舟也算浮家住柴門河渚縱不種蒹葭也堪約略種帶水楊樹

念奴嬌

雪後招同沈湘佩善寶鮑玉士靚周暖姝來音李佩秋湘紉陳湘英雲僊集巢園妙吉祥室

朔風催暝看寒鴉點點翻啄殘雪一片彤雲西北去吹

得夕陽明滅瓶水膠花溪雲沍影鐙火柴門絕圜爐人
聚舊情同畫灰說　祇惜紙閤敲茶明鐙炙墨我輩歡
難得明日灞橋驢背上又是一番離別如此征程無多
舊雨怎不添華髮尊前且醉柳枝還爲君折

高陽臺

送沈湘佩入都

淚雨飄愁酒潮流夢惜花人又長征見說蘭橈前頭已
泊旗亭垂楊元是傷心樹怎怪宅畹地青青向天涯一
樣纏綿各自飄蕭　開筵且莫頻催酒便一杯飲了愁
極還醒且住春驅聽儂細數郵程壓舩煙柳鳥篷重到
江南應近清明怕紅窗風雨瀟瀟一路須聽

洞僊歌

題橫山草堂圖

草堂十笏在晚山深處門外蕭蕭水楊樹畊琅玕多少一半雲棲留一半人與燕兒同住　儂家谿上屋簾榭中間也有青山亂無數谿水半通橋著箇蜻蜓還容得竹牀茶具只可惜秋風起蘆花把如此煙波讓伊鷗鷺

臺城路

題薌花香裏塡詞圖

露蟬聲裏涼生早闌干繞花紅整聽竹敲秋因蕉劃句忘了蓬窗鐙冷瞑鷗寤醒正放鴨橋邊一絲風定環佩來耶珊珊疑有水僊聽　年來我亦愁病坐朋蘋撇了

閒卻游輿鷗社盟秋晃鐙寱雨只有一襟秋賸絲絲瘦
影怕照見湖波鬢兒難稱獨寫相思露塘風又緊

水龍吟

落葉

西風一夜吹霜千峯盡出荒林杪蕭蕭摵摵如愁漸積
有多無少煮酒園荒題詩石瘦畫闌斜靠念荒寒如此
休傷搖落也還算歸根早　莫說悲秋詞稿自新來被
愁分了哀鴻未過涼蟬欲斷可憐裹裊聚點敲窗碎聲
做雨夜深誰埽賸亂山深處夕陽疏柳有幾鴉噪

菩薩蠻

嚴問樵保庸索題姬人背髻小影

玉釵交影銀屏疊夕陽移上鬟雲溼斜立小闌干粉花紅半圈　青螺三角小點點春旛裏行近問鸚哥前頭曾見麽

百字令

題湘濤冷月軒詩卷

桂堂西畔憶月斜時節寒深簾局認見屏風三兩扇斜靠春人如玉嚼雪吹香移宮變徵刻畫琅玕竹天寒翠袖何人念爾幽獨　何況慧性蘭芬靈心蕙細生就聰明福一種永明詩體好絳帳才名聽熟羞我葫蘆年年紙上樣子描都俗心香一瓣玉臺願爲君祝

蜨戀花

幾日池塘雲不住柳也濛濛想做清明雨半榻茶煙和寥煮畫屏幾點江南樹　欲捲珠簾風不許如此黃昏休去移箏柱廔上晚山青不去夕陽正在鴉歸處

謁金門

風弄葉篩碎半簾秋色明月亂移釵上蝶畫屏人影疊　滿地落花如雪涼皺幾重帬襵如此長宵鐙也滅聽伊心上說

柳梢青

題畫

江闊雲平綠驅低處淺水橋橫畫角斜陽亂山堆裏隱隱孤城　蘆花潮落江程看幾點寒鴉暮炷一夜西風

殘荷敗柳都作秋聲

百字令

晚秋湖上

當初湖上記春風載酒行吟蘭檝一櫂水雲空闊裏隨意狂歌楸髮就柳停舟尋梅選寱衣浣孤山雪十年而後勝游多半消歇　如今重到湖干荒寒臺榭楊柳風吹折吹遂雙鬟人去矣閒了半湖煙月冷露淒猿荒雲葬鶴風走虛廊葉傷心誰問寒螿除是能說

高陽臺

夕陽

斷雁飄愁盤鴉聚暝一鞭殘寱歸鞍酒醒郵程嶺雲隴

樹漫漫渡江幾點歸颿影近荒林一帶楓斑最難堪弟一峯前立馬斜看　而今休說鄉關路蹟濛濛野水瘦柳漁灣短帽鹵風古今無此荒寒蘆笳聲裏旌旗起問當年誰姓江山有悠悠幾處牛羊短篴吹還

蝶戀花

題無人庭院圖

幾箇黃昏風雨惡鬧得菭紋綠滿闌干角薄日熏衣春氣弱小廔簾捲風翻卻　春到紅桃纔破萼天做餘寒又替花擔擱燕子歸來全不覺㕑廚亂踏金鈴索

卜算子

秋海棠

一雨嫩涼生花滿斜陽外休說啼痕幾點兒也有風吹

粧　行近粉牆陰挼手和煙采偏又花名喚斷腸不敢

將伊戴

南婁令

題張詩舲　祥河　詞集

春水綠吳舲江湖聽雨程二十年霽醒銀鐙又是江南

梅子熟有幾點打窗聲　殘月冷如冰愁人心上明一

絲絲淚寫吳綾門外綠楊風正起休念與落花聽

滅蘭

題扶病刺花圖爲黃古漁　玉琨　悼亡作

懨懨鐙火和合窗邊人一箇風裏鑪煙不見工夫有線

添　日長思寢寤也憑空能作懺悔把鴛絲不繡連枝繡折枝

金縷曲

題汪玉卿　叔娟　曇花詞後

不道花朝雨，儂忿忿、幾番催了，杜蘭香去。六扇文紗窗格子，曾憶舊題詩處。看幾陣、東風花絮。堆滿紅塵人不管，只一雙燕子還來住。塵世事，總無據。　妝臺聞說全無主，只粉槅、些兒留得，斷腸詞句。病骨黃花人比瘦，卻合秋聲廿五。念儂也、悲秋情緒。蘋樣行蹤花樣命，未拈毫、便有離愁聚。乍做得，玉臺序。余爲製曇花詞序

百字令

送藹卿之毘陵

一肩行李偨黄頭抵死忩忩催發一角斜陽亭堠樹幾
陳晚潮流急晝舫遲鐙金尊醉晲到此眞須别開驅行
矣歸期還是休說　惟念泥枕支鬟明鐙索咲慣了閒
時節見説鴛鴦湖上柳猶有未銷殘雪弟一休忘題詩
雙管叓冒春寒捻欲知相憶天涯應有明月

祝英臺近

繡屏深羅帳薄春到酒醒處長日眉頭少也皺千度可
堪一點春愁分攢替結全不見鏡兒分去　正延佇見
説昨夜東風草也緑如許釵撥青茁不爲斷腸句一朝
一數歸程横山直水但細把闌干劃做

生查子

儂家江上頭潮到門前住一日兩三回不肯江南去

江南有暮潮未識潮生處還去問棵花宅是江南樹

清平樂

畫梁春淺簾額風驚燕不信天涯人不見草也池塘生徧　東風吹淺屏紗飛飛多少楊花何恠兒家夫壻一春長不還家

河傳

七夕有裹蔼卿客中

七月初七病懨懨慶上茶瓜上筵別離似今頭一年天天嫡將鍼綫拈　驀記當初慶上坐人兩箇上了羊鐙

火一夏多傷銀河問宅鵲兒曾見麽

南柯子

簾額因風蹙釵痕帶月交紅闌深院小芭蕉任是有風無雨也瀟瀟　病久詩才減心恇酒氣搖有情沒緒把人撩不到春歸不把綠楊饒

長相思

仿獨木橋體

愛湖西住湖西幾點斜陽楊柳西晚風吹過西　怕東西又東西湖上殘霞看已西行人還要西

憶江南

長相憶最憶是江南春木落花鷗寥闊夕陽疏柳鴈天

寬斜立各回看
長相憶正月十三時記得去年今日事半窗鐙影兩人
兒一箇畫烏絲
長相憶欲寫錦書遲幾箇傷心瞑又滅一春無病瘦難
醫欲說又瞞伊
長相憶心上數歸鞍一角荒城三點堠半驅秋水四圍
山劃滿碧闌干
長相憶對影自徘徊安鏡從無臺不用行船那見水分
開不信問瑤釵
長相憶相憶在河干過盡歸舟人不見晚潮初落柳毶
毶何處望江南

長亭怨慢

正庱上亂山無數點點垂楊晚霞紅處一片孤颿夕陽
潮落晚鴉聚一程程路休去問旗亭樹樹肯管行人不
緣到天涯纔住　凝佇望荒城十里惟有亂雲堆絮元
宵過也怕還有打鐙風雨得知宅歸也不歸萬一有晚
潮回去且闗了紗窗今夜寱兒重做

清平樂

燕簾風絮幾曡江南樹纔起東風天又雨冷了一春詞
句　鏡匳消瘦朱顔鸞榆湘管都閒祗有未歸殘寱盡
屏繞徧春山

菩薩蠻

喜藹卿自毘陵歸

小慶昨夜東風緊一春花事闌珊夠斜月綠窗低窵回聞馬嘶　梨花明似雪含咲開門說昨夜結鐙花今朝眞到家

祝英臺近

題天寒修竹圖

露抽篁風解籜滿地碧雲皺筍做唫䕸不雨也涼透可堪石上琅玕舊題詩處已點上綠落如繡　滿巖岫已見落盡輕花應是立秋後那里柴門門內有人否料伊一樣傷心羅衣顦顇也似我暮寒時候

卜算子

示藹卿

難得望春來君又留難住到得君歸沒杏花卻又愁春去　春去肯重來花落還開否到得明年有杏花又要

聽春雨

滿庭芳

餞春

桂帳扃愁蘭釭翦穋者番春病依然落花飛絮點點上琴絃況是絲絲雨後閒堦上長滿苔錢曹騰甚十年影事搖曳碎如煙　韶華彈指逝向鑪香風影細問情禪怎輕輕過到如此中年手撚垂楊低問東風裏說甚纏緜斜陽近寒鴉幾點團扇正闌干

買陂塘

同藹卿校程去瑕廣文瑜小紅窻詞卽題後

悵飄蕭江湖萍梗津亭聽斷官鼓堆盤苜蓿清寒味換了一生羈旅官太苦卻還算寒氈未困先生住扁舟竟去早一夜鹵風蓴鱸江上歸夢託鷗鷺　平生淚寫入庾郎詞賤吟成何限淒楚江東我亦塡詞手難說浮名不誤君見否已點點清霜上了江潭樹鬢絲爾許恐如此青山豪絲哀竹渾不抵遲暮

高陽臺

題雙溪舴艋載愁圖

桐墨題歡蒲颿卷恨悤悤催上吳舲何處停橈前頭有

座旗亭綠濛濛地人家柳憶當初此地移筝到如今紙
閣蘆簾記不分明　人生但似江潮水便兩三枝槳打
也難分已是離筵休教酒又愁醒潮天如廖低歸鴈怕
蘆花不算飄蕭一程程風起潮聲兩做秋聲

徵招

湖上感秋有褱湘佩湘濤

入秋天氣多風雨幽褱更添淒楚楊柳到鹵風也飄蕭
無主蛾眉驚老去爭怪得鬢絲如許休去登臨亂山祇
在晚蟬嘶處　日暮翠衣單清霜早已上碧梧高樹獨
自倚闌干念荒城碪杵天涯誰共語渾冷落舊游儔侶
只除是弟二橋邊問那時鷗鷺

菩薩蠻

晚煙漠漠飄如織隔林幾點疏鐙出一鳥下蘋洲亂山相對愁　孤蓬團野色到此歸心極煙水望中寬替伊鷗鷺寒

白蘋多處人爭渡一痕青見鹵陵樹隨意夕陽明渡江聞鴈聲　淒涼人櫓後幾點鴉爭柳淺水畫橋橫可憐潮自生

南廔令

寤醒杏花裯春寒淺閣鐘近黃昏便起東風已過今年三月半恰只是雨濛濛　小膽怯屏空濃愁斂碧峯好琴絃怎被塵蒙算有多情雙燕子還肯到舊房櫳

臺城路

花塢紀游同藹卿賦

深山一夜驚黄葉蕭蕭滿林風埽瘦柳攲霜低蘆沍水涼得吟蟬都少清谿半繞已谿上炊煙一絲青裹知近禪扉幾鐘隱隱出林杪　何時買山事了賃舂終下計何似耕釣但近郵邊能通船處細選三間屋料休嫌地小任種菜栽梅春秋都好不見鹵風晩鴉棲樹早

賣花聲

永興寺老楳一枝爲前明馮祭酒手植花時香雪濛濛如縞衣僊人翩然塵世吟詠其下不知明月鹵斜矣

廔上晚鐘殘鐙火叏闌一枝銅遂怨春寒滿地青苔僁羽冷風起清壇　花事易闌珊春寢蒲團相思人在碧雲端只有當時明月影還到闌干

望湘人

簾影

甚疏疏密密整整斜斜夕陽搖蕩如許移柳兼鶯篩花上蜨春在綠濛濛處最不分明畫屏幾點瀟湘煙樹一層層做出天涯多少青山重數　絕憶疏鐙院宇隔空濛一片是煙非雨正病起梳頭風颭香鬟如霧黿紋重疊駝鉤斜轉今夜月明寒否卻誤得燕子歸來又繞迴廊尋去

一萼紅

鐙影

拚羅帷又天寒酒醒斜月畫簾垂冷燄淒魂瘦花搖䆫

一衾愁碎如絲更幾點寒鴉棲樹有鹵風吹上畫羅衣

淺碧屏深五更悽斷欲別人時　誰念江湖聽雨向銀

荷背後翠幭雙低蕈寱驚猧逢膍低鴈天涯消息憐伊

更休說當時羅髻已紅㡡簾卷露螢飛空有玉釵枕函

搖曳相思

臺城路

敳光庵圖

夕陽欲下層巒去柴門隔林深閉遠水平颸殘鐘落樹

萬疊青山簾底愁雲亂起正歸鳥寒邊瘦笻斜倚如綫青天濛濛松篠墮姓翠　當時素禽已遠畫闌紅一角都沒荊杞龕雨敲鐙旛花瘦露人影一蒲團地先生去矣賸丹竈荒寒晚煙堆裏一枕潺湲冷泉流竊細

綠意

沈朗亭丈兆霖屬題亡室郭慧人夫人畫蝶遺幅時落花在檷韶華水逝披圖棖觸不勝身世之感也藹卿賦紅情余拈此調譜之

今人綃在否怎粉香脂色蕭落如許幾處芳蘩栩栩蘧蘧落紅猶憶前度淒涼不恨春如夢恨夢也尋常不做卻輸伊安穩雙飛還到繡簾深處　正是春深時候銖衣

曬粉薄雩韵闌午一半寒煙一半荒蕪緑得南園淒楚
杏雩祇在高廋上休說起江南風雨怕當時畫碧羅帬
乜化僊魂飛去

同作　　蔣坦藹卿

蘧蘧栩栩認滕王畫本多般摹取滿地落雩點點春
痕亂無主如此南園芳草問緣到誰邊纔住賸幾點
瘦影斜陽和寱黯煙雨　淒楚粉生螙任頭白庾郎
費盡詞賦蠛鐙怨曙欲寱羅浮怎飛度休說如輪粉
翅仿佛得繡羅帬否怕明日風䫻乜又都僊去朗亭丈有
前後畫蝶二
賦畫絹上

卜算子

友鶴圖

紙閣月斜時淺水谿深處篷繞梅花影半窗各自垂簾做　高處是瑶臺不胃輕歸公卻咲三三五五羣水上閒鷗鷺

菩薩蠻

琴館聽濤圖

密濛濛處儂禽瘦紅簾一桁茜香久鐙影鬲窗窩點衣黃雪多　參差絃柱急卷地風吹月門外是瀟湘水迴人斷腸

蝶戀花

簾外迷濛雲不住卷起飛花風裹垂楊對舊子飛來還

又厺夕陽芳草歸何處　兩日東風三日雨聚做浮萍散做濛濛絮殘篆亂飄香一炷晝廔鐙火閒人語

清平樂

春盡夜同妹侶瓊作

畫簾人定更漏聲淒緊滿枕玉釵春篆冷斜月小廔鐘影　金猊容易香銷落彎堆過闌腰還有疏鐙一點酒醒不算明朝

和作　　　　闕錡

晚廔雅定簾卷東風緊弱酒亂澆心上冷搖碎一窗鐙影　藞魂不肎輕銷無端瘦減儂腰卻又無憔無病等閒過到今朝

賀新涼：

秌林著書圖爲卿屬賦

一夜淸溪雨已千山萬山黃葉飄流無主何況悲秌人宋寶那不鬢絲成素算還是靑氈拋去儘理絲筒君把釣向全家棗得漁竿住便鷗鳥也應許　人生多被浮名誤念當時瑩飄蓋老幾人詞賦如此蘭藘依樣畫怎免棲夫咲汝空贏得塵羅王對不及西風枝上葉到飄蕭向有歸根處君不見杜陵墓

好事近

遠水綠平疇颿外一痕煙樹到高丘靑山幾點是渡江何處　碧雲天霜重雁痕低簾卷亂峰雨欺倚畫屏秋管等

晚潮回去

高陽臺

皋亭攬勝圖

颺雨分涼魚雲織暝一蓬山色依然瘦影斜陽碧天搖
瘮成煙僊山依舊無消息柰東風換了嘑鵑賸尊前點
點殘紅飛近箏絃　憑闌休說當時事衹蕭祠簫鼓流
水鴉邊一片淒陰可堪送我華年天涯何處無芳草到
春深儂覺堪憐好留連未是黃昏休促迴船

唐多令

寄湘濤

斜日杏花收微寒上玉篝一重簾一段春愁見說畫屏

鐙也上獨自箇下簾鉤　無語自凝眸螺峰斂碧秋倚
闌干照徧春流門外綠楊風又起便不皺怎教休

澹菊軒詞

澹菊軒詞

澹菊軒詞

陽湖張䌌英孟緹譔

菩薩蠻

雙雙蝴蜨堦前舞落紅亂逐東風去花影動斜陽隔簾風送香　卷簾芳艸綠燕語闌干曲池上柳棉飛畫屏香縷微

荒邨一帶垂楊陌斷橋曲岸無行客斜日片颿輕春風樵子聲　䓂山青艸徧煙裏雙飛燕江上卷簾愁蘋開見水流

轉應曲

春半春半窗外落紅不斷空堦獨立微吟雲擁重門院

深深院深院繡閣畫簾高卷

隔溪梅

春風飛絮滿天涯望殘椒堤恨滿園春景莫雲遮閒行踏落花　不知蟯去向誰家聽嘑鴉宋寞揩前人影倚窗紗裴褭月又斜

菩薩蠻

對月同緯青妹作

輕風吹落枝頭雪杜鵑嘑徹枝頭月篩鴨晴香消開簾花影搖　白雲流不盡一片橫斜影閒倚畫屏看叟深翠裏寒

虞美人

去年燕子來無數不住呢喃語今年燕子恁無情知是病餘顛頓不堪聽　支離二月幽閨臥爐自扶牀坐幾時檄步倚闌干已是春花落盡未曾看

浪淘沙

無事卷簾旌微雨初晴牡丹才放已清明結伴踏青香滿路風送花迎　隄柳密藏鶯時弄新聲歸來雙裏覺寒生聽得玉籠鸚鵡喚何處吹笙

水龍吟

瓶中桃花追和先伯父元均

曉來無賴東風芳菲落盡春猶在幾枝半斂膽瓶深貯朱顏未改銀蒜塵輕玉鑪香細怕它顛頓儘清明過了

無情飛燕銜不到鞦韆外　斜倚小窗攲側想嫣然不禁鉛淚一縷遊絲數聲嚦鶉離愁易碎凭遍闌干半規新月那堪無寐傻春歸處處殘紅卻護得他飄墜

轉應曲

飛絮飛絮只解催將春去池塘芳艸芊芊燕子歸來卷簾簾卷簾卷花影斜攲一半

菩薩蠻

年來顦顇慵臨鏡鬢華悉改當年影宋寞捹窗紗廔頭有落花　素娥空皎潔有恨憑誰說何處白雲岑風回聽鴈聲

南浦

蘆花和夫子

秋意釀寒汀正蕭蕭響到連番淒切一片白雲深波心冷洗出亭亭清潔潯江客去琵琶聲斷愁時節一幅輕颺斜卷處灑作滿天殘雪　應憐鬢影摧殘感韶華好與愁人共說清影覆橫塘西風緊吹動澄波千尺歸鴻嘹唳一聲叫徹長天闊望斷伊人何處也淒絕一規霜月

元作　　常熟吳贊偉卿

幾陣響蕭蕭悄西風做出秋聲淒切淨洗綺羅香梳妝澹越見芳心孤潔亭亭玉瘦斜陽影裏愁時節滿地哀鴻和淚聽一夜白頭如雪　年年孤負春光感

飄蕭𡡉與楊花細說只恨不成縣征衣薄說了寒碪刀尺霜華萬里幾荷盡後煙波闊欸乃魚舟歸去也獨對一湖明月

鳳皇臺上憶吹簫

擬李易安

風暝雲屏春深翠幄博山香篆沈沈恁春光一霎愁入離亭可奈韶華飛度西風緊又做秋聲江天遠微茫粱月約住離魂　青青年時雙鬢卻霜華一度半褪香雲但葯鑪茗椀鎮日相親目斷天涯尺素征鴻過空聽哀鳴黃昏也小窗寥冷數盡殘更

菩薩蠻

時倒影關妝盈盈映壓正香曉波明擁映　應自省發
物痕輕脂暈冷依約曉妝靚　一樣合顰誰與伴孤另年

畫夫容同若鮮姝作

祝英臺近

猶霧中

逗新紅　浮生渾若寄　一霎榮枯眼淚漸朦朧醒來
買春已無蹤迹榆錢滿地空痕錯不敢怨東風傷心

情轉生

欲曙天　流光彈指誤何計教愁去還自學忘情柰何
一庭殘月淒涼白紗窗擁映燈明滅殘枕、一个成眠起來

有感

度閲徧炎涼鴛鴦寱還醒一尺仌綃領取秋江影任它

無賴西風無情秋雨渾不是凄清霜井

同作

疏影　　張紈英若綺

素秋涼迴記緑莎洲畔閩見妝靚避卻春紅占了秋風亭亭獨耐凄冷澄江九曲波如練經幾度月昏雲暝驀西風吹斷仌魂蕩卻一痕香影　誰灑靈芸紅淚素綃點染處愁恨都凝寱裏盈盈咲壓歸來可認舊時青鏡江南回首空怊悵休更問斷蓬浮梗只尋它空外幽香消我一生酸哽

疏影

水僊同若綺妹作

蘭閨深宵正晝簾不卷煙篆低裊鎮日相看玉骨娉婷清絕小窗姓曉陳王曾識淩波步想一樣盈盈嬌小是誰將倩影移來化作一枝香艸　爲憶深宮舊事杜鵑啼血後幽恨多少洗淨鉛華展盡芳心祇有閒愁未了孤根已分隨人雪莫更被東風吹老算幽香肯讓梅花耐得十分寒峭

同作　張紈英

鏁窗清冷有數枝綽約低傍妝鏡素靨盈盈越樣玲瓏嫣紅恁許相竝人魂算與璚廔遠忍便入等閒花徑到夜闌明月飛來簾底暗闚纖影　還記當時頫

領翠鬟愁不整壓寱初醒故國雲迷洛水依然幽恨諦將誰省珊珊休憶淩波步怕前度佩環難認儘深深銀蒜低垂不管曉來風勁

水調歌頭

歸燕和婉紃妹

涼風祛溽暑彈指惜流光揭來清寱正穩鎮日傍雕梁可柰金商暗逗一遞一番蕭瑟倦羽怯清霜歸去最無柰凝睇繞池塘　珠簾低明月下黯神傷主人莫問行客前路正茫茫惆悵天涯羈旅一樣淒涼襄哀相顧總徬徨惟願春光好依舊趁歸航

高陽臺

和若綺妹詠蘜

澹月簾櫳輕陰籬角一枝欲擅秋光倩影敧風誰憐三徑幽芳緗英銷盡春如㝱恰亭亭獨傲清霜記年時香裛雲鬟酒汎瑶觴　天涯回首空惆悵縱凭高凝睇雲樹蒼蒼卻羨清吟心情耐得淒涼秋深一例蕭蕭雨恐相逢錯認嗁妝叓消它幾度涼飆幾度斜陽

元作　張紈英

雲護簾櫳霞烘庭院一枝獨倚斜曛淨洗鉛華西風展盡愁痕幽裹祇有姮娥識傍瓊臺避卻芳塵咲東風花信頻番誤了春人　玉虡好伴難重省賸疏桐夜月衰艸重門此日相看休辭頻倒芳尊碧闌干外

秋如寥有幽香飛上羅巾願年年把酒疏籬伴我黃

昏

和作　　　　　　　　　　　　張綸英婉紃

春寥驚回槐陰盡捲闌前暗逗新秋雨細風疏廿番

花信皆休歎殘已分同芳艸仗輕雲扶上璚臺最堪

憐淺咲輕顰還裛新愁　東皇應是嫌幽獨悵霜天

寥迥穠豔都收容我清狂一般顧影籬頭閒情陶令

長相憶歎江梅沈寥汀洲好憑它丹桂清芬伴我忘

憂

南浦

見雪和夫子

雲密釀重陰恰紛紛滿地驚看飛絮銀押正深深西風緊一樣縈簾颭舞沾衣惹裹曲闌竟日愁凝竚只恐長空迷鴈影遠信莫教頻誤　應憐三徑蕭疏好憑它點綴瑤林玉樹瘦影怯清寒低徊處依約南枝初吐新詞一闋彩毫妙擬梁園賦幽怨重重和淚寫淒絕數聲杜宇

元作　　　　　　　　　　　　　吳　　贊

碎翦玉玲瓏當花看好是羅浮春曉廛閣淨鋪銀高寒處記得舊時曾到東風一霎泥痕未許尋鴻爪曾見西山明練影猶似寥中瑤島　堪驚如水年華鬢星星羞被菱花知道只合卧空山炊煙斷徑沒階前

袞艸休誇郢曲新詞爭說幽蘭好差喜歲寒盟不負
一片仌心同皎

賣花聲

病怯晚寒嚴休卷重簾穿窗無奈朔風尖人與梅花同
瘦損一鄉厭厭　新月上帘櫚眉影纖纖閒愁暗逐漏
聲添回首嶽雲千里外清淚空黏
身世等浮鷗欲住無由天涯幾見月如鉤想得新來簾
不卷一樣凝愁　鴈字過重慶歸思悠悠春來準擬趁
歸舟終日尋春春不見何事遲留

菩薩蠻

落梅傷緯青亡妹

江南多少離人恨依稀記得年時影新月正如眉盈盈

咲靨開　巡欄曾索咲只道春長好鬧落任東風羅浮

一夢中

西風吹滿空山雪人姿自是神僊格小劫墮塵寰相逢

一晌閒　花擔誰解護悔煞當時誤倩影杳難尋幽香

空外沈

壺中天慢

病中感襄

廔頭雁字迴風驚起哀鴻嘹唳不管離人腸易斷釀

做一天愁思扇已迎秋蟬還泣露一例添顦顇飄蕭倦

客嘹鶻省得深意　堪歎夢影忩忩韶華易老雨濺飛

花碎有恨祇應和淚嚥回首舊遊難再隙月留輝殘鐙
戀影耿耿心如醉漏聲聽徹猷憐攲枕无寐

疏影

題王孝廉憲成室婉卿夫人拈花圖照

花融月定正彩雲一朵扶下香影嫋嫋明霞吹縐羅衣
花天恰稱妝靚大羅舊侶同心寥早譜得霓裳偎詠看
一枝入手名花合與東風管領　只赤蓬瀛未遠好相
攜玉佩共住清境爇管脂箱都入濃春豔絕夫容明鏡
芳心已向幽蘭識算畫裏香盟堪證待相逢得傍瑤臺
應有瑤華持贈

瑣窗寒

楊花

薄雨催花輕煙罥柳幾番春老疏窗靜揜殘雪一庭誰埽想當時翠眉初展釀成幽恨知多少便東風不禁疏狂算更和伊傾倒　倭曉芳徑悄正遊絲易惹撲簾纖巧嬌憨未滅不礙重門深窅恁知它容易斜暉斷腸衹共鑪煙裹待凭闌試覓遺蹤淚凝蘋影小

高陽臺

雲斂層霄鳩鳴屋角朝來又做輕陰雨雨風風攪將花信無憑東風鎮日無聊賴蹴殘紅點綴空林恁消它燕掠鶯捎愁損花魂　麼臺靜鏁沈沈院任湘雲低押怕說登臨容易斜陽忩忩寥影難尋不堪更覩縈簾絮颺

殘絲欲挽殘春最關情展盡丁香不展蕉心

疏影

新月

新涼庭院正緑陰摇曳花光初斂暝色籠煙廋角微明眉痕休約嬌倩迷離塵寱愁難醒算惟有清輝不滅怎新來慵整殘妝錯認徐妃半面　千古興亡閲徧有誰堪記省幾許哀怨絶域孤蹤歎夜長門祇有素娥曾見相看永夜還惆悵待訴與碧天遼遠等甚時海上查回試問廣寒宫殿

菩薩蠻

月夜不寐憶亡妹緯青

瑶慶十二無消息返魂難覓揚都衛一卷篋中詩心情
祗自知　十年餘淚忽忽成顛顧依舊月光寒誰教
特地圓
夜深風勁侵肌骨清暉一院飛雪此度卷簾看誰憐
雙東寒　霜華飄鬢影往事空追省不敢怨宵長知君
要斷腸

百字令

題清惠堂遺印

鸞迴鳳翥似連城返趙珠還合浦一二百年來無恙在舊
事前朝細數玉斧誰磨金甌易鼓此物猶如故沈沙戟
在鬼神應為呵護　當日被黜歸山壯懷激烈起逐鳴

鷄舞耿耿孤忠懸日月百戰雄心最苦燕子窩邊鳳皇
山上勳業嗟遲算專祠清惠至今猶仰遺字

菩薩蠻

芭蕉初展青鸞小春光暗逐飛花老雙燕引雛歸湘簾
特地開　陰姓看未準乍暝還輕冷一樣困人天惜春
人自憐

沁園春

仲春獨步小園見風景蕭條感而賦此

春已將酣三徑蕭條小園乍闚儘蜂叫蝶鬧難尋香信
燕忙鶯嬾空負花期柳漸舒黃艸才萌綠春到貧家也
自遲清明後是花風弟幾未見桃枝　江南謾說芳菲

傻只赤相看風景姝悵人閒天上茗茗艮晤雲堦月地

黯黯相思瀛海波迴雲司月伶一十三年心事蓮裘哀

久願東風莫誤紅藥開時

澹蘜軒詞

緯青詞

緯青詞

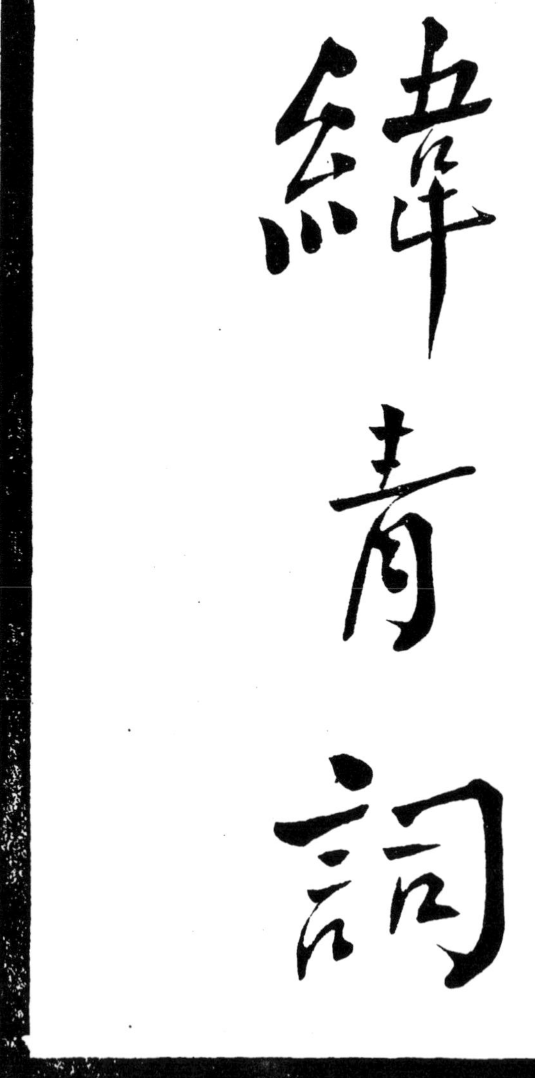

緯青詞

陽湖張綳英緯青譔

菩薩蠻

送春

枝頭吹盡輕輕絮小庭乍覺春歸去繡倦玉釵橫開簾燕子聲　白雲飛送客流水谿邊急無計挽春回空庭自把杯

前調

柳絲窈窕闌干曲微風吹送薔薇落蝴蝶一雙飛堦前碧草迷　雕梁雙燕舞窗外黃鸝語花暝正寒時開簾折一枝

綺窗深掩微微月輕寒又是鞦韆節花影一枝斜疏星映碧紗　夜長人繡倦孏把湘雲卷玉漏一更更聲聲聽曉鶯

十六字令

廔白倚闌干憶舊遊湘簾上閒挂小銀鉤

點絳脣

纔得春來玉闌西畔花無數閒遊玩處只道春常住杜宇頻催已是春將去空凝竚連天飛絮不見春歸路

更漏子

聽斷蛩鳴玉砌月影重門深閉清露冷漏聲微敲窗敗葉飛　簾半卷人微倦閒倚薰籠題扇鑪煙裊晝屏深

添香學撫琴

清平樂

茉莉

娉婷絕色斜倚疏籬側玉蘂仌綃爭忍折況照一輪明
月　羅衣逗滿清香夜深獨倚迴廊不減江梅風均影
兒裊娜橫塘

菩薩蠻

月夜

瓊簫吹徹黃昏月清光滿院如鋪雪簾卷曲闌干秋窗
拚弃寒　疏星搖碧落風冷羅衣薄塞鴈斷雲飛林間
影漸稀

一規寒月啟明鏡香消寶鼎羅幃靜細步下庭除霜痕溼綠蕪　小窗横雁影葉落西風冷繡幕繫新橙銅壺滴遠更

浪淘沙

無事凭闌干玉漾聲閒嬾紅蕊落暗香殘不道春風餘幾日花已闌珊　砌下落梅寒怎忍頻看清池春水碧潺潺一片隨波何處去能否重還

疏影

賸得蛛絲網落花

欄蛛暝織放遊絲一縷黏住香魄滿地餘芳不卷重簾正怯晚來淒緊東風又是頻吹送芸楞絮一般輕別忍

看它罥盡殘紅春去者番難覓　簷月深林乍影小慶凝望處懸布籬陳恰似閒愁繫得芳心一刻幾回攲側多情鳳子尋香寤想葉底雙雙憐惜莫教它粉翅飛來隨著春魂狼藉

水龍吟

瓶中桃花追和先伯父元均

一枝擷映窗紗慇懃留得春風在年時記得點脂勻粉而今未改爛漫嬌紅參差嫩綠未禁顛簸問天涯多少絮翻絲罥亂點向斜陽外　獃立銀屏無語恐飄蕭淒涼含淚簷月飛來疏簾乍卷影搖風碎又怕夜闌子規啼處惹它無寐把璃鉤押下湘雲深護算教輕墜

前調

白蓮

雲光月色娟娟玉顏素靨迎風起嬌姿綽約含情欲咲亭亭步細照水鬬妝淩波弄影嫣紅羞避想天孫涼夜今人絲織就飛落在銀塘裏　一桁晶簾半卷小闌干露凝猶倚翠合蔵珠玉盤籠粉暗香時遞怕是秋風猛然驚覺飄蕭容易看明璫亂墜芳心最苦向人垂淚

滿庭芳

薔薇

豔似調朱嬌如約粉幾枝裊娜迎風嫣然帶笑顏色有誰同粉蜨枝頭時度花影下積翠重重蒼苔畔清池一

曲低照影溶溶　湘簾終日卷曲闌干外時透香濃好
相將攜手緩步芳叢正對花前一醉酒醒時雨裏飛紅
嬉遊晚一鉤明月撩映畫橋東

南浦

池上

檻外碧潺潺看縠紋乍生細浪如纈春草綠初勻新漲
後石隙幽泉嗚咽飄來花片都付與翠波流徹粉香依
約逐輕鷗爭教塵涴顏色　垂楊蘸影依依疏蘋微動
處魚兒剛沒歸燕掠波來綸絲上鷺起蜻蜓雙翼晚霽
雲開恰全漾一輪明月小橋聯袂低吟緩正是薄寒時
節

水龍吟

納涼

垂楊低蘸銀塘浮蘋乍碎波紋細一庭明月滿園清景晚涼天氣石隙流泉林梢墜鵲微風徐起看迴廊曲曲蕭蕭竹影夏深後還凭倚　團扇羅衣自樂卷湘簾畫闌十二水映疏星堦凝白露暗蛩鳴砌銀漢西斜浮雲漸遠碧天如洗捹重門小徑歸來試問夕花開未

菩薩蠻

步月偕大姊賦

遥看碧瓦清光冷粉牆東畔重門靜並立倚迴廊驚飛兩裏霜　浮雲倚鏡鑑澹影垂垂沉漏盡曉風寒傾低

白玉盤

前調

春夜

柳絲輕漾紗窗影篆痕低繞雲屏錦風細晚煙外匳開鏡明　玉堦堆溼翠露膩花如醉簾卷曲闌低月移林影迷

春山月皎銀屏翠鷓鴣香暝羅襦醉一逕落花低露溥梅子肥　蒼筤搖孏影斜倚薔薇冷隨意撥金猊流鶯窗外嚦

浪淘沙

細雨灑無聲終日潮生黄鸝不耐晝冥冥卻向枝頭嚦

宛轉喚醒春陰　晚照滿中庭垂下湘雲蛛兒也解惜
新姓百尺游絲黏落絮不礙紅英
花影正亭亭卷上簾旌素娥有意欲相親恁耐浮雲時
揜映做弄陰姓　碧落浪翻銀湧上江鱗一庭春色不
分明安得好風吹轍也依舊久輪

傳古樓景印

傳古芸香

小檀欒室彙刻閨秀詞

徐乃昌 校刻

第三集

第四集

宇

浙江大學出版社

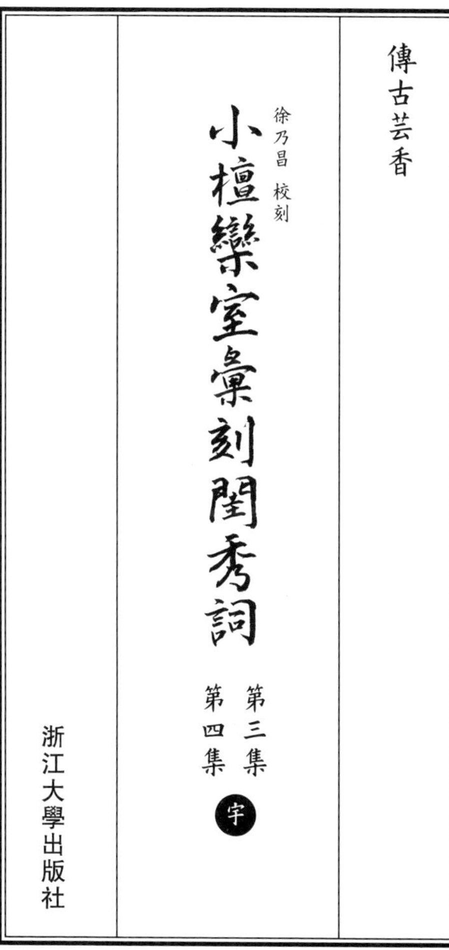

傳古樓據浙江圖
書館藏清光緒間
徐乃昌刻本影印

出版説明

徐乃昌（一八六九—一九四三），字積餘，號眾絲，又號隨庵老人。堂號鄦齋、積學齋、鏡影樓、小檀欒室。安徽南陵人。光緒十九年（一八九四）舉人，歷官江南鹽法道兼金陵關監督、江蘇高等學堂總辦等。辛亥革命後，蟄居上海，與張謇等人合夥經營實業，業餘收藏古籍自娱，與同時藏書家繆荃孫、葉昌熾、劉世珩、劉承幹等人過從甚密。徐氏精於流略之學，勤於校勘，一生校刻古籍近二百種，在近代藏書史、出版史上貢獻巨大。

徐氏編刻詞籍在其刻書事業中影響甚大，先後彙刻《小檀欒室彙刻閨秀詞》、《閨秀詞鈔》、《皖詞彙刻》、《皖詞紀勝》、《安徽詞鈔》，參與編選《全清詞鈔》、《安徽清代名家詞》，選録《晚清詞選》等。其中尤以《小檀欒室彙刻閨秀詞》、《閨秀詞鈔》兩種最爲著名。《小檀欒室彙刻閨秀詞》分十集，第一集收録十家十種十卷，第二集收録十家十種十卷，第三集收録十家十種十一卷，第四集收録十家十一種十一卷，第五集收録十家十一種十一卷，第六集收録十家十種十五卷，第七集收録十家十種十卷，第八集收録十家十種十一卷，第九集收録十家十種十一卷，第十集收録十家十種十卷，合計共收録明末及清代女詞人一百家，詞集一百零二種，一百一十卷。各集卷首冠以作者姓字里居事履等。全書第一册牌記云『南陵徐乃昌/校梓始於乙/未訖於丙申』，知其校刻工作始自光緒二十一年（一八九五），至光緒二十二年（一八九六）結束。然第一集牌記云：『光緒二/十四年/三月朔/積餘屬/張謇題』，第七集牌記署『光緒戊戌/三月張謇/題耑』，則實際上此書的校刻已超出『丙申』（一八九六）下限。金武祥序云：『（徐乃昌）於豸衣行縣之餘，燕寢凝香之暇，搜集昔時名媛傑作，得若干家，都若干卷，顔曰《小檀欒室彙刻閨秀詞》。殺青初汗，郵簡遥傳。不棄下葑，教之加墨。』序作於光緒三十一年（乙巳，一九〇五）夏，則知此書實際校刻工作前後歷時十年始告竣。《小檀欒室彙刻閨秀詞》所收録詞人詞作，以已成卷帙者爲限，除此而外，那些僅存零章斷篇者，『又仿元詩癸集之例，凡詞之叢殘不成集者，合爲一編，曰《閨秀詞選》』（王鵬運《小檀欒室彙刻閨秀詞序》），即宣統元年（一九〇九）付梓的《閨秀詞鈔》十六卷，收録女詞人五百二十一家，詞作一千五百九十一首，另刻單行。

《小檀欒室彙刻閨秀詞》有光緒間徐氏小檀欒室刻本。一九八六年，江蘇廣陵古籍刻印社據小檀欒室刻本影印。一九九七年，臺灣富之江出版社出版鄭競標點本。光緒刻本全帙和一九八六年影印本，現在市面上都不易見到。富之江出版社標點本則魚魯亥豕滿紙，不堪卒讀，而且只收録六十家，尚非全本。兹據浙江圖書館藏小檀欒室刻本爲底本，重加排版，予以影印。

李保陽

二〇一八年四月十一日

小檀欒室彙刻閨秀詞總目録

第一集

第二集

江　瑛《綠月樓詞》一卷
周詒蘩《静一齋詩餘》一卷
周翼杝《冷香齋詩餘》一卷
宗　婉《夢湘廔詞》一卷
錢念生《繡餘詞》一卷
翁端恩《簪花閣詩餘》一卷

第三集

小檀欒室彙刻閨秀詞目　第三集

小檀欒室彙刻閨秀詞弟三集詞人姓氏

顧貞立《栖香閣詞》二卷
張令儀《蠹窗詩餘》一卷
薛　瓊《絳雪詞》一卷
沈　纕《浣紗詞》一卷
江　珠《青藜閣詞》一卷

趙我佩《碧桃館詞》一卷
沈　榛《松籟閣詩餘》一卷
蔣紉蘭《鮮潔亭詩餘》一卷
趙友蘭《澹音閣詞》一卷
陳　嘉《寫麋廔詞》一卷

第四集

小檀欒室彙刻閨秀詞目　第四集

小檀欒室彙刻閨秀詞弟四集詞人姓氏

莊盤珠《秋水軒詞》一卷
錢斐仲《雨花盦詩餘》一卷
關　鍈《夢影廔詞》一卷
張綸英《澹蘜軒詞》一卷
張紃英《緯青詞》一卷
許德蘋《龢漱玉詞》一卷

許德蘋《澗南詞》一卷
趙　芬《濾月軒詩餘》一卷
蕭恒貞《月廔琴語》一卷
陸　蒨《倩影廔遺詞》一卷
吴尚憙《寫均廔詞》一卷

第五雧

小檀欒室彙刻閨秀詞目　第五雧

小檀欒室彙刻閨秀詞弟五雧詞人姓氏

吴　藻《花簾詞》一卷
吴　藻《香南雪北詞》一卷
吕采芝《秋笳詞》一卷
陸　珊《聞妙香室詞》一卷
席佩蘭《長真閣詩餘》一卷
唐韞貞《秋瘦閣詞》一卷

錢　湘《緑夢軒遺詞》一卷
陳珍瑶《賦燕廔詞》一卷
陸蓉佩《光霽廔詞》一卷
凌祉媛《翠螺閣詞》一卷
濮文綺《彈緑詞》一卷

第六雧

小檀欒室彙刻閨秀詞目　第六雧

小檀欒室彙刻閨秀詞弟六雧詞人姓氏

孫雲鶴《聽雨廔詞》二卷
袁　綬《瑶花閣詞》一卷補遺一卷
談印梅《九疑僊館詞》一卷
朱　璵《金粟詞》一卷
熊　璉《澹仙詞》四卷
方彦珍《有誠堂詩餘》一卷

殷秉璣《玉簫詞》一卷
高佩華《芷衫詩餘》一卷
陶　淑《菊籬詞》一卷
儲　慧《哦月廔詩餘》一卷

第七集

小檀欒室彙刻閨秀詞目　第七集

小檀欒室彙刻閨秀詞第七集詞人姓氏

吴　綃《嘯雪菴詩餘》一卷
徐元端《繡閒詞》一卷
鮑之芬《三秀齋詞》一卷
王貞儀《德風亭詞》一卷
左錫璇《碧梧紅蕉館詞》一卷
左錫嘉《冷吟僊館詩餘》一卷
鄭蘭孫《蓮因室詞》一卷

阮恩灤《慈暉館詞》一卷
汪淑娟《曇花詞》一卷
鄧　瑜《蕉窗詞》一卷

第八集

小檀欒室彙刻閨秀詞目　第八集

小檀欒室彙刻閨秀詞第八集詞人姓氏

商景蘭《錦囊詩餘》一卷
葛秀英《澹香廔詞》一卷
劉琬懷《補欄詞》一卷
張玉珍《晚香居詞》二卷
許淑慧《瘦吟詞》一卷
錢孟鈿《浣青詩餘》一卷
黄婉璚《茶香閣詞》一卷
許誦珠《雯窗瘦影詞》一卷

吴　茝《佩秋閣詞》一卷
俞繡孫《慧福廔詞》一卷

第九彙

小檀欒室彙刻閨秀詞目　弟九彙
小檀欒室彙刻閨秀詞弟九彙詞人姓氏
朱中楣《鏡閣新聲》一卷
錢鳳綸《古香樓詞》一卷
鐘　筠《棃雲榭詞》一卷
孫雲鳳《湘筠館詞》二卷
屈秉筠《韞玉樓詞》一卷
季蘭韻《楚畹閣詩餘》一卷
曹景芝《壽研山房詞》一卷
屈慧纕《含青閣詩餘》一卷
俞慶曾《繡墨軒詞》一卷

李道清《飲露詞》一卷

第十彙

小檀欒室彙刻閨秀詞目　弟十彙
小檀欒室彙刻閨秀詞弟十彙詞人姓氏
沈宜修《鸝吹詞》一卷
葉紈紈《芳雪軒詞》一卷
葉小鸞《疏香閣詞》一卷
賀雙卿《雪壓軒詞》一卷
張友書《倚雲閣詞》一卷
孫瑩培《翠薇僊館詞》一卷
吴小姑《唾絨詞》一卷
繆珠蓀《霞珍詞》一卷
沈鵲應《崦廔詞》一卷
李慎溶《花影龡笙室詞》一卷

本册目録

小檀欒室彙刻閨秀詞第三集

通州
張謇
題書
衣

小檀欒室彙刻閨秀詞目

南陵徐乃昌仌缽編

趙友蘭澹音閣詞一卷

陳嘉寫麋廔詞一卷

小檀欒室閨秀詞第三囊詞人姓氏

南陵徐乃昌〈亼弜〉簑錄

顧貞立原名文婉字碧汾自號避秦人無錫人中書顧貞觀姊同邑考授州佐侯晉室詩詞極多恒與王仲英相唱龢

張令儀字柔嘉桐城人大學士文端公英弟三女少詹事廷瓚妹大學士文和公廷玉禮部侍郎廷瑑工部侍郎廷瑑姊同邑姚士封室

薛瓊字素儀無錫人江陰李崧室著有綠窗小草崧著有芥軒詩草夕陽郵詩鈔子大本能詩有雲墟小稿長洲沈德潛序而合刻之

沈纕字蕙孫一字散䒺號玉香仙子長洲人祁門教諭沈起鳳女諸生林衍潮室工詞賦及駢體文善歛洞簫著有翡翠廔詩䕺文䕺簫譜

江珠字碧岑號小維摩甘泉人監生江藩妹諸生吾學海室工詞賦尤長駢體文通經史並善舞劍著有青藜閣詩文䕺小維摩䕺

趙我佩字君蘭仁和人趙慶熺女舉人口礪軒室

沈榛字伯虔一字孟端嘉善人明天啟乙丑進士南昌府推官德滋女進士錢黯室

蔣紉蘭字烋佩嘉善人錢口口室

趙友蘭字佩芸一字書卿無錫人張曜孫表姉同邑王

口室工詞與㗊簾詞並稱

陳嘉字子淑仁和人同邑高望曾室咸豐辛酉冬杭城再圍食且盡嘉賻粟進姑而自食糠秕城陷奉姑出城既渡江會天雪餒甚乃屬姑於妯娌而死

栖香閣詞

栖香閣詞

栖香閣詞卷上

梁谿顧貞立文婉譔

滿江紅

送梁汾弟北上適中庭杏花盛開

寥草池塘擬重續謝庭佳詠又早是離愁滿載片颿風順千縷柳絲鶯挽住一枝紅杏聊爲餞看明年此際日邊開宮袍襯　須酌酒須拚飲重話別言鶯盡怕歸來庭院故人多病風日長遥珍護好春城寒食應相稱倩雙魚先寄與平安泥金信

望江南

東亭好太史舊名家望太公有庭皆壘石看來無對不槑

彎郎此是煙鬟

東亭好佛閣石爲龕會羨蓮臺雙並蒂願依彌勒一彎憨還把本來參

東亭好疏雨逗庭梧小西閣前山水畫晚糚慶外輞川圖蔦子引新雛

東亭好靑翳薜蘿廧槑子乍圓鸎語滑杏彎微雨蔦泥香小立傍斜昜

東亭好最是可閒居詠絮詩教嬰念簪彎格倩玉人書積雪滿庭除

東亭好靑蓋綠陰圓元覽慶前題白雪三餘閣上駐嬋娟一望似神僊

東亭好闌砌玉玲瓏一點煙鬟留夕照三層慶閣接巠虹人在畫圖中

東亭好最意是彎朝破宋自傾嬰茬殘拈題先得美人蕉閣倚鳳皇簫

東亭好無事拚滨闈痛飲長歌紅蠋夜沈香小像曲屏西何處不堪題

東亭好槑子乍圓時碧玉鄰家催鬭草青谿小妹解彈棊唫就護蘭詩

東亭好石榻對茶煙丹桂香飄金粟嶺碧梧陰覆卧雲軒鬭均與飛牋

浣谿沙

穌王夫人仲英均

百囀嬌鸎喚猷瞑起來慵自整鬟鈿浣衣風日試衣天幾日不曾慶上望斷紅香白已爭妍柳條金嫩滯春煙

滿江紅

中烋寄梁汾弟

此夜秦淮桃葉渡蘭舟桂槳回首處金隻兩點水天一樣望太公金波驚萬里愁來白髮三千丈笑閨中羸質愧稱兄予差長　河橋畔危慶上疏林高征颿漾儘斜陽送眼烋潮初漲十載別離勞瘮痳半生詞賦同悽愴願重來還補謝家唫人無恙

念奴嬌

甲辰送麟兒就試有北堂人未老青鬢約金冠之句回首十秊依舊頭顱如許可勝三歎

香消瘮覺黯然驚又早浮生半百青鬢雩封當日語添取幾絲雩髮綺思紛來回文自解總是前生業空中臺閣醉時書破四壁　回首辛苦三遷雞窗十載千里經風雪倚閭高堂㷳日望斷鳳城雙闕杏雨黏衣曲江春暖此願知何日少秊望負雩明梛綻時節

踏莎美人

送梁汾弟

鏡裏遙山意中雲對天涯約略煙淡處驪歌唱罷又重

招嬴得傾城名士擁蘭橈　候到松風飄戔研雨一春長向㚆前語縱敎雙鯉日通潮爭似玉驄還駐小紅橋小紅橋在來靑閣西弓河上

雨中㚆

曉起

燕語呢喃鸎語媚渾不許綺窗人睡日漾湘簾侍兒多事又把裝匳備　香冷畫屏眉疊翠都付與鏡中蕉萃十載羇愁盈囊詩卷鶗化㚆前淚

悳秦娥二首

悳嫂氏

西窗月邀人瘦影成三絕成三絕淸愁虛冷都無話說

金釵劃損闌干漆鑪煙褭篆屛山宋屛山宋侍兒促
暱單衾寒恷
西窗月照人夜夜如相識如相識穿簾入幙故來尋覓
空閨此際眞愁絕遙知倘有秦娥泣秦娥泣與君嘗
盡生離死别

卜算子

前調

木葉下庭皐鍼綫無心理間向黃鸎說可憐依約纖腰
細　孤鴈泣霜頭明月人千里十二闌干獨自凭嘗遍
愁滋味

天僊子

翡翠離披裝未卸獸倚熏籠坐深夜晚寒嘹峭入重閨
壻可把愁鶵寫相對相憐銀燭下　燭盡香殘催睡也
短寱未成魂欲化欲擬翻然上圖畫蓬萊界通靈快算
繫留仙雙錦帶

一翦梅

九十春光半已殘詩興闌珊酒興闌珊鏡中蕉萃不堪
看羞畫眉彎嬾畫眉彎　溼雨慳風特地酸不許春閒
不許人閒乖乖愁病苦相關卿也長歎人也長歎

菩薩蠻

秌宵不寐

霜碪碎擣愁腸裂嗁蛩絮語愁心切露葉墮空庭窗穿

月倍明　朝衾隨僾擁鶤續春前癮玉匣閤輕紈空閨一樣酸

如夢令二首

冬夜

細雨絲絲宵永風逗繡幃初冷兀坐掩屏山嘹唳雁聲鷄聽孤另孤另最是蠋殘香盡

閒撥玉鑪煙篆陣陣北風敲幔滴瀝小窗前長共淋鈴淒斷宵短宵短不抵離愁一半

憶王孫

何事愁多與病緣一宵風雨又無眠起來羞對鏡臺前有誰憐挨過時節擁鑪天

浣谿沙

好夢留人悔卻醒，誰教鶯語弄新妝，乍寒還暖近清明。門掩落花春寂寂，香消睡鴨晝沈沈，日長閒自理瑤琴。

前調

盡日簾垂懶上鉤，無端春思枉眉頭，絮飛花落夢悠悠。翦翦輕寒朱戶寂，絲絲細雨小窗幽，東風腸斷不堪留。

踏莎行

予未出閣時，每至春月，諸姑歸甯，大父母攜表姊妹數人流連讌笑，自戊寅己卯，各各三星入

戶賛賛宜家不相聚首惟寄情於莽雲春對耳

夜月鐙青有懷鶵遣遂賸此詞

暈揜青鐙寒侵翠裏音書望斷重易後晉季閏閣闥新糚而今追憶鶵囘首　夜月連牀曉窗同繡踏鐙挑茶頻攜手寢中依約聚還分覺來贏得愁腸逗

蝶戀花

穌逗晚香愁一綫觸景無端淚溼羅衫徧閒來欹枕不成瞑寢中還慮愁鶵遣　人靜蕭齋門獸揜無限愁思半刻腸干斷欲出簾櫳邀女伴羞看鏡裏嗁痕面

憶秦娥

本意

鱗鴻絕莫蟬空向林梢咽林梢咽秦娥安否多應傷別
雲山萬疊空相憶昨宵魂夢曾相見曾相見小橋流
水分明記得

玉蝴蝶

苕谿署中

一抹殅空無際煙光瀲蕩微月當慶點綴平蕪對色莫
靄初收新粧邊慈烏千點看反哺爭擇枝頭漫疑眸親
幃何處旅夢鵑啼　颼颼風歛鬢影寒生肌粟喚起千
愁不堪回望舊家庭院早驚殊恙當初棲遲三楚今日
箇落拓湖州願鵑酬聊憑斑管寫我心憂

滿江紅

重九日

細雨斜風卻又早重昜時節登高㕲小廔凝望楚天空闊烁水伊人家萬里白雲親舍山重疊是誰嘸紅泪濺霜林楓如血　塡不滿窮愁穴補不盡離愁缺溯庭堦勝事依然陳迹黄菊有𧶊羞插鬢素心欲轉憐匪石有孤鴻猷月伴卿卿成三絶

前調

楚黄署中聞警

僕本恨人那禁得悲哉烁氣恰又是將歸送別登山臨水一派角聲煙靄外數行鴈字波光裏試凭高覓取舊樵廔誰同倚　鄉𢈞遠書迢遞人半載辭家矣歎吳頭

楚尾脩然孤寄江上空憐商女曲闌中漫灑神州泪算
縞綦何必讓男兒天應忌
清平樂
元宵前二日重過東皐見殘雪未消槑孥欲綻
遂賦此闋
閒愁未埽擬向槑孥告傲骨自來貧亦好邱壑儘供潦
倒　離魂不用人招此生拚老漁樵多謝天公有意留
將一地瓊瑤
臨江僊
梧葉飄香時別去重來又早昜春韶孥驚見一番新槑
心檀正吐㭊眼綠初勻　錦帳香車安足羨幽姿恰合

長貧灌畦聊且寄城闉一池新漲水好洗耳邊狺

沁園春

掠鬢梳鬟弓鞵窄裏不慣從來但經營理料茶鐺茗盌親供灑埽職分當該還謝天公淡有意便生就粗疏邱壑才將衰矣斜曷日影短景頻催　閒身不妨多病且憑他位置廢苑荒臺伴香濃琴靜百城南面靑編滿架湘軸成堆一縷茶煙穌芋煑只數點烋粵手自栽都休也蠅頭蝸角於我何哉

前調

嘯傲生成薄游身世慘憺情懷也曾經料理繡牀粵樣回文機杼空裏賡臺怕向鍼神稱弟子但通國閨娃受

教來今鵝再看殘絲剩綫意孏心灰　清神猶餘眼耳便霜鬟雪鬢任屬形骸與青谿小妹飛牋索賦孏閒病婈險均同裁痼癖煙霞誰得似有疏影孤山一封罧江南寱想羣彎未醒雪裏偏開

浪淘沙

新谿墜瑱玕荷露初團滿城風雨忽生寒莫便重易時候廿一例心酸　小扇疊輕紈空畫乘鸞流螢飛度曲闌干休倚互籤頻揜映不是儒冠

菩薩蠻

斷腸春色還餘幾可憐一半催歸太簾外草萋萋簾前燕子泥　香塵迷紫陌悶把闌干拍多恨不成糊故園

天一方

前調

綠楊煙鎖深深院流鸎驚起雙飛亂無處不堪憐春三二月天　愁來無計卻胥瘦渾如削爇盡鵲鑪香鷄消今夜長

歸國遙

四姑約歸雨阻

分飛久相約同舒雙黛皺昨夜寱中攜手謗愁還是舊　悵望曉糚時候正珠鈿翠裏此恨卿卿知否泪雙看浥逗

玉連環

問粽影

一枝斜向屏山溜亭亭孤秀問卿何事也鞏眉應是爲憐人瘦　相對鑪香茗盌伴殘銀漏願教青帝好留春明日玉容依舊

減蘭

題三餘閣

雕闌玉砌簾幙低垂香霧裏中駐嬋娟十五盈盈未解憐　遙山曉翠恰是雙螺初埽黛恍對雲英何必崎嶇上玉京

清平樂

問海棠影

娟娟楚楚偕得青鐙助相對似憐還似妒不語卻因何故　枝頭嫩蘂初開西風且莫頻催留與伊人爲伴明朝還傍糚臺

滿江紅

春寒夜雨不能成寐復起擁鑪命酒陶然竟醉賦此

摘碎羇魂鄉夢杳擁衾還起淒絕處鐙昏香燼重門深閉握管欲吟紅雨曲嗁痕先把青衫漬卸金釵閒自撥鐙灰書愁字　今古事醉而已歎歸也生如寄任旁人妒口或憐或鄙嘯傲久成衰鳳侶粗疏好與頑仙似問從來淪落孰如予應無二

南鄉子

蹙損遠山眉脈脈愁腸不自持窗外含葩將放廿璃枝爲祝東風且莫欹　往事不堪思空意拈毫弄草時幾載飄蕭傷薄命如斯㴱說閨中映玉姿

虞美人

暗傷亡國偷彈泪此夜如何睡月明何處斷人腸最是依然歌舞宴昭陽　幾年嘗徧愁滋味鵑鬼無愁地欲將心事寄嫦娥爲問有容同住廣寒麽

卜算子

夜雨

蛩語雜寒砧欲睡如何睡翠冷芙容小帳空慵整餘香

被　無賴倚闌干多少思鄉意滴瀝芭蕉一夜聲盡是
愁人淚

鵲橋仙

又六月七日爲天孫寫怨

輕颸乍拂纖雲幾點澹澹玉鉤初挂歡期屈指是耶非
笑幾度鈿車欲駕　碧翁相惱素娥相戲底事良緣多
假從今寄語問人間莫浪說年年今夜

眼兒媚

簡王夫人仲英

西風歛泪灑寒林鄉夢杳難尋半牀月影一聲歸雁幾
處疏砧　可憐何事音塵絕惆悵兩年心沉寥風景淒

涼滋味分付孤斟

前調

薄莫

一痕新月挂疏桐人倚畫廔東裊裊歔自黯然無語目斷歸鴻　數聲嘹喨廔頭泣清露滴芳叢羅衣漸溼香衾乍冷不耐秌風

浪淘沙

憶故園諸女伴

羅幙晚涼輕葉葉秌聲琅玕移影北窗明懶別銀鐙彎自落素卷縱橫　底事暗心驚舊日雲英檻鸞圖夙可憐生何日西風歛寱蜨飛度愁城

青衫溼

題斷腸草

倒傾三峽潺潺水墨氣染雲煙有情𡚒月無端風雨俱托毫尖　璚牋寫泪銀鐺煑字送盡𡚒季天公何事從來酷妒逸均韶顔

南鄉子三首

思親

曉起悵梳攏灑雨濛煙閉藥房遥憶親幃天際遠思量嘗把他鄉作故鄉　寸草折春光鍼綫重拈只自傷一段離愁誰問取凄涼折得殘𡚒訴斷腸

緜悶倚闌干渺渺雲山谁問安鏡裏朱顔非舊日鵾看

靜揜紗窗怯早寒　愁緒恁無端泪眼人叢只暗彈最苦韶光留不得摧殘兩鬢季來漸似潘

閒坐數槑花冷澹蕭疏恰似他耐雪經霜開歡早堪誇不向東風鬭麗華　游子滯天涯日斷親幃音信賒欲寄隴頭無驛使嗟吁寥遶羅浮不到家

菩薩蠻

病中不寐簡故園女伴

紅公冷浸夫容被玉壺滿貯愁人泪天外一聲悲離羣寒鴈歸　侍兒呼不應轉輾憐同病幾欲寥鄰娃通宵寥竟賒

前調

孤鴛

羇愁慵整風前羽沙汀悔不同歸太公顧影立池邊低頭應自憐　小娃強解事故故爭相戲待學操求凰隨他鸞燕忺

滿江紅

意遠時蓉濱北游

鴈泣西風天亦瘦慘黃愁翠鶍消受長歌當哭孤鐙瀉泪典盡鷫畱嫁日衣醉來卻喜書空字問斷腸唫就是何題長門句　屏山靜鑪煙細聽不了寒蛩砌數離愁多少撐天塞地故國迷漫烽照外美人宛在瀟湘裏坐閨中對此可憐宵人蕉萃

行香子

坐對芳時臥賞璚姿任閒愁不上雙眉東風輕輭日暖煙低喜晝沈沈人悄悄幙垂垂　醉眼迷離醉墨淋漓問其中佳思誰知熏香坐久聽鳥糕遲愛徑蕭蕭香細細柳絲絲

前調

七夕

疊雪爲衣削玉爲肌睇催糚休問機絲疏星耿耿銀漏遲遲暫別雲娥拋月姊謝風姨　似寢還非乍覺還疑再商量明歲佳期笑嗁鶼處歡合悲離願穌天老長相見耐相思

卜算子

夜雨問槑兄

翠被擁無瞑，睡鴨沈煙縷。閒對槑兄說斷腸，窗外連宵雨。　屈指十年寒，此景平分取。靜撿金鋪老歲兄，諳盡愁滋味。

水調歌頭

得兄峯弟信，即用其書中語

身世原爲客，何必歎離居。腳跟不用綫繫，天地本吾廬。㝱覺池塘芳草，酒醒曉風楊柳，縱纜采明珠。五六十本菊，三四千卷書。　渡桃葉，尋彭蠡，訪小姑。漢濱拾翠，此際能無佳句乎。諭檄題橋司馬，作賦登樓王粲，蹤跡古

人如故里葬回首聊且托雙魚

浣谿沙

詠槑粤贈畫中美人

露蘂如嗁欲恨誰巡檐索笑事鶵追季季燕子不曾闗寥夵偶題濃澹字愁來長蹙淺深眉一春惟有捧心悲

滿江紅

中秌旅泊

爲問嫦娥何事便一生擔擱也曾來百子池邊長生殿角伴我綺窗朱戶影辜他碧海青天約倩回風迢遞寄愁心隨飄泊　五色管今閒卻千石酒誰斟酌想天涯

羇旅鬢絲蕭落別寥匆匆偏易醒遠書草草渾難託判
長瞑蕉萃過三秌人如例

菩薩鬘

詠餅中桂與海棠影

海棠萆怨清秌宋一枝偏傍蟾宮客嬲指印青編亭亭
玉對前　相看俱是影相對難相問試語喚眞眞應憐
身外身

滿江紅

翦綵爲與曾識出空中金屋飄與樣龍飛鳳舞碧梧修
竹閉戸再添今夜綫停鍼便換明朝粟到如今束手任
長貧眞堪哭　春蠶繭絲難續西山日風欲斷笑浮生

幻影一場蕉鹿久病不求靈兔藥無聊再整殘書牘腕

生生眞覺筆如椽教兒錄

前調

代人紀事

數載塵蘿猛提起舊游堪怨何曾並雙鸞鏡裏畫眉淺

淺綺閣朱扉依舊是重來願作梁間燕似香消一縷又

重然絲鷄翦　闌干外簾鉤卷清露下催銀箭奈闌珊

鐙火曲終人遠殘雪曉寒如夢兮黎夢夜雨回心院問

前身金粟是何人今生見

百字令

文窗瀟洒青粿小正是牡丹時節珠箔低垂微雨過險

均詞成新閣輕拂烏闌橫陳綠綺燕子香泥溼朱櫻初
熟鑪香茗椀清絕　消受幾日韶華幾番風雨杜宇聲
聲泣門外絮飛華落盡春去誰能留得綠葉成陰荷錢
漸長多少閒蹤跡兩眉餘恨至今猶是堆積

滿江紅

贈程夫人

金粟前身生就箇莊嚴法相絕不似尋常閨閣意中嬌
樣宮錦盤雲雙鳳縷煙螺覆額輕紗漾七香車一品五
華封褒叙讓　還憎厭紅塵障頻指點西來相看碧波
滚處青蓮生長題徧名華鵝著句詞成白雪憐空唱待
和伊攜手禮眞儒瑤池上

前調

閏七夕雨

細雨窗紗正寥寥裏風臺月榭簾垂處輕雲澹抹玉鉤不挂歆去幾絲爐篆冷飛來一幅瀟湘畫染臙脂微暈海棠花陪幽雅　頒鳳歷恩波下應告御鸞機假算金風百廿星橋雙駕好會漫憐今夕占離懸飄恨重黏惹怪無端烏鵲到人間傳佳話

賣花聲

秌分後桂花海棠俱開燕猶未去戲作

絲雨海棠黏欲語還含青苔小石疊層嵐露蘂如虓花似笑無限嬌憨　梁燕戀江南桂子銀蟾依迴斜拂水

晶簾爲愛秌香渾忘卻杏苑春酣

南鄉子二首

薏遠

鸞鏡拚清光莫向簾前試淺粧翠嶺春雲都付與秌霜
驗取多愁點鬢傍　殘夢傍堪傷不待秌陰釀嫩涼自
撥鑪薰堊繡幞留香一縷柔煙伴夜長
彎影伴凄然辜負濃香桂子天彈指韶光如夢廿嬋娟
能得窗前幾箇圓　移過博山煙屏拚瀟湘獸自瞑冷
逗重幃唫未就濤牋總有新詞莫浪傳

百字令

秌雨懷表妹

惱離重疊被天孫織就絲絲細雨剛値懨懨新病起有得幾多心緒慘淡幽花凄涼紈扇儘伴淸秋泪意高望遠煙鬟鬲著秋水　猶記雙槳蘭舟催人鐙火攜手並肩處萬點星球看未足忍送素娥歸去香冷閒窗詞成新調應也愁無寐怎生消遣黯然魂斷此際

減字木蘭花

寄女伴

斷雲疏雨人在幽窗秋寥裏繡榻今朝畫個雙鸞又倒描　天寒倚竹翠澹綃輕衫東薄並立風前不見飛璚

酥雪箋

賣花聲

承表妹錄出拙稿并留十年前詩詞以此奉謝

潦倒振詞場南國消香嘘殘泪墨漫平章今夜不堪重檢點滿紙淒涼　十載費珍藏一縷柔腸玉臺糚閣鎮端詳他日相憐何處是蘭畹同揚

風中柳

惜海棠并哭舍妹

看斷腸彎眞箇柔腸斷了泪盈盈黃昏清曉唫殘繡帖付冷煙衰草問何時雙眉同埽　一霎韶光容易鬢絲催老不如君長瞑歟早疏香幾筆是玉人遺照願他生池塘夢好

鳳皇臺上憶吹簫

重陽前三日月明如洗

細雨斜風寒砧落葉秊秊做就重昜偏今宵明月滿地凝霜燼絶綠窗潑拚挑蘭炧伴過淒涼無聊甚餅彎影裏獸自持觴　流光遷移彈指看幾度寱中滄海紫桑縱身絲千丈鶉寫微范葬太登高臨水料俱是落木衰楊添怊悵驪歌唱罷鴻鴈離行

鵲橋僊

疏簾瀟灑幽窗宋靜旖旎炑彎數點拋殘綵綫與金鍼消受箇等身萬卷　松風候到茶煙輕漾湘榻桃笙半捲拼將數米與量柴換得箇清閒安晏

南鄉子二首

壬子仲冬同表妹張夫人小舟出西關溼雲連天欲雨不雨淒涼景況黯然銷魂意從前禮懺粤藏會縱覽於此風穌日暖迴異斯時彈指韶光抑何速耶因記以二詞其二穌張均粤藏多

櫻桃粤故落句及之

消盡夜來霜落木蕭疏鴈數行一寸橫波凝望處瀟湘無限江山送夕昜　羞說擅詞場總是惹香怨黺章安得長流俱化酒千觴一洗英雄兒女腸

攜酒載嬋娟翦葉爲飄蕩作船重繫昜隄衰柳下淒然分付斜昜慘澹煙　誰與語寒泉瘦影低鬟照可憐不似清穌風日好湖邊紅綻櫻桃月正圓

減字木蘭花

予既成前二闋有頃冷風歛鬟閒雲疊卷似有雪意因命橫檝西定橋痛飲快譚進關時已薄暮泊舟就岸再占此以誌別

風飄煙渚滿載閒愁傾不盡送盡殘霞碧海青山依舊留　鶉消別後殷勤再執柔荑手歸到幽窗暮雨蕭蕭逼銀釭

多麗

棲香舊閣久成廢苑殘歲略加修葺中辰娙有詞題壁予亦製此

笑棲香從來苑廢臺荒靈慼侯門繁華何在分明寤覺黃

粱傻經營烏衣逆旅只收藏半榻縹緗未許容愁豈能容膝藥闌㝵榭嫩商量鏡匳移琉璃研側睡鴨篆爐旁鎮相對空庭㝵雨屏上瀟湘　排今生殘嘑墨淚血枯心死何妨紉幽蘭猶堪爲佩栽萱草可得憂忘殘粉飄槑新黃染柳謝家風景舊池塘標題處清淒小閣照乘夜珠光入俱羨長楊賦手烁水篇章

南鄉子

雪

高臥不知愁報道瓊瑶已滿樓分付侍兒休拂拭須留簾外仌條似玉鉤　莽太汎扁舟瀟洒應無我一流向日豪懷依舊在能酬詩滿壽殘酒滿甌

浣谿沙

閱斷腸草有感

南國佳人去不回璃琴何必又飛來眼前誰是謝家才

記得釋愁人念我壁尖留與鳳皇釵（仲英詠雪有鳳釵留與顧家管之句）鏤金小合餉糍臺

前調

翦翦輕寒冷畫屏淡淡庭院語嬌鸎星星殘霧不分明

點點香泥營燕壘絲絲細雨灑合英坐坐楊柳漾輕盈

畫堂春

黃牡丹寄織月閣

國色第一數姚黃檀痕初暈新妝嬌鬭處午正芬芳翠遶雲裳 簾卷流蘇輕漾畫梁雙燕棲香知君研北摛縹緗試與平章

前調

詠十姊妹

麴塵羅障錦如雲楊家姊妹承恩蛾眉澹埽最爲尊號國夫人 望太紅圍翠遶擎來舞衷緗囊隨香泊㡛儘芳春根蒂鶵分

南歌子

穠李還消歇楊色盡作蘋陳家宮闕漢家陵盡被東風斜日送還迎 無限登臨意都無煙火情此身猶在不

須驚雷得西鄰醽醁勸長醒

栖香閣詞卷上

栖香閣詞卷下

梁谿顧貞立文婉譔

滿江紅

廿季前爲人題小影偶復見之感而作此

繡椁驽關記當日輕塗嫩灑曾有箇蛾眉蟬鬢低頭深琴捧研焚香舒小影爲他題詠增慷慨猛回頭早是廿季前眞堪駭　淸揚句今猶在繁華夢今鶵再破丹靑留得文魔筆債光景盡隨流水去江山原是桑田海算百季三萬六千場休驚怪

水調歌頭

寄纖月閣

三月初十日猶憶太夅時濃香畫閣微雨箐裏識仒姿一種柔情俠骨眞解箇中令暖一笑素心期消釋頻夅恨還驚兩鬢絲　多閒阻鶼相會易相離況兼愁病只赤欄臺未可隨今已緣慳若是向後不知何似聚檄總鶼期牋短言不盡神與萛雲馳

浪淘沙三首

萱草

折簡寄忘憂萛叜多愁額黄初印雨初收一縷檀心開笑靨別樣風流　猶憶太夅遊畫閣香浮嫣紅媚紫一庭幽常展空匳桐葉詠絕勝封侯何必畏炎蒸林下風生梧桐葉葉露箐薷姑射僊人原

是雪當暑偏清　病起喜身輕如在瑤京水晶簾卷曲
闌凭好句飛來賡險均筆研陶情
悔不語連宵分取無聊如今魂𤸫芇鶊招多謝罡風歛
不斷一縷愁苗　瘧鬼信如潮怕是今朝斜昜時節又
來邀償儘紅鑪夊與雪不廢推敲

南鄉子四首

賤得瘦竹如幽人烁㛹如處女

輕雨灑松筠林下風清浣俗塵瘦影蕭疏誰得似幽人
翠袖天寒倚夕曛　嬌女豔烁晨淺紫輕紅未解顰嫙
媢䒷嫌烁太澹清芬九畹芳蘭佩可紉
兀坐意西家北面窗開桂影斜無限愁悰聊說與烁㛹

嫵媚幽閒恰似它　暗自數秊雩盼得烁來事事賒七夕再逢人又病星槎位置依然鬲絲報

不耐坐殘更常祝華胥夢莫醒卻怪曉風歛薄幙窗櫺爲趁清光補未曾　機杼自縱橫龐忪鶏拈絮一星自笑無能如絡緯聲聲咽盡寒霜兩翼輕鴈去恰鱗來何幸孤蹤繫素懷半幅衍波緘錦字怕開卻是明珠漾鏡臺　廿擬與追陪閒道烁雩滿徑栽帶眼頻移蕉萃盡身材病到烁淺恐不該

滿庭芳

乙丑元旦立春

除夕迎春春朝歲旦百秊鶏遇今年瑤枝琦對光映滿

堂前無奈風鬟雨鬢何心去翦勝爭妍思前事雪堂分均騰筆拂雲牋　圍鑪簾半卷裁仌煮雪繡坐香暝正蘇雩時節月媚雩娟多少悲歡令暖黃粱熟一笑茫然今惟有閒身尚在子孝與孫賢庚辰新歲大雪經何時在楚黃署中裁仌弄雪分均題牋四十餘秊恍如寱夢中矣

南鄉子

來去影雙雙雩雨蘋泥特地忙最是將雛時候好棲香宛轉閒關夜語長　忍使擲烁光換卻拼空雁幾行明歲再來人健否休忘記取城東弟一梁

前調

粟粒不須賒萬斛千鍾敢自誇夜落金錢鋪滿地豪雩

分付雙鬟莫埽他　裛柳晚歸鵶曲曲闌干澹澹彎爲
愡西風滚護好輕紗移過鑪香供著他

如夢令

梁汾弟說歸不果

說道殘冬歸矣何事經春還未鉛黯褪槑糚又報杏彎
微雨留住留住幾疊遥山煙對

前調二首

月照重門閒字心上不離懸字慶上晚風寒歔斷鴈行
一字留住留住再整依然人字
孏貼泥金勝字書過空中怪字疏帑愧平生不學籫彎
格字機杼機杼織就回文錦字

南鄉子

何必問生涯消受簾前遶砌彎應是天公費裁翦炑紗碧綠芭蕉映著他　春事縱繇華彎到炑湲均轉加孳露海棠嬌欲語欹斜欲乞名師畫著他

滿江紅

城南看菊寄纖月閣

爲訪煙粄看不足疏林如畫迷離處斷雲孤鶩輕颺遙挂冷澹西風甘撲面淒清霜菊原無語向姓空長嘯寄登臨斜昜下　權領畧彎盈把聊假日消憂罷恐炑光老太鶵畱瀟洒興廢總沈波影裏古今鶵定靑山價待攜將此景問佳人從頭寫

前調

茉莉

玉骨亭亭似不屑俗人爲伍堪憐處慜懷葺穉芳心未吐數朶清芬羞對月一枝瘦影嬌凝露喜含葩向晚暗生涼消煩暑　擎翠裛依簾幙移素質纖雲護想晚粧新浴玉人風度學淺愧無看雪詠才高自有吟秌句倩璚姿珍重伴栖香相賡酬

南鄉子

門自數黃鸎三徑雖荒均不賖山色青青當戶見堪誇娃媚依然恰似它　碧水映明椴一簇夫容傍淺沙皺縠筆牀移得近窗紗淡碧輕紅繡出它

前調

紀夢

昨夢到瑤京僊女飛瓊𠌶下迎曲徑回廊香拂裏閒行

滿架琴書近畫屏　綺閣剪銀鐙彤管香匳細與評騭

有桂𠌶天上句偏清一洗春愁秌怨情

滿庭芳

劉姑惠佛手茉莉貺謝

素羽輕飄淡然無暑稜稜當暑偏清棃雲門拚甘自讓

娉婷問道葵榴爭艷應愁說抹麗佳名裁蕉葉停毫倚

石香均貺鷞成　蕨𠌶人不遠拈𠌶微笑合掌雙擎似

纖纖指示海筏迷津爲問鴛鴦繡出金鍼浛度與誰曾

長相伴紗窗清影月上晚涼生

茬陵春

烁日見桃㝉

淒慘烁痕歛欲斷香冷萬㝉中塞北誰傳數點紅春信到西風　曾向茬陵深處見驚問舊時紅許放澳郎一櫂通桂子伴夫容

重疊金

吳夫人贈畫槑

粉痕猶印纖纖手幽姿想與人同瘦何處看㝉來㝉如對我開　數枝佳欲絕相共憐香月好句寄來看清芬滿畫闌

點絳脣

雪後紅梅

水潤雲孤南枝微露經年信璚瑤初褪數點臙脂暈

半卷湘簾清影疏香映看鶄盡壽陽宮粉付與東風領

天僊子

十影三首

曉鏡當窗彎眳影燕子飛來醉簾影憑高一望渺長空

孤鴻影疏林影天外輕颿虔外影　自掬清流憐瘦影

遠臙遙山爭翠影平分一半與池塘梧桐影芭蕉影倒

挂墬揚新月影

槑彎界斷闌干影斜昜移過幾機影牽蘿補屋障輕寒、

寒枝影琅玕影驚飛不定栖鵶影　推不出月穿窗影
遮不住風搖鐙影薄游人世耐淒涼貧無影煢無影餘
華寥去雞留影
孤郵流水丹楓影沙汀淺水歸鴻影百城南面等身書
牙籤影縹緗影揮毫點染湖山影　拂不去霜飛鬢影
剪不斷香絲篆影一簾春雨燕來時雙飛影爭泥影栖
香靜鎖梨雲影

浣谿沙

不道韶光二月中淡淡庭院護春慵未消殘雪月朦朧
二十四番雲有信最淒涼是杏雲風霏煙霏霧滿簾

龔

前調

春事消磨雨雪中卻寒衫子未曾縫春分寒食太匆匆鳳頭鐙搖珠箔卷玉簫聲遠畫廔空落花還是舊東風

前調

卻愛流鶯喚曉暝一簾新月漾窗前杏花開廿記當秊怨綠愁紅銷慧業青谿白石浣衣天南唐佳句寫裠邊

蝶戀花

寄織月閣

瀟洒疏籬開點綴簷紫輕紅何必隋宮綵黃蝶自來花

自媚惜彎情緒誰能會　雨過落青蛩語碎新月旋生
怎撇清光睉雁字磯聲風拂桂伊人乞與寒窗對

百字令

雲昏雨暗問天公那得許多愁緒應是瑣窗無限泪化
作千絲萬縷病骨雖存柔腸鶵續身世眞無味先離煩
惱被人又早占厺　猶記藥椀茶煙厺秊今日相對傷
羈旅回首糚臺烁色裏意著故園彎媚白髮衰翁紅顏
少婦一別十秊矣問古今來要誰遭際如此

滿庭芳

弱絮輕塵空彎幻影分明身世虛舟笑孤雲埜鶴何事
淹留迴意從前似瘳無端別業海市蜃廔如今似權彎

蹄萼燕子清炑　休休韶華太乜僾璃彎鵝奈風械雲

流多少朱顏綠鬢空耽誤粉怨脂憖何須問唐宮漢苑

總屬沈浮

鳳皇臺上薏歆簫

寄纖月閣

土木形骸風鬟霧鬢心情不似當季僾時移事太總付

茫然最薏蘭閨道豳承相念著薏相憐鱗鴹僾纖纖粉

印頻寄瑤牋　嬋娟遙知此際正簾下拈彎卻伴彎瞑

對湘紋茗椀露滴硃研應是南華傍讀屏山側低按欠

弦鑪煙細一絲輕裹歆上珠鈿

賀新涼

中秌見有以月爲均者謾賦

長嘯問明月詢江山誰堪賦就美人彎月除是沈香人醉後會記愁心與月陰不了曉風殘月今夜璚奩懸玉鏡有金尊檀板酬佳月香盈斗煙籠月　殘粧斷續闌山月霧迷漫角聲鴻影寒沙卷月幾處璅窗眉黛歛幾處流黄待月耍幾處纖纖掬月莫道無雲清萬里看悲歡離合千家月吾長嘯問明月

鳳皇臺上憶歛簫

初七日雨

鳳頸無光湘弦微潤依然釀就重昜問籬邊黄菊已試輕霜昨夜生憎明月今宵又聽雨淒涼寒生也催人刀

尺傍理流黄　堪傷聲聲點點頻斷送愁中病裏時光
看夫容開徧幾日紅香葬太登山臨水料俱是落木枯
楊添悽愴淚歌唱罷鴻鴈離行

沁園春

甥姪輩讀書予家喜賦一章勉孫

蘭長新芽槑糯試粉柳眼回青趁輕寒淺暖趨庭問字
圖書半壁雪案琴横研雨飛來嬌鸎初囀似送春光到
畫屏逢良友有西園無忌茂苑長卿　文窗細雨閒評
羡蘭畹金荃次弟賡叓斜簪側帽袠書白練香畱哥座
談笑風生下里淡慚未諳格調漫説詞宗宅相名須欣
慕揣摩自勵莫負季英

臨江僊

缾萼

清露細研糀斵翠綃斜映輕紅春光留駐小屏東高低非因雨疏密豈欲風　換水移枝珍重湘簾澹月朦朧誰言萼事已成空荼蘼香霧裏素影畫圖中

滿庭芳

四姑語舊

白雪閒庭三餘小閣沓秊曾貽嬋娟分萼鬭草何地不堪憐剪蠋西窗語舊相倚處攜手凭肩從別後時移世換腸斷各風煙　想吳山楚水竹廈黃署風景依然只霜鬢雪鬢不似從前何事驚心歲月彈指倏四十餘秊

身雖在槿㝵臨莩燕子晚烌天

前調

壽王妹六十

林下清神閣中秀質蛾眉領袠天然雲鬟宮樣不減似當年正是㝵中姚魏兼葭倚玉種藍田眞堪羨三株璚對文采總翩翩　百年從此始于飛舉案共慶㝵筵老陵春暖燕子慶前最喜芝蘭爭茂簫聲裏翠鳳嬋娟眞堪羨文宗理學雙壽地行僊

憶秦娥二首

雞肋雖存懶從人熱索居宋宋惟王妹時令青衣顧問兼承佳餉

殘冬逼迴腸百結愁難說愁難說有誰來問凍雲寒雪

驚心歲月空相惜關心姊妹猶相憶猶相憶笙歌影裏皺錢時節

憐凄切芳茗甜香時不絕時不絕殷勤負鴈糕臺只赤

淚愁寥與秦娥說槑髩影裏凭肩立凭肩立閒房林下清神秀色

浣谿沙二首

張妹惠鞵賤謝兼呈王妹一哂

宮樣盤雲繡鳳頭一颿風順載春愁可能相與五湖游

準擬朝來廔上望美人糕閣鬲重廔葬雲春對見無由

養護春寒怕卷簾陰牋繡帖不曾拈玉人可乞思懨懨
折奈槑雩鸞羽傻寄來蓮瓣鳳頭尖彸痕猶印指纖纖

前調

藍菊

知在東籬弟幾重佳名偏喜與蘭同愛他開紫不開紅
爲折一枝珍護好淺顰輕笑伴夫容肎教淪落怨西風

前調

殢紅

百葉重臺照眼明水晶簾下伴孤陰停車何必坐楓林

不似槿兮愁日萆儘留顔色待秌涘清霜濃露沁檀心

一翦楳

春寒

重鑪香燼漏迢迢不似春宵還似寒宵薄煙涘院杏兮梢鶗鴂道明朝便是兮朝　淒風凍雪雨瀟瀟鏡裏容銷夢裏魂銷鄰娃萆亽踏春郊歛斷秌胥瘦減裙胥

採桑子二首

詠秌海棠

愁來只有秌兮好金粟新黃翠葉秌棠紫粉蔓兮媚夕陽　兮時蕊日垂簾坐本是淒涼兮落還傷兮落人愁

哭一場

絲絲細雨盈盈泪澹澹籠煙裊裊風前低影愁紅似可憐　偏宜翠竹青琴小清露珠圓別種幽妍不受塵埃半滴泉

前調

正詠妹海棠表妹張夫人適以此琴見贈叉成一詞

臙脂點破仌壺露疏雨濃煙石榻湘弦會伴飛璃膩雪殘　檀痕粉印鷩分贈素手親拈喚起愁瞑今夜幽窗對影憐

沁園春

題美人牋

佩紉幽蘭歌拈紅豆竝倚娉婷儘愁人揮灑登臨觴詠催歸送遠邊怨閨情攜向碧窗粧鏡側輕喚起盈盈翠裹擘瑤臺上飛璚蕚綠爭似卿卿　砑光清凝賦豳待細研石黛染就丹青謚霜濃月暈寒鴉落木孤蓬夜雨長蓬離亭一抹蒼煙鴻影看幾點環螺接楚城標題處把霜毫空閣半摺雲屏

摸魚兒

惜春寧那看短日如許冷清清地長愁病禁得幾宵疏雨當春事空惹著瑚闌玉砌東風裏斜陽歸去算只有多情伴人瘦影相對各無語　思伴侶鬭草西鄰女別

來廿應蕉萃青衫翠袁知何處脈脈盡隨流水君聽取
君不見紛紛今古皆如此誰非誰是何必問青天本來
造化萬物總鷄據

重疊金

重裀錦幄原無福琴書半榻飯愁宿催雪上雲鬟能消
幾夜寒　餘生知已矣彈指韶光去有酒可忘憂何鶵
歃百甌

鵲橋僊

湘簾未卷沈煙濃注乍展夫容玉鏡小篋雲鬢滿糚臺
又製就鬘雩新詠　嫩涼初透停梧問月碧海青天鶵
並分明一幅綺窗圖誰解得此時佳景

南鄉子

疏雨滴重檐鏡裏霜雩昨夜添一片冷雲扶不起懨懨拈住濃香茸捲簾　半晌嫩寒嚴帶減茱萸一束纖刀尺催人雙腕弱摻摻愁緒如絲嬾太拈

重疊金

咏牡丹

誰云春豔咏搖落春風到處傷飄泊吾意愛咏雩經霜均轉加　標題天上桂管領東籬姍簇簇擁雩王齊齊淺澹糚

翦湘雲

翦咏紗

霧縠初成緗雲乍翦早驚破炑窗砧杵聲怨錦字機絲
慵厺理羅綺不勝弱腕製輕衫珍重餉天涯擘繭絲爲
綫　還倩斷鴈銜鴻蘆華谿畔怕日炙霜侵風颭雨濺
無語低鬟丞茫處脈脈似聞長歎結茱萸雙帶佩炑蘭
浥愁人淚點

滿江紅

墮馬嗁糚學不就閨中模樣疏慵慣嚼華歛蘗斷拋脂
漾多病不堪操井臼無才敢厺嫌天壤看絲絲雙鬢幾
時青空勞攘　應不作緐華想收拾起淒涼況向牙籤
境內自尋幽賞昨夜慶頭新瘳好輕風歛送瑤臺上敞
閒愁高枕是良方飛璃餉

元宵前三日覓得梅殺盆水僊草蘭三種清芬滿
閤恍入羅浮香夢故賦此詞
東風一笑又經年耐盡凍雲寒雪秀骨未容輕位置要
占羣芳弟一古驛書遲淡宮夢醒香冷瑤堦月孤暝紙
帳醉淺燉淡時節　那更玉蓬驚歛瑤屢賦罷歌自臨
風立桂葉雙蛾慵未展何待珍珠慰寂九畹芳蘭凌波
仙種瑞可成三絕棲香閣靜伴人冷澹蹤跡

金縷曲

踏歌簫鼓火對星廛金吾不禁士女成行諺云
誰家對月能閒坐何處聞鐙不看來予獸不出

因賦此詞

對月能閒坐似空山叟寒人靜雲淡煙鎖道甚新春愁緒減依舊宋寥無那誰領略滿城鐙火看徧小屏風上畫只槑彎清瘦還如我邀素月成三箇　韶光一瞬隨風墮鎮消停幽蘭香裏羅浮夢左睡鴨頻移缾注水便是長宵工課坐紙帳擁衾高臥鳳頸微沈門靜掩又何心問踏歌簫鼓蓮彎漏從頭數

浪淘沙二首

青衣從波浪中得槑彎一枝彎泪盈把諒不冐終隨逝水者因畱作蓮臺清供賦此誌感

曾向雪中開沒點塵埃冐隨桃李逐波來爲有湘靈淚

遣護擲𠗊重囘　無力傍瑤釵泪㓕盈顋生香眞色莫疑猜好伴楊枝甘露水供養蓮臺

綠萼試清泉香㓕增妍休言海筏度無船春色原如炼水冷未許人憐　若過𡽹萼天風均依然一枝彌勒現尊前不羡人間雙茲蔕願化青蓮

昭君怨

元宵理髮折𠗊一㐬意非佳兆作此自解直妄言之非妄想乜

恰恰弓弓如月常伴粧臺梳櫛鏡裏一絲絲是伊知償足賣釵風均減卻纖纖一寸從此嬾雲鬟換金冠

浪淘沙

和纖月倒用原均

何必羨儒冠彎滿闌干埽眉才子是鳴鸞得近班家明月句願作齊紈　痛歓不須酸簾外輕寒海棠枝上露團團驚醒今宵香寱影刻向琅玕

滿江紅三首

贈薛夫人

蘭畹金荃問佳句有誰消得除非是沈香亭畔一枝傾國數載端詳雲鬟影如今始傍牙籤側想曾隨阿母禮眞僊瑤臺□　渾不似初相識寒暄語何須説願小奉如晝清談竟日無奈妒彎窗外雨催春去也催人別笑歸來魂寱尙依依重尋覓

萬斛愁思誰織就漫天風雨鸚禁架將歸送別遣懷無
計望太公畫廔煙對遠飛來險均驚人句算詞壇端合讓
褭釵低頭矣　人宛在香窩裏飛絮詠休輕棄似蘭歛
風送名粤解語莫把韶粤餘恨鏁空粤幻影尤鸚寄看
他秊麗句滿香匳傳千里
寱裏香窩常只在繡窗朱戶最相宜微風纖月澹煙輕
度遲莫鸚酬香豔句病魔鬲斷鈿車路羨耽書淡癖似
伊稀還餘我　幾暑退輕雷過虹影沒斜昜莫愛梧桐
幾葉鬘粤數朵縹緲漫憐銀漢影參差誰是穿鍼侶只
無聊燕子故飛飛來青瑣

步步嬌

卻又早綠葉成陰淡淡院徧小窗紗流鶯囀問可是城東弟一姸詞章禁苑傳謫僊才人爭羨

殿前歡

博得箇柳枝憐抵多少簪花書格浣花牋看梳雲一字尤堪羨

新水令

半窗斜日杏花天殢東風柳絲嬌軟分題拈翡翠折箇寄嬋娟綠映平川踏青時燕來庭院

駐馬聽

宿雨朝煙露浥臙脂紅數點閒庭宋窠惜花人起傍尤淹倚糚臺幾度孏臨鸞整淩波款步青苔蘚笑嫣然行

朝昜一朵春光綻

桃絲 自製曲

壬子九月二十一夜寤兩僊子髻鬟雲鬢霧縠裰綃芬芳襲人珊珊而來光彩耀室遺予草二株一枝條碧紅絲非彎非棻纖纖可愛不與坐栖似云是桃絲一枝翠葉淺淡如梧如菊如桂如藻方圓斜整種種可異云是翠淩波因其名遂各製一詞記之

淸波鷞寫流虹影喜寤裏坐坐比似人間枝葉異桃絲紅房爛煮瓊彎宴問此會何時四十九季償慧業歸遲

翠淩波 自製曲

香逗衾鸞鬟欹釵鳳斷鼓蕭鐘薄醉穌愁擁哀鴈號蛩

清露重翠生生幻出淩波夢　靈根知是瑤臺種豔蘂

柔絲不與凡咢共待展砑綃吳綾寫幅屏山清供珠箔

滚沈不教風雨歛送

栖香閣詞卷下

蠹窗詩餘

蠹窗詩餘

蠹窗詩餘

龍瞑張令儀柔嘉譔

洞僊歌

月夜書懷

好天良夜添得愁多少月滿彎陰寒峭峭漸銀河低轉碧天如水星光渺襯一點孤鴻小　怪季來心緒別樣淒涼觸景處都成煩惱況新霜時候蕭瑟寒風殘梧滿院砯聲老縱無情對此乜鶉堪可想見孤窗淡憂懷褁

孀人嬌

觀木偶戲

刻木牽絲一樣紅顏白髮翩舞裏鐙前遮曳悲懽離合

唬笑無些别相對處同是邯鄲㾓客　兒女情場英雄
事業隨人顛倒何時歇勞勞名利就裏尤眞切到頭來
付與曉風殘月

眼兒媚

雨窗卽事

料峭輕寒不卷簾細雨壓重簷鬢慵蕶弱彎欹栭輭特
殺堪憐　替彎愁絕彎知否空自鑠眉尖天應入㾓人
如中酒常則懨懨
一片重陰鑠畫廔風冷杏彎愁唬糚不整殘魂欲謝斷
送春休　斷腸人怕多情㚤只合閉雙眸撇去還來渾
如有物横在心頭

滿庭芳

春閨

乍雨還晴嫩寒輕暖海棠不耐春暄嬌慵如醉特殺可人憐深院重門靜鎖生憎殺鶯惱鸎喧又是清明時候也楊柳欲飛綿　秊秊當此際鸞消翠黯鴨冷沈煙試羅衣寬窄較不如前多半因春消瘦入膏肓愁病難痊常則向錦衾窩裏捱過賣餳天

菩薩蠻

秌夜聞蟋蟀聲

窗外寒蟲聲唧唧悲涼如訴還如泣窗裏斷腸人低哀泪滿巾　共當愁絕處只有儂龢汝涼月照梧桐有時

差勝儂

庭院深深

晚烋月夜

對殘不礙當慶月清光直射疏簾霜風落葉報烋嚴都將愁思催上雨眉尖　時節不憐衣裏薄峭寒偏向人添栖鳥側側遶窮檐高枝宿盡嘑殺夜如年

沁園春

東皋

高柳濃陰曲水危橋白板扉開正亭連遠岫裝成翠黛風斂新漲皺作愁堆碧藕飄香菰蒲平岸鷗鳥忘機自去來眞幽絕是冷藏小艇竹護蕭齋　閒庭雀寥鷺回

惱楚客無端破綠萼笑不用求僊何須採藥此中眞趣
合老吾儕選勝懽遊浮生有幾嘯詠長松亦復佳裴裏
處看歸雲陣陣都倩山壂

滿江紅

喜三弟歸里詢兩大人近況即席有作

天外人歸喜鐙序鐙前聚首把臂忩忩先問取高堂安
否報道起居清健甚容顏鬢色都依舊但松筠常繫故
園心思鄉瘦　方眷顧君恩厚甯易遂田園守歎飄蕭
弱女離愁正苦詩禮久疏趨對缺鶺鴒方喜鴟鵂湊與
諸君詩酒得隨肩今而後

念奴嬌

詠雪

柴門乍啟，怪朝來三徑璚瑤堆積。試問青山慭底事，一夜都將頭白。灞岸尋詩，謝庭雅會，剩有風流蹟。前郵路斷，梅花鷄掞消息。

小慶閒上裴亶，凭高放眼，望處尤佳絕。萬里寒雲飛鳥盡，凍合江天一色。釣艇漁翁，片颿斜挂，獸坐披蓑笠。長歌對酒，樂抵蔡州聞捷。

偷聲木蘭花

早春即事

重門悄地東風轉，紅杏枝頭春尚淺。嚦鳥聲聲，喚起閨人無限情。

殘梅如雪黏羅裏，暗香宋筭父魂瘦。冷澹韶光，寄語花姨早試粧。

浣谿沙

杏華

小砌殘霙雪未消暖風催放杏華梢幾枝斜傍綠楊膏
薄襯晴光疑半醉淡籠煙雨不勝嬌只愁深巷到明朝

鷓鴣天

春晴

晴餘風日減緜衣綠遍池塘草色肥楊柳濃時鶯百囀
海棠低處蝶交飛　茶竈宋篆煙微南華讀罷澹忘機
湘簾不下金鉤索畱待華間紫鷰歸

蝶戀華

夜坐聞子規

悄立彎陰寒惻惻碎補疏籬滿地玲瓏月絮老彎殘芳事歇賺它杜宇空悲切　露冷風寒淒欲絕萬片殘紅未抵三更血正自人愁瞑不得從頭檢點餘伊說

蠋影搖紅

中秌夜同諸姊弟酌月於蠹窗復步至讀易廔因成小詞

秌色平分恰天上艮宵三五誰將明鏡一輪圓懸在空青處幻出瓊廔玉宇漾仌壺蕭蕭老樹開樽彎底過末封胡羣賢咸與　晚風輕桂子香飄金粟雨起持巵酒囑諸君不醉卿何苦忍負清光如許還共向天街小步

歸來庭院河漢西斜砌蟲相語

臨江僊

春閨

寶枕香消殘夢破擁衾一晌關情春愁都向此時生檀痕雙頰滿臙色兩眉輕　九十韶光都有幾陌頭泥近清明綠窗何事最銷魂落花千萬點喚鳥兩三聲

蝶戀花

春殘

嫩綠殘紅芳事老落絮游蜂半雜飛花裏午夢初回人悄悄聲聲喚過催耕鳥　都道看花宜趁早拾翠尋芳踏遍姓郊草輸與小窗風味好無愁無病春歸了

摘紅英

春閨

春將送閒庭空栁彎漫結梨雲寥衾香膩鸚哥壓小鬟

窗外攜錢偷戲　烏衣閒簾鉤控玉人驚破春瞑重菱

彎對晨糚未殘魂一枕費人思意

踏莎行

金盆沐髮

玉鏡初開蘭湯沃膩翠鬟乍解朝來髻青絲濯處似臨

池墨痕直蘸波心裏　鵶羽參差溼雲拖地臨風笑倩

檀郎理嬌柔無力倚闌干温泉浴後將無似

月奩勻面

淡抹輕施新糚嬌倩薄霜偏襯夫容豔璃窗寶鏡射朝光嫦娥何事分明現　欲去裵𧚍幾時畱戀芳華只有儂家見桃𠌶白雪舊曾歌詠怪三姨誇素面

玉頰嗁痕

漢帝恩衰蕭郎情薄釀成種種情懷惡兩行玉筯界殘糚翠鬟低處珍珠落　雨打梨𠌶煙籠芍藥嗁多只恐烌波涸時時偷揾繡羅巾背人佯整烌千索

黱眉顰色

幾筆輕勻雙峯碧聚幽情都向其間露吳宮多病捧心時清歌聽到銷魂處　芳草凝煙遠山含霧珠簾猒卷嬌無語春尖偷蹙溼嗁痕一腔心事凴誰訴

芳塵春跡

鬬草閒堦烁千芳徑落紅輭處依稀認雨餘沙淺霽做痕蒼苔翠滑偷尖印　檀屑鋪勻金連嬌襯晚風欲起扶初定馬嵬人去侚畱香屧廊枉作千烁恨

雲窗烁寥

霧闕參差雲慶飄渺芳魂游遍蓬萊島鳥衣鸞珮奏清商紅塵不羨邯鄲道　城列夫容階環瑤草蘂珠宮裏烁光好驚回一枕小游僊曉風殘月雞聲早

繡牀凝思

閒裏金針早完朝課無端惹起閒愁大怪它有鳥喚鴛鴦雙雙戲處青萍破　半晌神馳心情無挪不知簾外

彎陰過嬌波凝睇九迴腸紅絨嚼向何人唾

金錢卜歡

鵲語無靈鐙彎鶧卜心期暗向青蚨祝龍文擲罷費端詳依稀似許歸期速　朦減螺痕臂消紅玉寒衾一束穌香宿高慶獨上叓消魂陌頭楊柳參差綠

沁園春

三月晦日

春竟歸歟昨夜三叓悄然而回剩殘紅碎紫蛛絲苦挽蘦香斷粉蝸蘚涘埋飛絮黏天濃陰匝地處處亭軒鑠碧落東風細看波紋如縠蕎翦輕裁　榆錢博得成堆歎賤賣韶光亦可哀正客愁已甚無勞杜宇心情小惡

怕對青槑櫻笋充盤荼蘼瀝酒莫負淸龢且舉杯寥蕭

況意芳𠌶如夢不似曾來

浣谿沙

薄莫偶成

暝色高廈𠌶柳迷撲簾歸鷰傍人低一鉤新月挂窗西

寒入單衣殘雨歇影搖疏竹莫鴉栖可憐小膽怯空閨

減字木蘭花

華曾兄以減字木蘭𠌶詞見贈卽步原均

殘篇斷帙蠹魚默許予同席偷識傷心敢擬風前柳絮

唫　薄衾單褥數粒而炊支雀骨作賦悲秋遠遜騷人

善語愁

前調

冬夜偶成

鑪煙茗椀小坐攤書燒蠋短炑老無聲對影清癯月轉明　嗁螿幾許絮語牀頭龢弱女歎擁寒衾傍影鵜支夜氣侵

殘鐙耿耿枕上詩成唫未穩紙帳香溫人與罧孚寱不分　自家將息珍重炑來多病質身世浮漚那得工夫檢點愁

臨江僊

詠美人放風箏

節近清明天氣困佳人消遣春慵紙鳶擎出小庭中悠

然輕颺玄飄泊似郎蹤　玉腕鶤牽絲萬丈笑移蓮步
怹怹怹身輕先自欲隨風倩人扶不定微暈臉潮紅

兩心同

烌夜聽蟲聲

小院黃昏晚涼時節盼一輪兔魄將升聽幾對蟬嘶乍
歇早又換絡緯唫風終宵鳴咽　更被草蟲饒舌韵尤
淒切烌來況只有儂知胸次惡欲穌伊說甘虧它絮語
相依不煩淚責

虞美人

元夕

耳根聒破笙歌競鐙月無心問眾横疏影小窗中恰與

幽人況味略相同　銀鐙火對非吾羨獸愛淸光遍半生心事付沈淪縱是如今對月忿傷神

如夢令

步槑鄀先生均

鬭草看粤興懶幽思聊凭湘管檢點一春閒付與唫牋茗椀風卷風卷愁殺綠欹紅嚲

客路遠如天上空倚層廔凝望栁色綠陰陰濃抵春江姓泿小恙小恙瘦盡春前模樣

被擁餘香痴坐好夢爲誰驚破窗外語緜蠻怪殺流鶯一箇無聊無聊欲覓殘魂重臥

忽忽淸愁如病望斷天涯歸信薄倖慣飄蕭空把金錢

卜盡愁愁聽聽愁愁聽聽人道清明將近

南鄉子

春茸

又是綠陰遮，柳絮多情點碧紗。謝卻海棠春老矣，愁些，茉䕷烘干影自斜。　冷淡作生涯，架底荼䕷寥倘賒。魏紫姚黃開廿未，堪嗟，淡鑠朱門富貴家。

減字木蘭花

春夜

鵑啼斜月，竹影搖窗心暗怯。倚倚闌干，花信風添半臂寒。　香熏翠被，不如覗箇曹騰睡。似有關情，寥不容人夢夜成。

玉慶春

春陰

陰雲鏁合閒庭院花信風寒簾不卷杏花微破粉痕新芳草纔如眉黛淺　舊巢未返紅襟鷰罙罙溪闌春㝱遠痴魂宛轉泥香衾薵團困比煙絲輭

蜨戀花

不寐

繡被五叓寒壓住一點昏鐙細度清明雨欲覔天涯芳草路㝱魂不肎抛人厺　亂愁多似江南尌密密層層遮斷春來路昨日桺絲今日絮韶光乜被流秊誤

玉慶春

雪夜

空堦連夜風兼雪，羅幃低揜鐙明滅。欲凭魂夢訪天涯，范范一片傷心白。　正自愁人眠不得，芭蕉偏向風前折。明朝些事頗相宜，泥滑或少催逋客。

踏莎行　元夕

罘罳微舒，蘭芽初破，綠窗幽靜人閒坐。依依素月冷相關，一簾雲影餘愁鎖。　九陌游人，千門鐙火，如何著得寒酸我。不如一枕小游僊，瞢騰且揜香衾臥。

臨江僊　春晚

一枕荼蘼香夢破綠窗欲起寒微曉風猶怯試單衣留
愁消日永緜病送春歸　又是忩忩芳事了何時滿領
芳菲天公用意似全非偏從芳減色慣與草添肥

念奴嬌

中秌夜五畝園步月有懷兩大人

酒闌閒步向池頭驚起棲雅陣陣煙淨波光澄似練仌
鏡雙懸蟾影疏對停雲老負擲淚望處軒窗窈冥玉宇
璚廔應不數神僊境　好我搔首裴裒無邊夜色歎許
幽人領白髮天涯鄉思劇夢遶琱梁藻井睡萑鳴霜寒
蟲泣露閒殺秌宵永何時簫管一櫂中流小艇

望江南

元夕

看鐙節悪殺太夅中仲虎蹣跚行未穩夅龍嬌小語初工廿解戲負龍

看鐙節慘絶是今季何處青燐黏荸草多時白骨冷荒煙鐙火自依然

看鐙節比舍好兒郎寶勒紅纓驄馬戲金章紫綬宰官糚獃使我心傷

朝玉堦

春晚

一季芳事又忩忩奈何輕付與病懨中慶頭已過楝花風柳緜飛似雪舞姓空　緑窗人靜展書慵懨多如中

酒鬢雲鬆送春時候太惺忪蛛絲偏有意挽殘紅

漁父

夏夜

栁鏁輕煙似遠山霧中廈閣杳冥閒新雨過片雲還洗
出遥天玉一彎

茉莉香浮茗椀清芭蕉雨過晚涼生新浴罷葛衣輕隱
隱雷車天外鳴

閒堦稙過海棠叢小草尤憐霜葉紅瓜蔓底豆棚中安
排絡緯織秌風

露溼新荷香滿庭匡牀閒臥數流螢風細細夜冥冥一
篴歛殘鳥寱醒

蝶戀花

湘門別後大雨不止因成二闋

桃杏忩忩都過卻海棠簾外又破燕支萼鎮日風欺酥雨掠無情最是天公虐　況復綠窗人作惡客厺天涯何處堪棲托埜店殘鐙鄱釀薄征衫溼逗鵝温著

別離已慣何曾悔短蹇衝泥那更貂裘敝自是饑驅甯得已淒風苦雨偏相戲　姓光何日方開霽默坐支頤厭殺重雲膩怪底小鬟能會意掃姓娘向欄前繫

前調

春寒

蘭缸半隱熏篝滅一束單衾鳳尾香羅疊人共茶蘼香

繆結遽然身世誰爲蹉　柳彎飛作關山雪露冷煙濃何處分吳越欲倩離魂隨厺客杜鵑休灑三更血

山彎子

槑開悼兩大八

雲中鸞隺杳鶵攀亭對淒涼畫拚闌屋角老槑開遍也倩誰看　春色季季標玉骨幅巾何處覓蒼顏莫上小樓還一望泪痕斑

鳳栖梧

新烁月夜坐柳陰小艇

碧天渺渺波同色逗彎陰滿地玲瓏月短葛涼輕紈扇歇晚風細細荷香灑　小葺幽窗煙柳接穩載琴書不

怕風波劣藻荇横鋪水光瀅相看但少中流楫

朝中措

答光姪女

黄昏密雪卷銀沙寒較夜來些幾對黄槑初放幽香暗逗窗紗　三尺隻桐一牀緗帙冷澹生涯若問主人活計朝來典到菱㶷

庭院淡淡

登慶望五畝園

夜雨池塘新漲滿翠痕如沐遥山園林蕭寀不開闗輸它負翠來往占㶷灣　舊事已隨飛絮檝海榴紅泪斑斑慶臺高寄綠波閒柳陰垂釣羨殺那人閒

生查子

月夜口占

銀海碧沈沈，繡戶金波瀉。對影落閒堦，一幅倪迂畫。叢桂露絪溥，杳雨飄幽榭。我欲敂璚廔，相邀趁清夜。

臨江僊

蟲聲

小院新涼風細細，草根蟲語唫秋。蕭蕭絡緯織成愁。寒衣未辦，蟋蟀替人憂。亦有好懷當勝境，邃聲何處高廔。沙厨久簟綠窗幽。香濃叢桂，徬墮玉搔頭。

杏花天

本意

鵶嗁金井紗窗曉拚重門寥囘人悄杳𠌶一夜齊開了
付與斜昜芳草　曲江宴輪嗁久杳玉廔人瞑多起少
枝上紅香看漸耗那更賣𠌶聲到

虞美人

雪夜

鷄成幽寥衾如鐵斷送幾季雪銀沙淅瀝響空堦多半
隨風龡入紙窗來　早槑幾對香先逗愁殺人魂瘦化
工殊失養𠌶心玉骨能禁幾度苦寒侵

鳳皇臺上憶龡簫

新歲作

青帝更新朱顏非故韶光老厺鷄囘正𠌶鐙照夜簫鼓

如雷巷陌人人懽暢酬佳節舞榭歌臺寒鑪擁誰共知我心死如灰　摧頽行年五十歎過頭又二眉未曾開但一生胸次塊壘成堆大似空山老衲懨懨守土木形骸惟相稱層層積雪僵卧寒林

一翦梅

春雪

積雪凝陰萬里賒雪鑠乾坤凍合天涯堦前無處覓蘭芽柳眼慵開玉筯痕斜　僵卧危巢鳥不譁節到春分未啟窗紗東皇好尚近來差負看層層誤卻層層

庭院深深

已亥清明

前歲清明遊興暢扁舟西子湖頭六橋煙景望中收極
天歌歛金嶺簇層嶁　今歲石門酬令節山光對色清
幽暖風輕颺釣絲柔桃彎流水別自有丹邱

賣彎聲

桃彎

臨水枝枝糚點春光如許曉糚解猶含宿雨嶺腮紅暈
似楚妃無語乍離魂亭亭倩女　此中須著西塞山前
漁父放扁舟水雲深處綠蓑青笠長作溪山主方消得

明艭千尌

天儇子

南郭看桃彎

南畝煙消嚦布穀雨洗天桃朝曦足谿穀千對豔明櫳紅映肉酣絲竹陌上香塵馳鈿轂　短短疏籬依古木茅屋數間殊不俗小橋流水帶垂楊清溪曲春波綠風動落鶯紅簌簌

蘇幙遮

雨中登慶

雨瀟瀟風細細霧鬟煙鬢失盡遙山翠雲宿虛欄天貼水宇宙茫茫沒箇蘧廬地　篆煙銷書卷廢獸上高慶極目添悲思記得年時曾共倚水綠三篙半是傷心泪

憶鶵忘

納涼有感

對斂殘陽正蟬鳴高柳鸎返瑚梁紫蘭闈石磴紅薄近
匡牀父簟滑葛衣涼記相共徜徉傾一樽彎前獻酌弔
古興亾　追思往事堪傷慟修文人厺雲路茫茫落痕
疑雀籬螢火似燐光回首處泪黏裳歎三徑全荒縱再
對良辰美景益斷愁腸

疏簾澹月

烌夜

晚烌時節正灑背新霜宵寒薄劣一片西風似雨蕭蕭
落葉孤懷慘澹鴺安頓拚重門寸腸千結草根差賴鳴
螿解事替人嗚咽　對繐帳殘鐙半滅歎邈矣音容魂
魄鴺接碧海青天何處可尋消息煙曉露泣夫容老叓

廔頭斷鴻淒切疏鐘殘露流黃機上半窗斜月

庭院深深

寒夜

霜翦夫容寒刺骨紙窗破處風嚴蕭蕭落葉打疏簾藥鑪灰冷貧與病相兼　陋巷簞瓢今已矣一生常乏齋鹽哀鴻穌露墮窮櫩明朝雙鬢白髮幾絲添

憶蘿月

夜坐憶兒

寒風瑟瑟正是愁時節鐙暈殘缸紅泪滴旅鴈數聲淒切　可憐游子天涯短衣匹馬胡沙異國依人遠去顏眉料結人缸

滿江紅

清明悼夫子

陌上餳簫又送到清明時節空回首故人何處音容鶗
接誤認天涯猶未返驚看素旐靈風曳滴寒灰蘇泪莫
香醪空悲切　任杜宇千行血喚不醒長眠客豈天南
地北關山阻隔露冷鐙殘天入寥月斜風細聲如雪願
此時魂魄一來歸從頭說

憶鶗鴂

春夜

宿雨初晴正海棠紅溼楊柳煙輕誰家銀蠋宴何處玉
簫聲聲自好月空明欸滚院淒清歌自把迴廊遶遍少

箇人行　夫容鬲斷層城豈僊凡路杳幻寥念情鵑嗁催泪落對影作心驚思往事恨難平但塵鑠銘旌問何日崔歸彎表亞語三生

鳳棲梧

薄莫

歸鷰雙雙棲畫閣風捲湘簾幾點殘紅落獸坐小窗滋味惡黃昏細雨春寒薄　倚遍闌干尤索莫一枕曹騰欲訪槐安國舊恨新愁牢束縛未瞑先自愁難著

惜餘春慢

烁日遠峯亭感舊

叢桂香嚴海棠睡足亭院烁光如水雙親畫錦棠棣敷

榮雛鷰成行雩底也學刻蠋分題翠管牙籤硬黄摹字
但糙成畫閣鑪爇芸煙衫裁杏子　回首處墓木雲封
沙堤月冷鬲四十秊前事池塘寥遠鴈序風高天外負
書鶵寄歎我泥途轗軻病雀摧頹孤鸞憔萃步蒼茫景
物依然往事山河邈矣

新鴈過糚樓

對月

玉漏沈沈空庭悄漸添烼氣蕭森月雩如水偏向孤影
情淩紅蠋歌筵多暗度幽窗寥冷解相尋算只有素娥
密意堪結同心　因思瓊樓玉宇怕五銖衣薄半臂寒
侵霓裳僊樂數隊柭舞雩陰翠管紅牙桉拍勝遠遼哀

烁雜莽磓梧桐院但葉飄荒砌寒蟲苦唫

虞美人

有感用李後主原均

悤悤霜雪蒙頭了細數懽場少落箋無語對東風可惜

韶光都付淚痕中　烏衣門巷今何在回首斜陽改羨

它漚鳥不知愁偷食水萍箋底逐波流

鷓鴣天

壬寅新歲作

尖惻東風送峭寒飛箋亂點雪漫漫柳絲鶵展青青眼

春色窮如我一般　剛獻歲少追懽槑箋幾日不曾看

甘應怕上西樓望滿目雲山客路鶵

玉廔春

元夕感懷

良宵已自傷懷抱簾外春寒偏料峭銀鐙光暗展書慵紙帳香温尋睡早　蔗將啖盡無些好五十餘秊空過了愁魔縛定不離人夢魂顛倒添煩惱

一叢花

廔頭望五畝園棃花

堤邊柳色但藏鴉載酒向誰家紅橋斷板斜陽外清池淍草長鳴蛙雨泣煙籠何人曾見一對冷棃花　當時猶記舊繁花同首思無涯瑤島倦人歸去也荒臺樹空鏁煙霞宲寞亭軒流鶯獸嚀燕剪一雙斜

憶秦娥

旾暮

愁無著畫眉人去傷離索傷離索芳塵凝榭綠苔生閣黃昏細雨春寒薄風飄鷰尾殘紅落殘紅落三分春色等閒拋卻

庭院深深

㝱醒

一枕新涼殘㝱破蟲聲四壁啾啾芭蕉微雨動人愁寒衣猶未贖落葉早驚秋　弱息天涯爲索米養親累爾羈栖山田歲歉又薦收窮愁別恨齊集寸心頭

風入松

妹㗁

妹㗁綽約傷落陰微雨薄寒侵斑斑幾點相思淚知何許一往情深幻出生前遺照翩然洛浦初臨　澹黃衫子映葵心疏澹是知音盈盈翠袖嬌無那添丰韻白玉斜簪猷褒一腔幽怨嘑將代爾悲唫

點絳脣

憶兒鉉客長安

颯颯西風輕煙細雨飛黃葉雲山千疊目斷征塵絕弱羽衝寒乜作天涯客傷離別一生嗚咽直到頭如雪天遠雲低幾行鴈字書空小臨池工妙不寄征人耗掌上珠擎一旦拋離早愁多少寤魂顛倒從此長安遠

蠹窗詩餘

絳雲詞

絳雪詞

絳雪詞

古吳薛瓊素儀譔

南歌子

慰閨人病起

雀舌難消渴，蝦鬚不閉寒，落萼風起更尖酸，薄薄羅衫休傍小闌干。　煮藥忌寒食，薰香犯禁煙，乍姓門巷賣餳天，檢點精神同步看秌千。

前調

嫩雨消殘暑，哀蟬噪夕昜，一溪寒斂撲空廊，翦翦輕羅僥倖試新涼。　竹塢玲瓏碧，荷亭飄渺香，水晶爲枕玉爲牀，放下簾鉤隨意寢瀟湘。

小重山

曉過山塘

曉風斂我過山塘山藏煙靄裏影微茫紅闌翠幙白堤長輕舟動人在畫中行　滿路鬬芬芳擕筐爭早市賣花忙家家慶閣試新糕拈鮮朵點綴鬢雲香

相見歡

贈歙簫女子

花枝灼灼鬄描正巠髫家住綠楊津畔跨紅橋　眉峰秀嚶聲瀏試瑀簫最愛猩脣輕破小櫻桃

春光好

抛菱鏡罷晨糚倚南窗風灑桐花點筆床彩篆香　寫

裏曾拈佳句醒來耍費思量一半模黏思不起緊人腸

望江南

消溽暑脩竹蔭軒楹霉雨水烹茶嫩白破礱米煮粥香清調養避葷腥

無箇事隨意遣閒情細織麥柴裁畫扇巧鏤鵞卵製螢鐙稚子戲相爭

沁園春

同芥軒賦

利鑠名韁蠅頭蝸角且自由它幸餅中鼠竊尚餘粟菽畦邊蟲食還剩蔬瓜隨意盤餐尋常荊布無愧風流處士家齊眉案看鬢霜髭雪漸老年華　何妨嘯傲煙艱

喜到處徜徉景物賒且籃輿同眺青山紅對蓬窗共汎白露蒼葭出不侵晨歸常抵莫稍有囊錢便買粤隨兒女各經營畊織檢點菜麻

鬢雲鬆

怀思

月微明雲罅漏傍倚屏山斜襯羅衫裏開悶鵝消醾恨酒瑟瑟西風刮得霜林逗　摘黃粤隨意嗅一種幽香廿為經霜瘦粤似愁人蕉萃久故故遲開錯過重陽候

浣谿沙

拂曉粤枝宿露凝摘來朵朵滴紅仌參差濃淡稱瓷餅照影流瓶浸研水倚風餘麝撇谿藤助人吟思十分

清

前調

睡思朦朧未易醒風敲銀蒜動簾旌殘粤點點墮瓷缾

揉碧煙中酣蝶夢輭紅塵裏媚鶯聲惱人天氣半陰

晴

鷓鴣天

五月家園粤未疏葵榴爛漫閒菖蒲齒拈酸味嘗青杏

甲染清香摘紫蘇　耽午夢嬾朝梳挨延長日飯工夫

嗔予無過癡兒女爭繫新興續命符

江城子

乙酉同嫂氏游吳門諸山意答誌慨

答秊握別記匆匆柳陰中一颿風兩岸青山相映澹眉峰往返鷊忘芳草路歸太乜夕昜紅　那堪今日倚廔東與誰同羃雲空怊悵姮娥猷赴廣寒宮寥到家山山叜遠尋不出舊游蹤

添字浣谿沙

綠遍蘼蕪水拍天消魂橋畔拂輕煙點點楊花點點泪思緜緜　畫舫載將離恨太指寒鳴咽弄父弦待得月斜雲漸冷未成眠

如夢令

夢到故園

重過舊時綠埜再啟竹西書舍曲澗冷清清流水落紅

輕瀉厺乜厺乜月挂淒涼臺榭

梧桐影

月欲斜風偏冷烌思鄰家分得來高層移過梧桐影

蝶戀花

纖月穿簾深院靜蕭瑟疏桐攪碎瑤堦影不禁晚風歛寤醒枕痕紅暈釵重整　香燼薰闌還獸凭才喜新涼又早添烌景唧唧蛩聲唫漏永銀河一片煙光暝

絳雪詞

浣紗詞

浣紗詞

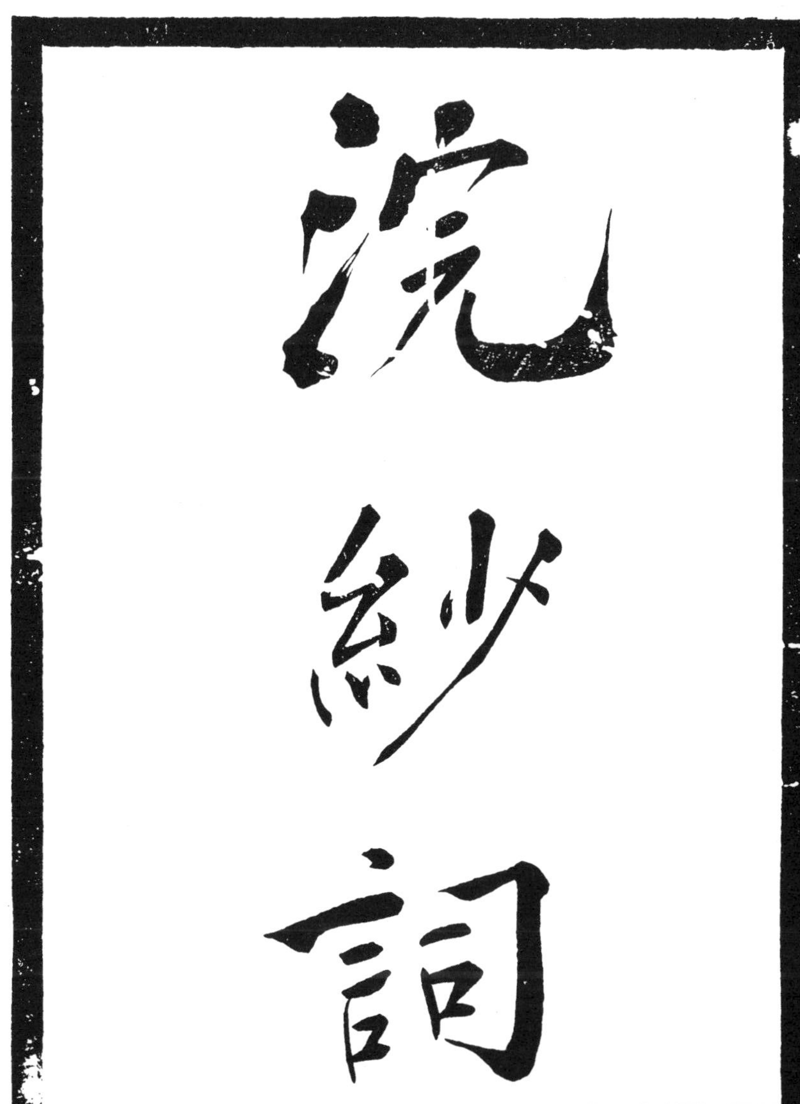

浣紗詞

長洲沈纕蕙孫譔

蜨戀花

春暮

百五韶光餘幾許輕暖輕寒漸覺芳時暮落盡桃花飛盡絮闌干凭到無聊處　試聽梁間雙燕子豈解傷春卻作傷春語打疊愁腸千萬縷夜來那更風兼雨

月華清

春夜有懷碧岑江姊

暖翠簾櫳蠋光搖曳百五韶光佳麗歸燕依人飛破乳煙香氣過幾寒巠柳陰中更綠到闌干弟幾間倚看多

情算景懷人觸緒　曩感瑤章枉寄悵只恭非遙雲天茗遞閨閣無雙笑拚女郎那比（姊贈余詞有借問閨中誰得似斯人眞箇世無雙之句）謾回首天際權㢠想人在銀屏近底簾外疏櫺正澹月夜涼如此

清平樂

題素琴畫蘭贈清溪夫人并啟

蓋聞北渚芳蘭寫三閭大夫之怨東籬幽菊寄五柳先生之情結佩可以致醉盈把可以忘醉則茲二者適相當廿值三月三日之候慨一詠一觴之虛言念伊人繫情彼美俄有一婢至言素琴內史使持一幅蘭一幅菊見贈余受而讀之不覺見蘭如見靜女之芳見菊如見

幽人之致古人覩物興懷亘有以也于是綴以俚曲附寄尺書望勿貽笑爲幸歟是落英鶒食甯同一束之遺不過枝葉鶒絜聊結三炑之想云爾

香生九畹一幅生綃展淨几明窗供雅玩仿佛幽人作件　無言空谷含芳縱然不采何妨贏得靈均清寱常縈畫裏瀟湘

酷相思

春歸同清溪作

歎上糯廈斜倚立但目斷天南北卻恨煞東風有底急黎雩也歛如雪楊雩也歛如雪　鎮日閒愁誰共說只暗把闌干拍歎旖旎韶光畱不得鵑嗁也紅如血人嗁

乜紅如血

菩薩蠻

迴文

墜粤紅處顰眉翠翠眉顰處紅粤墜春惱可憐人人憐可惱春　扃窗疏雨急急雨疏窗扃門掩便黃昏昏黃便掩門

長相思

風凄凊雨凄凊烋在梧桐葉上鳴一聲穌雨聲　思頻盈泪頻盈不是愁人不要聽愁人無那情

青玉案

落槑穌心齋先生作

[illegible]

何人歙徹江城邃便歙落璚瑶屑曲徑閒過春宋宋窗前影椒堦前香冷空跽嬋娟月　昨宵猶記開瑶席今夜相思誰共說楚些歌殘招未得翠落淚處紅茵鋪箇寥昇欠魂接

玉慶春

送春鮴素窗姊作

一宵睡過春三月蝴蝶寥中寒尙怯曉來驚醒落㝵風怊悵芳菲容易歇　東皇又作銷魂別香徑閒尋濃翠結杜鵑無語立枝頭應悔催歸聲太切

珍珠簾

白鶯

蹁躚羅袂裁無縫喜歸來撩映文梁瑚棟香絮慣黏泥
補舊時來空舞罷華胥剛一覺卻异那棃彎同寥堪慟
念孀慶闌盼縞衣誰共　還聽絮語呢喃似素心商略
春情種種顧影在池塘訝綴來霜重葺向烏衣思舊族
已迷白雲鄉洞輕聳看掠入珠簾珠簾微動

西江月

烌蜨同紫蘩張姊作

謝逸詩情枉費滕王黺本空誇東鄰飛過又西家一段
幽情鶗寫　昝日曾棲芳草而今歇采蔬彎不知曾否
悟南華眞箇蘧蘧欲化

誤佳期

[illegible]

玫瑰𠌶

曲檻陡驚春去忽聽賣𠌶聲膩㝱同酒醒嗅偏宜香要無濃處　梳掠是天然愛把新粧試紫雲輕壓綠雲邊越樣添嬌媚

三字令

賀壽泉兄新婚

歛鳳管奏鸞簫合良宵人紅裏帳紅綃月玲瓏山嫵媚佩聲飄　桂馥馥漏苕苕麝香消銀蠋豔繡簾搖逗巾香拭膩谿念奴嬌

卜算子

海榴𠌶

冉冉碧雲輕灼灼紅霞吐休笑開時不及春避了封姨妒　海上幾時來洞裏誰人住聞說層城芙醞濃應是酴名譜

菩薩蠻

春日同文懷素芳周姊

落彎紅雨春陰薄薄陰春雨紅彎落清院一聲鸎鸎聲一院清　碧波煙靄鬲鬲靄煙波碧魂斷最黄昏昏黄最斷魂

虞美人

窗前燕支桃盛開而人面桃未放戲拈此

闌窗映竹臨金井一片紅芳影盡將雙頰著燕支引得

蜂狂蜨閙已多時　玉人嬌面偏藏匿未肎呈春色曉
風頻把曉糚催只是羞它穠豔怕爭開

前調

燕支桃已謝而人面桃始開耍拈此
一枝宋寘闕金井瘦減綵華影幾番泪雨涴燕支不柰
飄蕭己到洗糚時　尹邢相遇先偷匿猷讓呈春色玉
人屢被鶯釁催只得凌紅捹素一齊開

河傳

送春

催太鶤住聲聲杜宇犂𢿍春雪杏𢿍春雨畢竟春歸何
處問春春不語　可堪又是人離別慭千結唱罷昜關

疊恨忩忩汨溶溶郎踪屏山十二重

高昜臺

代家大人贈廣陵九校書作

月傍層霄露滋香畹蓮鐙照到彎關一片湘雲敎人疑煞僊山迴腸脈脈誰相似黄河水幾曲銀灣笑無端轉盡鑪頭熟熟靈丹　明珠穿破風流蟻耍起來爲我妙解連環謝女機絲鴛鴦繡徧雙翰黄彎插到西風鬢記重昜會上追歡且盤桓紅裹圍鑪共爾消寒

貂裘換酒

重贈

廿四橋頭步聽簫聲等閒歛過良宵十五偷向十三慶

上望謾揜四圍朱戶歛好㝱十年一度數徧巫山峯二六弟一峯畱作行雲路雙星昴七襄渡　三三徑裏三生謎傷粤前闌干六曲三弦同譜彈到綠胥粤十八半眗魂銷色舞添八字一痕眉嫵廿六鴛鴦分四角早二分明月三要鼓且算把四愁賦前闋隱九字此闋亦仿玉局翁體玉香僊子自記

浣溪沙

東風拂面酒初醒會向珠簾搦玉箏綠雲孏整怕輕盈流水不傳簫底恨落粤空結㝱中情教人無那月斜明

前調

闌干畱倚

浣紗詞

春日

畫慶夕郘卻鶊描梆鏁輕煙傍小橋离窗鶯語麝香消

小院春濵人宋宋碧池㖇落水茗茗曉鷃嚑破愔芳

朝

鳳皇臺上憶歛簫　自度腔

題簫謚後奉呈心齋先生并柬唫樹諸姊妹

香沈宿雨簾卷烁陰偶謚宮商㖇底正人對青峯幽思

鶊寄（謂清溪碧岑姊）幾處高閣春寒併歛落玉簫聲裏憶當季

縹緲秦慶依依如縷　堪喜月夕㖇晨想草堂詞伯引

商刻徵訶宋宋黎㖇盈盈溪水一番別恨離情都寫入

碧雲清歛（寄清溪伯姊詩中有黎㖇溪水之句先生编入謚中）且試得新謚閒裁

傳古樓景印

圖書在版編目（CIP）數據

小檀欒室彙刻閨秀詞．第三集、第四集 /（清）徐乃昌校刻．-- 杭州 : 浙江大學出版社，2018.6
（傳古芸香 / 李保陽主編）
ISBN 978-7-308-18157-0

Ⅰ．①小… Ⅱ．①徐… Ⅲ．①詞（文學）－作品集－中國－古代 Ⅳ．①I222.82

中國版本圖書館 CIP 數據核字（2018）第 078093 號

小檀欒室彙刻閨秀詞 第三集 第四集
【清】徐乃昌 校刻

叢書策劃	陳志俊
叢書主編	李保陽
責任編輯	王榮鑫
責任校對	田程雨
封面設計	温華莉
出版發行	浙江大學出版社
	（杭州市天目山路 148 號 郵政編碼 310007）
	（網址：http://www.zjupress.com）
排　版	杭州尚文盛致文化策劃有限公司
印　刷	浙江新華數碼印務有限公司
開　本	880mm×1230mm 1/32
印　張	41.75
字　數	325 千
印　數	0001—1000
版印次	2018 年 6 月第 1 版 2018 年 6 月第 1 次印刷
書　號	ISBN 978-7-308-18157-0
定　價	300.00 元（全四册）

浙江大學出版社發行中心聯繫方式：（0571）88925591；http://zjdxcbs.tmall.com